Dzieła wybrane Stanisława Lema

Człowiek z Marsa

Nieznane wczesne utwory Lema

Stanisław Lem

火星からの来訪者

知られざるレム初期作品集

スタニスワフ・レム

沼野充義／芝田文乃／木原槙子 訳

国書刊行会

Człowiek z Marsa
Operation Reinhardt
Obcy
Człowiek z Hiroshimy
Dyżur doktora Trzynieckiego
Wiersze młodzieńcze
by Stanisław Lem

火星からの来訪者——知られざるレム初期作品集＊目次

火星からの来訪者

Człowiek z Marsa

I

通りは沸騰していた。高架列車の騒音、自動車のクラクション、速度を上げるトロリーバスの爆音、信号のベル、そして人間の声の途轍もない喧噪が、紺色の空中に沸き立ち、あらゆる色調の光の束で闇の小片に断ち切られていた。群衆は蛇の形に果てしなくあふれ出し、隙間なく歩道を埋め、ショーウィンドウの光の四角に照り映え、家々の薄闇に消えていった。濡れたてのアスファルトは何百台もの車のタイヤの下でしゅうしゅう音立てていた。滑らかな黒と銀色の長い車体が次から次へと瞬いていた。

僕は人混みに揉まれ、その分かちがたい一部となって、目的も意図もなく、コルクが波間に漂うように歩いていた。

通りはあえぎ、うなり、ざわめき、光の奔流と女たちの香水の嫌なにおいが僕を覆い、ときには南国の煙草のつんとくる煙が、ときには甘ったるく息が詰まる阿片葉巻が包みこんだ。建物の前面では狂ったテンポで点滅するネオンの広告文字がよじのぼり、光の噴水がほとばしり、気違いじみ

た花火のしぶきが明滅し、最後のきらめきとなって群衆の頭に落ちていった。

僕は通り過ぎた――おびただしく照明された巨大な門を、暗い店を、見知らぬ建築物の背の高い円柱を、活気ある、多言語の、一瞬も口をつぐまない大勢の人々の中に詰め込まれ、なのに無人島にいるよりも孤独を感じながら。片手が無意識にポケットの中で二枚の五セント硬貨を鳴らした。それが僕の全財産だった。

交差点で三本の大通りが交わり、その石造りの口が伸びていって遠くですぼまった首となり、規則的な照明の脊椎モザイクで斑《まだら》になっていたが、僕は群衆から離れて、歩道の縁石の上で立ち止まった。

群衆はまるで巨大な水門から放流されたかのように、点《とも》った信号の色にしたがって車道をのろのろと進んでいた。彼らと入れ替わりに大型車のエンジンが轟き、吠え、うなり、時折ブレーキが引き裂くような音を立てていた。走り抜ける配達人が僕の手に要《い》りもしない新聞を押し込んできたので、彼から自由になるためにそれを買って袖口に突っ込み、さらに見つめた。

群衆は実のところたびたび入れ替わっているのだが、しかしつねに同じだった。通りは絶えず二つの逆方向に脈打ち、そのアスファルトの食道に、あたかもチューインガムのごとく、一食分の人間と、きらきら光る鉄の自動車を交互に通していた。

車道の細い筋から突然、巨大な光る影がはずれたかと思うと、かすかにタイヤをきしませて目の前で止まった。それは巨大なビュイックで、左側の前の窓が開き、中から声が聞こえた。

「新聞は何です？」

同時に、重たい手袋をはめた運転手の手が、僕の袖から突き出ている白い紙の端を指し示した。

この質問、問いかけ方、内容は、無論きわめて奇妙だったが、人生は僕に何事にも驚くべからず、とりわけ大首都では、と教えていた。僕は新聞を引っ張り出して答えた（というのも僕自身、新聞名を知らなかったので）。

「〈ニューヨーク・タイムズ〉」

「今日は何日？　何曜日ですか？」同じ声が問うた。この莫迦げた遊びにうんざりした。

「金曜日だよ！」こいつから逃れるために僕はとげとげしく答えた。

その瞬間、車のドアがパッと開き、声がこう言った。

「どうぞお乗りください」

僕は退こうとするような動きをした。

「Go on!〈さあ！〉」その言葉があまりに力強く言われたものだから、思わず従ってしまった。

どうやって柔らかなクッションに腰を下ろしたのかわからない――ドアがバタンと閉まったときにはもう、ギャング映画みたいにエンジンが掛かっていた。通りの光が瞬き、脈打つ筋となって伸びた――僕たちは直線道路を走っていった。

車内を見回した。内部は暗かった。僕はひとりで後部座席に座っていた。目の前には、ぼんやり照明された仕切り板とフロントガラスを背景に、二人のとてもよく似た肩幅の広い男のシルエット

が見えた。運転手とその連れである。僕は思案しはじめた。僕の知力は二日間の強制的節食でいささか損なわれてはいたものの、かなり巧みに働いた。この空腹はむしろ、例外的な意思決定にある種の軽さと、外部の出来事に対する高い無関心をもたらした。しかしいま——実際いま一体何が起こっているのか？　車は明らかに空いている通りへ出たようだ。なぜなら高速回転コンプレッサーがフルスロットルのときに出る、あの特徴的な高い歌うような音色をエンジンが立てはじめたからだ。突然、急カーブ——ブレーキ、不意に衝撃、ひゅうと甲高い音がして——車が数回跳ねあがると、何かの穴に柔らかく落ちていき、止まった。

　ドアは開かなかった。ただ運転手がクラクションを鳴らしただけだ。一度は短く、一度は長く。二度大きな光が消え、小さな光が点り、その後それも消えた。いまや僕たちは真っ暗闇の中にいた。

「なんて建物だ、ちくしょ……」声に出して言いはじめたが、僕の声は弱すぎた。というのも耳にはまだエンジン音と走行音が満ちていたからだが、とはいえその瞬間、車の鼻先に青白い光の四角形が現れた。車はうなりをあげ、前に進んだ。突然、床が落ちるのを感じた。なるほど！——地下ガレージか——と思ったときにはもう着いていた。

　ドアがぱっと開いた。自動車の運転手は僕に顔を向けた——強烈な顎と眉を持つ、大きく幅広い顔、冷淡であると同時に肉付きのいい顔を。僕は車を降りた。足は軽く運んだ——この地下回廊のカーペットは音を消す素材でできていた。それから脇の扉が開き、その先の部屋に五人の男が座っているのが見えた。部屋はさほど広くはなく、暗青色で、男たち——小さな丸いテーブルを囲んで

いた――は僕を目にするや全員が立ち上がり、何かを期待するかのように、黙って僕を見つめた。いちばん背の低い中年男、青白く、軽く酒が入っているみたいにてらてらした顔をした暗いブロンドが、僕の連れ――運転手に話しかけた。

「これが例の？」

運転手はこの問いに驚いたように見え、躊躇したが、こう答えた。

「もちろんです」

質問した男は今度は僕の方を向き、近づいてきて向かいに立った。

「今日は何曜日かな？」

今度はもう真実にしたがって、水曜日だと答えた――それが震えのようなものを引き起こし、全員に伝わった。一瞬、自分は狂人に囲まれているのかと思ったが、ぎょっとする暇さえなかった。なぜなら筋骨たくましい運転手がすばやく前に出て、こう言ったのだ。

「ミスター・フレイザー、誓って、この男は金曜日と言った。それに五番街《フィフス・アヴェニュー》の角で〈ニューヨーク・タイムズ〉を持っていたんだ」

「それに何の意味がある？」青白い顔の男が訊いた。「あなたはどこから来ましたか？」

「シカゴからです」僕は答えた。「でももしかして今度は僕が質問をする番じゃないでしょうか？　この会合は一体何なんです？　それにあの謎めいたドライブは？」

「そう躍起になるな」男は冷ややかな声でさえぎった。「あなたが質問する番はまだだ。なぜあな

たは質問に対して金曜日と答えたのかな？」

やはりこの人たちは狂っている、という考えが浮かんだ。こういうときは穏やかに下手《したて》に出なくてはならない――どこかでそう読んだことがある。

「よく考えてみれば、金曜日ということもあるかもしれません」僕はこう切りだした。「とりわけグリニッジ子午線にしたがえば……」

「戯言《ざれごと》はやめ、きちんと答えてください。あなたは手紙と道具を持っていますか？」

僕は黙っていた。

「そうですか……」相手はゆっくりと言った。「さて、だがその前に……その前に……あなたは我々に話さなくてはなりません。だれがあなたを差し向けたのか。あなたはどんな目論見でやって来たのか。それと、ここに来るために何をどうすべきかを、だれがあなたに教えたのかを」

最後の言葉をほとんど腹立たしげに述べ、その際、顔よりももっと白い、というかもっと青白い歯を見せた。ほかの人たちは目を僕に釘付けにして、威嚇するでもなく、待ち受けるでもなく、ただじっと立っていた。

次第になんとなく事情が飲みこめてきた。ひとつすでにわかったことがある。この人たちは狂人ではなかった。違う、僕の方がいい歳をした忌わしい狂人であって、何か大掛かりな汚い事案に入り込んでしまったのだ。

「あのですね」と切りだし、陽気な口調は全然その場にそぐわないようだったが、しかし表情を取

り繕《つくろ》って先を続けた。「僕は〈シカゴ・ワールド〉の通信員です、というか、でした……。とある事情で二カ月前に解雇されたんです……。仕事を探してニューヨークへ来ました。ここにはもう数週間いますが、何も見つかりません。ここにたどり着いたのは、請け合いますが、まったくの偶然です。だれが〈ニューヨーク・タイムズ〉を持ってたっていいじゃないですか？」

「そして何曜日かという質問に金曜日と答える、水曜日なのに……。そういうことですか？」

　初めて背の高い痩せた鼻眼鏡の男が述べたこの言葉で、僕はこの男の方を振り向くと同時に、ドアが閉まっているのに気づいた。ドアの前には運転手が、いかつい石のような無表情の顔で立っており、周到だが僕にとってはまったく好ましくない方法で出口をふさいでいた。彼らが僕を信じていないことがわかった。

「皆さん、これは莫迦げた偶然の一致なんです……。どうかここから出してください……。だって僕は何も知らないし、何もわからないし、自分がいまどこにいるのかさえ知らないんだ」

「あなたはどうやらわかっていないようだが」てかてかした青白い顔の男がゆっくりと言った。

「ここからは出られない」

「いまは駄目なんですか？　いつなら出られます？」

「決して出られん」

　その言葉が言われたとき、何かが緩んだようだった。もはや何もかも明白だった——あちらの四人がゆっくりと、急がずに腰を下ろし、小さなオイルランプを囲んで煙草に火をつけた。僕はそれ

を見ていた。めずらしくむさぼるように見つめていた――彼らの動作を、明るく照らされた部屋を、目の前に立つ、僕に判決を下した男の顔を。何か言うべきだろうか？――僕は思った――懇願する、説得する、詳しく説明する？　明らかにする？　だがあの遠くにあるような色褪せた青い目を見たとき、どんな言葉も不要だと悟った。

「まったくわけがわからない」僕は背筋を伸ばして言った。疲れていて空腹だった。「何の罪で自分が死ぬことになるのかわからない。何のためかも。しかし人食い人種だって自分の犠牲者には食事を与えるものだ……。すまないが、僕は腹が減ってる」それからテーブルに近寄り、ケースから煙草を一本取り出し、ランプの炎で火をつけた。

その瞬間、男たちは顔を見合わせ、それから――僕の頭ごしに――僕と話していたリーダー格の男を見やり、そして再び身じろぎもせず凍りついた。リーダーが僕を見た。僕は冷静にその視線に耐えた。ドアは閉ざされていた。巨体が取っ手までの通路をふさいでいた。あの躰は二百ポンドはあるだろう――僕は寝不足で、疲れていて、空腹だった――戦っても無駄だった。

「何か食べさせてやれ」青白い男が言った。「それから面倒を見てやるんだ。まあ、いいだろう！」

この言葉は運転手の大きな背中を縮こまらせた。彼は黙ってドアを開け、僕に合図した。

「グッドナイト、皆さん」僕は言い、運転手の後に続いた。

ドアがバタンと閉まり、僕は廊下の薄闇に入った。

その瞬間、僕の両手をふたつの強い手のひらがつかみ、カシャンという音が聞こえ、手首に冷た

い鉄の手錠を感じた。

「お客に対してこういう扱いをするのか？」僕は声を張り上げずに訊いた。

運転手と、闇に紛れて姿の見えない、僕に手錠をかけた助手は、話好きではないようだった。そのうちのひとりが僕のポケットを綿密に手で探り、何も怪しいものがないとわかると僕を小突いた。僕はこれが晩餐への招待なのだと理解した。僕らは真っ暗闇の中をたっぷり一分間は歩き、案内役があまりに突然立ち止まったものだから、不意に生えてきた、これまで見えなかった壁に僕は危うくぶつかりかけた。がちゃがちゃいう鈍い音が聞こえ、ドアが開き——光の矩形が現れた。

その新しい部屋は銀行の金庫室、あるいは、犯罪小説の熱心な読者が金庫室と言われて想像するものに似ていた。巨大な鋼鉄の扉が僕と僕の案内役の背後で音立てて閉まり、閂《かんぬき》の強力な鉤爪《かぎづめ》がドア枠の穴に落ちた。室内は強力な裸電球でまぶしく照らされていた。壁では、どっしりした取っ手とたくさんの錠がついた鋼鉄の小扉が規則的な列を形作っていた。家具といえば、コンクリートの床に立つ二脚の低い椅子、三本脚の腰掛け、小さなテーブルだけだった。奇妙だったのは、そのすべてが鋼鉄製なのだ。そのことに気づいたのは、運転手が足で腰掛けを僕の方へ寄せたとき、特徴的な音を立てたからだ。

僕は腰を下ろした。運転手はテーブルに近づいて天板を持ち上げ、そうやって現れた抽斗《ひきだし》から缶詰めをいくつかと長い白パンを取り出した。その後、ポケットからごつい折りたたみナイフを出し、適当な刃を見つけると、缶詰めをひとつ開け、それからそのナイフでパンを切り、またあちこちの

ポケットを探しまわり、ついに僕の手錠の鍵を明かりの下に取り出した——ちょうどそのとき僕は、拘束されている僕に彼が食べさせてくれるのだろうと思っていたのだ。それから運転手は向かいに座って、単調な僕の行動をじっと見つめた。缶詰めが空になるまで観察は続いた。僕は次の缶詰めに目をやり——ロブスターだった（ロブスターは大好物だ）——折りたたみナイフに手を伸ばした。運転手はその褐色のいかつい顔をやや伸ばし（それは微笑みのつもりらしかった）、首を横に振り、ナイフを取り上げ、自分で缶詰めを開けた。僕を怖がっているのだ！——こいつはいいぞと思った。どう見ても彼の体重は僕の二倍はあったから。缶詰めが空になり、パンの皮ですっかり拭うと、僕は尋ねた。

「禁酒令か？」

運転手はまた口を横に、今度は少し広めに伸ばし、テーブルの天板を持ち上げ、申し分のないコニャックの瓶を取り出した。僕のために乾杯するのだろうと思ったが、運転手はただコルクを抜き、僕の前にエッグスタンドを置いただけだった。でも僕はそれを見くびっていた。大量のコニャックが僕の脳のメカニズムを明るくした。自分ははなはだ愉快な立場にいるように思われ、この冴えないホテルで寝られるかどうか訊きたいと思ったちょうどそのとき、頭上で低く短いブゥンという音が聞こえ、それが三回繰り返された。運転手は軽く身じろぎし、手錠を取り出すと言った。

「行くぞ」

僕は躊躇した——すると彼は一歩退き、怪しげにふくらんでいるズボンのポケットに触れた。

「Nec Hercules《ネク・ヘルクレス》〔ラテン語の成句「nec Hercules contra plures ヘルクレスでも多勢にはかなわない」の前半部〕」と僕は声に出して言い、微笑んで両手を差し出した。彼も微笑み（いささか歪んではいたが）、ドアを開け、僕たちはその向こうに続く黒いスープに飛び込んだ。

今度は別の場所を通っていたようだ。なぜならある瞬間、彼が僕の腕をつかんでぐいと引っ張ったからだ。それでとても助かった。でなければ階段で転げ落ちて伸びていただろう。階段を登っていくと、やがて青白い光が見えてきて、それが次第に強くなり、踊り場から広い廊下に出た。そこは窓が一切なく、壁に埋め込まれた正方形のつや消しランプで照らされていた。廊下は壁が立ちはだかったような大きな扉で終わっていた。その扉に行き着いたとき、運転手は僕を前へ押し出した――すると扉がひとりでに開き、我々の背後（僕の背後でもある）でひとりでに閉じた。

僕がいたのは巨大な図書館のようなところだった――それが第一印象だった。壁は天井まで本が詰まった棚で埋めつくされていた。本棚のそばには複数の梯子、ランプのついた机、肘掛け椅子があり、中央には――小さな丸テーブル、それを囲んですでに僕が知っている男たちが座っていた。そのうちのひとり、一度だけ僕に話しかけたことがある、背が高く痩せていて、こめかみに白髪のまじった男が、こちらへ鼻眼鏡のレンズを光らせた。僕は近づいた。

「ちょうどあなたのことを話していたところだ」ついにその男がゆっくりと、かなり小声で言った。ひどく疲れているような言い方だった。僕は軽く会釈して待った。「我々はあなたを信用したい……。検査の結果、あらゆる蓋然性に従ってあなたは真実を語っていることが立証された……」

僕は驚いて彼を見た。何の検査だ？　黙っている運転手に見守られて食べた夕食がそうだったのか？　その場合、検査はきわめて杜撰《ずさん》なものだったと認めねばならない。男は僕の驚きには注意を向けていないようだった。

「あなたは思わず知らず、ある……非常に複雑な状況に陥った」一語ごとに思案しているようだった。「ひとつあなたが知っておくべきことがある。これまでと同じままでは、ここから出ることはできないということだ」

その瞬間思い浮かんだ。これは見事に組織されたギャングの本部か、ひょっとするとファシストとか何かそういった政治集団の本部じゃないか？　しかしこの大量の本は何のためだ？

「あるいはまったく出ていかないか、あるいは……」ここで言葉を切った。彼らは一見穏やかに僕を見つめていたが、僕は緊張を感じた。

「あるいは？」僕は尋ねた。そして、すでに僕の横で煙草に火をつけていた男に向かってこう言った。「すみません、お願いしてもいいですか？　ご覧のように両手が使えないもので、煙草が吸えたらうれしいんですが」

その男はゆっくりと（何もかも彼らはゆっくりとやっていた――それは可笑しかったが、ときに恐ろしくもあった――まるで舞台上で何かの役を演じているかのようだった）僕の口に煙草をくわえさせ、火を差し出した。その間ほかの人たちは互いに目を見交わしていた――これは二度目だ。

「あるいはあなたが我々の仲間になるか……」鼻眼鏡の男は言葉を継いだ。「そして、見かけから

判断するに、たぶんそうなるだろう」

「見かけで判断すると間違うこともありますよ」僕も努めてゆっくり話すようにした。彼らに調子を合わせるためだけでなく、むしろ、長い断食の後に飲んだコニャックのせいで脳を曇らせていた靄《もや》を制御するためだった。「どういうことか教えてもらえますか？」

これまで黙っていた、青白く幅広い顔の男が顔を上げた。

「無論あなたは知ることはできません」あたかも詫びるような口調で言った。そして声を高めて言う。「あなたにとってはどうでもいいことではありませんか？　標語は簡単です。従え、黙れ」

この会話が僕をとても奇妙な状態に導いたことは認めざるを得ない。この奇妙な一同に、消滅、すなわち死、を宣告されたとき、自分の状況は絶望的だと理解したのだが、新たな転回が僕の中に何か奇妙な力を目覚めさせた。人は出口のない状況にいると無関心、無感覚になる。しかしほんのわずかな希望の光があれば十分、力は百倍になり、あらゆる感覚が極限まで強まり、ひとつの膨《ふく》れあがった筋肉となる――全力で命を救うために。僕の場合もそうだった。抑えた声で話しながら同時に、ゆっくりと、周囲を探るように見回し、軽く伏せたまぶたの下から個々の距離を見積もった。逃走……？　悪くない。そう、それは絶対に必要だ。どっしりした灰皿をテーブルからつかんで、リーダーの頭めがけて投げつけることはできるけれど、そんなのは莫迦げている。灰皿はこの部屋を照らしている大きな電灯めがけて投げるほうがずっといいだろう。ただ問題は、つや消しの球体の中に点っている電球が一個か複数かだ。すべてはそれにかかっていた。まあいい、でもドアが残

っていた。あの勝手に開いたり閉じたりする変なドアだ。ドアに背を向けていたので、取っ手があるかどうかわからなかった。

「質問は一切禁止だ」ゆっくりと、アクセントをつけて、青白い汗ばんだ顔の男が言いながら、銀色の塊《かたまり》を彫刻した灰皿で煙草の火を消した。袖口から何か見えない埃を払い落とすと、突然その冷たく青いまなざしで僕を見据えた。

「すみませんが」僕は軽く肩をすくめて微笑み、横目でちらっと見た。ドアには普通の取っ手がついていた。「僕が思うに、それでもせめてある程度の概要は……」

僕たちの会話をまったく聞いていなかったらしい男のひとりが突如、二言三言僕の知らない言語でしゃべった。それは妙に深刻に聞こえた。僕の話し相手はテーブルの天板に身をかがめ、すばやく小声で言った。

「同意するか？」

「何にです？」僕は何としても時間を稼ぎたかった。

「あなたには選択肢がある。我々の……」ここで彼は躊躇した（どうやら実務経験はないらしい、僕は思った。これはギャングではないな、あそこじゃ別の流儀が支配しているから）「我々の組織に入るか、あるいはあなたが無害化されるか」

「それって地面の温度まで冷やされるということですか？」

「そうではない」彼は穏やかに言った。「我々はあなたを殺しはしない。ちょっとした手術をする

だけだ。その後あなたは一生白痴に、精神薄弱になる」

「そうですか……。で、その〈組織〉で僕は何をすることになるんですか？」

「あなたが実行できないようなことではない」

「それは法にそむくことですか？」

「だれの法に？」

僕は大いに関心をそそられた。

「だれのって……我々の、アメリカの法律にですよ……」

「疑いなく……何度も」彼は答えた。命じられたかのように、全員が軽く微笑んだ。蠟の仮面が一瞬生き返った、とでも言うかのように。僕はゆっくりと片足を動かし、躰を回して、背後の灰皿をつかめるようにした。手錠を掛けられた両手でそれを電灯に投げられるだろうか？　体操は結構得意だった。その瞬間、鼻眼鏡の男が、美しい碧玉の花瓶に生けた夾竹桃《きょうちくとう》のある小卓のそばに立つ男の方を振り向いて何か言ったが、僕には聞こえなかった。ドアが開き、運転手とその助手が現れた。

「こいつを連れていけ……手術室に」リーダーが言った。「それと手錠をはずせ」

運転手が僕に近寄ると——錠の中で鍵ががちゃっと音を立てた。次の瞬間、僕はまだ左手にはまっている鋼鉄の腕輪で彼のこめかみに打撃を与え、さらに足で腹にしたたか食らわせた。運転手はうめき声もあげず倒れた。だがその巨体がこちらに飛んでくるさなかに、僕はその革製上着の襟をつかむや、にわかにテーブルから立ち上がる男たちに向かって全力で投げつけた。どっしりとした

巨軀はテーブルをひっくり返した――椅子が数脚倒れた――この先どうなるかを待たず、僕はドアの方へ飛んだ。不思議なことに、だれもまだ発砲していなかったが、運転手の助手は落ち着いてそこに立っていた。久しぶりの知人に会ったかのように、軽く両手を広げて。

僕は左拳でそいつの下顎を殴った。というか、そこを狙ったのだが、奴が手のひらの端で打撃をブロックしたものだから、僕は激痛を感じ、手はだらりとぶら下がった。こいつは柔術を知っていたのだ――運が悪かった。

この混乱の中、背後に近づく足音が聞こえたとき、僕の記憶の中から瞬く間に飛び出してきたのが、がっしりとした背の低いイチ・ハサマ、京都で日本の闘技を教えていた男のシルエットだった。最後の授業で教わった、ヨーロッパ人には未知の二つの方法は、相手を死に至らしめることができる。それは下からの攻撃で、両手を鋏《はさみ》のようにして喉頭を砕くのだ。全力で必死に繰り出した一撃は部分的にしか成功しなかった。攻撃の勢いで緊張した奴の躰を感じた瞬間、何本かの力強い腕が僕を後ろからつかんだ。僕は地面に身を伏せたが、戦いは長くは続かなかった。震える手足の塊から、服を強くつかまれて引っ張り出されると、僕は――不思議なことに――テーブルに連れていかれた。

ここで息を切らした男たちのひとりに肘掛け椅子を勧められ、呆気にとられた僕が震えながらどさりと腰を下ろすと、別の男が僕の口に二本目の煙草をくわえさせ、三人目が火を差し出して、全員が僕のそばに座った。まるで短い休憩のあとで仲間同士の会話をするかのように。

運転手は助手を連れてすばやく立ち去った。助手はぜいぜいいいながら血を吐き出し、傷めたのどを押さえていた。しばしの沈黙の後、リーダーが声を上げた。

「あなたは試験に合格した……すでに我々の仲間だ。一切合切は無論、喜劇だった」僕の驚いた視線に彼はこう付け加えた。「我々はあなたにチャンスを与え、あなたはそれを利用した」

「変わったやり方ですね」左腕を揉みながら僕は言った。「聞いてもいいですか、ほかにどんな冗談を用意していらっしゃるのか？　アメリカの記者として、いまだかつてこんな目に遭ったためしがない」

「喜んであなたを信じましょう」青白い顔の男が言った。「ここにいる者たちを紹介させてください。こちらはドクター・トーマス・ケネディ」鼻眼鏡の男を指した。「こちらはミスター・ゲデヴァーニ、フィンク技師、私はフレイザーと申します」

紳士たちは僕に会釈し、手を差し出した。怒るべきなのか、笑うべきなのか、わからなかった。

「僕の名は……」

「存じています、完璧に存じあげておりますとも、マックモアさん、スコットランドのご出身、ですね？」

「あのう、皆さん、こんな冗談はもうたくさんでしょう？」

「よくわかります」フレイザーが言った。「では手短に。ここに座っている我々が構成する組織は実のところ、純粋に学問的な目的にも、財政的な目的にも興味がない、さらに」ここで彼は微笑ん

だ。「犯罪目的でもない。また、我々がファシストだなどとも思わないでください」僕のがっかりする顔を見て、彼は急いで付け足した。「また、我々は退屈した大富豪たちのクラブでもありません……」

「そうやって一時間でも列挙できそうだ」僕は嚙みつくように言った。「どうか迷えるシュニッツェル保護協会とか自分の懐愛護クラブとかを設立しないでくださいよ……」

「この問題を理解するのはかなり難しい。信じるのはさらに困難だ」初めて口を開いたのは黒い背広の男で、狭い顔を手入れの行き届いた銀の口髭で飾っていた。リーダーがフィンク技師と呼んでいた男だ。「あらゆる見かけから判断するに、あなたはそれに興味を持つだろうし、あなたもそれにゆだねることになる、我々がゆだねたものを」

「つまり？」

「つまりすべてを」彼は立ち上がりながら言った。ほかの者も立ち上がり、フレイザーは僕にこう言った。「一緒に来ていただけますか？　詳しく説明する必要があります」

　僕は会釈し、彼の後について、あらゆる騒音を消す厚いカーペットの上を歩いていった。

　扉に行き着くと、それは目の前あと二歩のところでひとりでに開いた。僕は我々ふたりしかいないことに気づいた——他の共謀者（頭の中でそう名付けた）たちは図書室に残っていた。廊下は僕の知らない階段に続いていて、階段はコンクリートの塊から彫り出したように見えた。窓がなく、重くどっしりとしている。壁の至るところで静かにぼんやりした光を点していたのは壁にはめこま

れた正方形のランプだ。三階の廊下も下の階と同じだった――僕の案内役は、踊り場に見えていたドアの方へ僕を連れていき、ドアを開けると先に入った。

そこは小さな部屋で、物理実験機器や書籍がぎっしり詰め込まれ、壁には地図が掛かっていた――見たところ、どこかの無人地帯のようだった――床には様々な大きさの地球儀があった。備品は、巨大なアメリカ製のデスク、肘掛け椅子数脚、壁際に並ぶテーブルには、陰極ランプがたくさんついた何やら大層複雑な機器が載っていた。

目に留まったのはこれだけだ――僕はすぐに招かれて腰を下ろし、自分のホストに目を向けた。彼は妙に思いつめて深刻な様子だった。

「ミスター・マックモア、どうか私が申し上げることをよくご理解願いたい。そしてできる限り、これから話すことを信じていただきたいのです。その後あなたの疑念を明白な証拠を使って晴らすように努めます」彼は片手を大きく振って、テーブルから新聞を取り上げ、こう尋ねた。「三カ月前、我々の半球の空にどのような現象が現れたか、憶えていらっしゃいますか？」

僕は記憶を探った。

「何か大きな彗星が現れたのだったか、あるいは流星だったか、もうよく憶えていません」僕は言った。「その頃はドイツ降伏のことでもちきりで、天文学は気象と共に隅に追いやられてしまったんでしょう」

「実際そうだったのですよ」僕の話し相手はとても満足そうだった。「ご承知おきください。私の

職業は物理学者です。天文物理学者と言ってもいい」思案するかのように、間を置いて付け足した。

「あなたがおっしゃった隕石はノースダコタとサウスダコタの州境に落ちて森林火災を引き起こし、三千ヘクタール余りを焼き尽くしました。その方面にいた私は、ウィルソン山天文台の同僚らと共に隕石落下の現場を訪ねたのです。そこは地面がえぐられた一種の窪地になっており、その天体は天体力学の法則にあまり従っていないように見えました。地殻に非常な鋭角で接していて、ほぼ接線に沿っていたのです。それは二キロメートル近く森を駆け抜け、ところどころ十二メートルもの深さの溝を掘り、木々に火をつけ、風圧で木々を押し倒しながら、ついには丘にぶつかって埋まり、そのせいで丘の頂上は数十メートルも陥没しました。高温と燃え続ける森のせいで、謎の隕石がある場所へ到達するのは困難でした。いちばん不思議だったのは、付近で隕石由来の鉄のかけらが一切見つからなかったことです。そもそもこの形成物の組成を明らかにしてくれるようなものは何も。持ってきた機械や雇った労働者たちの助けを借りて、人工的に冷ました後、その隕石を掘り出すことに成功しました。その発掘に関連した様々なジレンマについては別の機会に詳しくお話しします。その火球は現在ここにあります。あなたは明日の昼にもそれを見ることができますよ。実はそれは火球ではなく……」彼はここで躊躇した。

「ひょっとしてヨーロッパからのミサイルでは？」僕は尋ねた。「ドイツが発射を試みていたけれど、僕の知る限り、島〔英国〕に向けてでしたね」

「ええ、それはミサイルです」フレイザーが言った。「大した慧眼ですな、だがヨーロッパからの

ものではない」

「日本？」

「でもない……」と壁に掛かった大きな両半球地図を指した。僕はまじまじと見た。何か巨大な、妙に黄色い地表、曲がりくねって暗い、森に覆われたような山塊、両極には白い雪の覆い……不意に細かな、節くれだった水路網に気づいた……。

「火星だ」僕はほとんど叫んでいた。

「ええ、これは火星からのミサイルです」フレイザーがゆっくりと言い、抽斗からきわめて慎重に取り出した物を僕の前に置いた。「そしてこれは別の惑星から来た最初の知らせなのです……」

デスクの赤い天板の上に、何か金属的な物質でできた青く光る円筒が横たわっていた。僕はそれを手に取った――持ち重りがした。

「鉛ですか？」僕は訊いた。ミスター・フレイザーは微笑んだ。

「いいえ、鉛ではありません。これは地球では大変希少な金属、パラジウムです……」

僕はゆっくりと蓋をひねって開けた――ねじ山が鈍く光った――中をのぞいてみた。それはくりぬかれた円柱で、何かの粉が詰まっていた。

「一体何なんです？」

ミスター・フレイザーはその粉を白い紙切れに振り出し、それからその紙を二本の三脚に渡したガラス板の上に置き、下から金属の円筒を当て、あちらこちらへ動かした。僕は大声を上げたらし

い。紙の上で粉の粒子が、まるで金属の切りくずのように、図を形作ったのだ。三角形の各辺に正方形が立っている。ピタゴラスの定理だ。その下に、ちょっと楽譜に似た三つの小さな記号が見えた。フレイザーは丁寧に粉を円筒に戻し、蓋を閉め、抽斗にしまった。それから、この奇妙なデモンストレーションがどんな印象を与えたかを探ろうとするかのように僕を見やり、こう言った。

「マックモアさん……ミサイルがもたらしたのは別の惑星からの知らせだけではなく……生々しい印象もなのです……」

「火星から来た人たち？」

「人ならまだしも……ミサイルの中には非常に複雑なメカニズムがありました。あなたにどう言えばいいのか？　それにはまったく言葉が足りない……。何か機械的なロボットのようなもので……いずれあなたもご覧になるでしょう……。我々は、これがロケットを操縦していたパイロット・ロボットだと考えました。しかしそうではなかった。ある場所に、中心部に、信じられないことに、それがあることが判明したのです。行きましょう、あなたはご自分でそれを見る必要があります。私自身、一日それを目にしないと、自分の神経衰弱を信じはじめるありさまです……」

　僕たちは廊下に出た。頭ががんがん鳴っていた――周囲をよく見ていなかった――気づいたのは一緒にエレベーターに乗ったこと、そのエレベーター・シャフトは階段が巻きついたブロックの真ん中を通っていたことだけだ。エレベーターが震え、床が足元で沈んだ。下降は短かった。下にも同じ廊下があった――長くて、たださっきよりもやや暗い。壁の照明が一つおきに消えていたのだ。

閂が音を立て、鉄の水門型の巨大な扉がゆっくりと開いた——僕は中に入った。

　空気中に漂う何やら重く不快なにおいをすぐさま感じた。稼働するポンプのようなリズミカルな打撃音が、バルブ内で油がびちゃびちゃいう音と合わさって聞こえた。照明が点った。そこは鋼鉄の壁に囲まれた天井の低い部屋だった。中央に二本の巨大な木の柱が立ち、その間に、二台の架台の上に渡すようにして、何やら黒く青く光る不格好な機械が横たわっていた。それは巨大な円錐形に固めた砂糖《シュガーローフ》のように見え、複数の金属製コイル状コードが床に垂れ下がっていた。基部はたくさんのねじと爪でとげとげになっていた。

　様々な場所に、ガラス質の塊でできているかのような、周囲より明るい区画が見え、円錐の天辺には金属の帽子、あるいは、とても大きなナットのようなものが載っていた。

「これが〈火星からの来訪者〉です」とても小さな声でフレイザーが言った。怪物はじっと動かず、ただリズミカルなカチカチという音が内部から聞こえてくるだけだった。

「あの……彼は……これは生きているんですか？」

「これがどう動いているのか、まだわかりません……」ミスター・フレイザーが言った。「ご覧なさい」彼は近づき、先端の蓋を、まず一方向に、それから逆方向にゆっくりとひねって開けた。「ここに空洞があります。ただ触らないでください、お願いですから」僕があまりに低く身をかがめたとき、彼はぎょっとして付け加えた。

　僕が目にしたのはオレンジほどの大きさの金属製の西洋梨で、一方の端からおびただしい数の針

金が出ていた。

「あ、ここに窓がありますよ……」

実際、この鋼鉄かパラジウム製の西洋梨には、反対側の端に透明な物質が詰まった窓があった。僕は中をのぞいた。そこは、とても弱くゆっくりとだが、リズミカルに脈打っていた。強まった瞬間には、幾筋もの光るゼラチンか魚の粘液のように見えた。暗くなったときには個々に青白く光る点々が見えたが、それらが明るくなった段階ではひとつの閃きに溶け合っていた。

「これは何です？」僕は思わず囁いていた。

「こいつは、どうやら、まだ元気になっていないようだ。ひょっとすると内部の何かが着陸時に壊れたのかもしれない」フレイザーは言いながら、キャップを元の位置にはめた。僕をすばやく廊下に連れ出し、取っ手をひねると、厚い鋼鉄の扉板が閉まり、彼はほっとしたように振り返って（上のホールにいた、あの自制した冷静沈着な男はどこに消えたのか？）、こう付け加えた。「あなたが目にしたものは、あれはひとつの生きているものです……彼の中で」

「だれの中ですって？」

「ああ、あのお客の、火星人の中ですよ……まるでプラズマの一種のような、まだ何なのかよくわかりませんが……」

彼は足を速めた。僕が横から見つめていると、ついに顔を上げた。

「私にはわかります、あなたが何を考えているのか、でも、もしあいつに何ができるか、私が見た

ことを、あなたが見ていたなら……、そうしたらあなたは自発的にもう一度あの部屋に入るかどうか、わかりません」

そして僕をエレベーターに押し込んだ。

エレベーターは静かにうなり、軽々と上がった。頭の中がざわざわし、軽い目まいを感じて、僕はドアのそばにある取っ手につかまった。突然、僕たちは停止した。フレイザーはしばらくの間、僕を探るように見つめた。あたかも異常なデモンストレーションが僕に与えた印象を調べるかのように。それからドアを開け、先に降りた。

僕たちは再び二階にいた。図書室とは反対方向へ進み、廊下の湾曲部に着いた。ここで壁は不意に終わっていた。右側には複数の背の高いガラス板がコンクリートの溝にはまっていて、天文観測所のように見える空間の一部を区切っていた。フレイザーは僕をその先の小さな白いドアまで引っ張っていき、ノックした。

中から小さなしゃがれ声が聞こえた。

「どうぞ！」

入ったところは小さな部屋で、大きな机の上も窓も椅子も戸棚も、書類や何かの写真や図面に埋もれて散らかり放題だったので、僕たちを迎えて机から頭を上げた小男以外に、だれのスペースもなさそうだった。これは面白い人物だった——銀色の髭に覆われた赤ら顔の老人だ——砂糖をまぶしたキャラメルと言ってもいい。ひっきりなしに表情が変わるこの顔では、大きな金縁眼鏡が光り、

その奥に黒くて明敏で、陽気な外見とは裏腹にまったく楽しそうではない目があった。

「教授、これが例の、ついうっかりやって来た若者です……」

「へ、へ、あなたが、まあ、あなたでしたか、我々の罠にはまったのは？」老人は眼鏡を額に持ち上げながら切りだした。「思うに、あなたは仲間になるでしょう」彼がとがめるような目で見やった僕の背広は、先ほどの図書室での戦いの痕跡のほか、着古した徴候が目立った。「我々のところであなたが死ぬことはない。そう、これは大事なことです。ああ、どうぞお座りください」

我々は腰を下ろした。その前に何かのグラフや文字で埋まった紙の山や図表を椅子からどけなくてはならなかった。教授は話をやめなかった。

「つまり……ミスター・フレイザーはあなたに我々の、へ、へ、我々のお客を見せたんですね？」

僕はうなずいた。

「信じたくない、ですか？　ああ、わかってますとも、ええと……私が言いたかったのは、ああ、そうだ、つまりあなたはきっと驚いてらっしゃる、何という神秘、それにあの壁、それに錠前は何だか……」彼は笑いだし、落っこちた眼鏡を持ち上げると、まったく異なる口調で言った。冷静に穏やかに、指を上げて言葉を強調しながら。「つまりこういうことです。あの火星からのお客は人類に莫大な利益をもたらす可能性がある……が、しかしそれよりも多くの不幸をもたらしかねない。それで幾人かが集まって、必要な金や手段や知識を持ち寄った。その目的は、この新参者……別の惑星からの伝令の本質を知り、彼と意思を疎通して、我々についてどれだけ知っているのか、我々

よりもどれだけ技術的あるいは知的優位を有しているのかを引き出すことです。それらを共通の利益のために使えるように、あるいは、必要に応じて彼を破壊するために使えるように」この最後の言葉を彼は声高にならず、落ち着いて述べたので、まさにそれが印象を強めた。

「当然、我々はまず第一に新聞の、我が国のすばらしい新聞の、好奇心から身を守らねばなりません」教授は僕にいたずらっぽくウインクしながら付け加えた。すでに陽気なおじさんに戻っていた。

「ご理解いただけましたかな？」

「理解しました。今度はこちらから伺いたいのですが、あなたがたにとって僕は必要になり得るのでしょうか、だとすれば、どのくらい必要なのでしょう？　僕は特別な情報は何ひとつ持っていません……。約束して、ここを去ることだってできる。この問題が前例のないほど魅力的なことは認めますし、いずれ秘密にする必要がなくなったとき、これについて書く可能性には大いに惹きつけられますが、しかし、たまたまここに行き着いたからといって、あなたがたのもとに残らなければならないとは思いませんし、言わば、異物として残り、彼と運命を共にすべきとも思いません。放り出されるか、あるいは、吸収されるかです」

「大学では医学専攻でしたか？」教授は問い、僕を注意深く見つめた。

　ちっちゃな光の点々が彼の眼鏡で踊った。

「勉強しました……数年間」

「知っておいてください」彼は言った。「あなたがここから、我々のもとから去ることに関しては、

それができるかどうかわかりません。考えてもみてください、こんなセンセーションが新聞に載ったら、それこそとんでもない……」

　思わず僕は背筋を伸ばした。教授が何かを撫でるかのように数回手を振ったのだ。そして言った。

「気を悪くなさらないでください……私はあなたの言葉を、スコットランド人の言葉を疑っているわけではありません」彼は微笑んだ。「だが、ふむ、おわかりでしょう、報道記者の血とは何なのか、ともかくあなたは我々の役に立つ、思ったとおり、そして、我々もそれに劣らずあなたの役に立つ。いま我々が待っているのはひとりの……」彼は躊躇した。「ひとりの技師です。オレゴンから到着するはずで、我々の友人たちからある部品を運んでくる手筈になっています……。さて、我々のところには優れた専門家が揃っているけれど、人並みの健全な分別を持った人が足りないのです」ふたたび僕に向かっていたずらっぽくウインクした。「こうした分別とはとてもよいもので、これも我々の役に立つ可能性がある……。〈アレアントロポス〔Ares＝火星＋anthropos＝人。ギリシャ語〕〉の構造について多少お聞きになりましたか？」

「実は、まだ消化できていません……とはいえ、見たのはほんの短い間だけで」

「ええ、ええ、そうでしょうとも……あそこにいるのはそれでなくとも健康に悪い……」教授は僕を見ずに小声で言った。「あれがどんな方法で動いているのか、我々にはまだわからないが、放射線の一種ではないかと思われる。いくつかの物体はあの機械の近くで光る。それに、あれをミサイルから取り出したとき……」

僕は注意深く見た。教授はあたかも縮んで身震いしたかのようだった。

「とはいえこれは置いておこう……。これについてはまた耳にすることがあるでしょう」教授は急に顔を上げた。「ご承知おきいただきたいのは、我々のゲームが大変危険だということです。あの機械または動物、あるいは機械に閉じ込められた動物――まだわかりません――は、様々な奇妙な性質を持っていて、我々に多くのサプライズを仕掛けてくる可能性があります」

「なぜあなたがたはあいつを分解しようとしないのですか？」僕は尋ねた。

二人の男は顔をしかめた。

「残念ながら、そうした試みはありました……」そして僕を見ずに言った。「いいですか、我々は六人いました……いまは五人しかいない。事はそれほど簡単ではないのです」

「いまやあなたはもう、我々が知っているのとほぼ同じだけのことを知っている」フレイザーが小声で言った。「我々が提示する条件に同意するかどうか、これはまったくの自由ですよ、仕事仲間と同じ待遇、逃亡しないという約束ですが？」

「何ですって、逃亡？」僕は言った。「ここから出ることは禁止なのですか？」

二人の男は微笑んだ。

「もちろん禁止です」フレイザーが言った。「そう思わなかったのですか……？」

「それなら同意はする……だが約束は一切しない」僕は言った。「その約束は、あなたがたにはわからないかもしれないが、僕にとって克服できない障害となるでしょう。でも、あなたがたの建物

は障害ではない。あなたがたが互いに従っている法に基づいて、僕はここに残ることができる」

僕は立ち上がった。

教授は笑みを浮かべた。ポケットからずんぐりした金時計を取り出して見た。

「二時十五分前か……。今日の体験はもうたくさんでしょう、おやすみなさい」

そして自分の書類に頭を垂れた。もはや僕たちを見ず、注意も向けず、長い数字の列を記入していた。

フレイザーが僕の手を取り――共に廊下に出た。

照明の光が少し暗くなったようだった。僕は胸の中の冷たさと途轍もない疲労を感じた。

Ⅱ

強く明るい陽射しで目が覚めた。驚いたことに僕は手足を伸ばしていた――ベッドの柔らかさを感じた――すばやく寝床の上に飛び起きて辺りを見回した。

大きな明るい部屋に光があふれていた。窓から日光が降りそそいでいて、僕が最初に感じたのは、何か奇妙な莫迦げた夢を見たというものだったが、次の瞬間、取っ手のないドアに目が留まり、何もかも思い出した。急いで立ち上がり、窓に近寄って、外を見た。眼下に波を広げていたのは大きな暗い湖で、その岸辺は朝霧に沈んでいた。見渡す限り――水ばかり。滑らかで軽く皺の寄った暗

緑色の水面を、少なくとも四階の高さから見つめた。僕は部屋を見渡した。自分の服は消えていた——椅子の上に暗灰色のタータンチェック柄のスーツがあった。思わず僕は微笑んだ——主《あるじ》らはなかなか気が利いていた。不意に気づいたのだが、部屋の壁に、絵画で隠された小さなドアがある。開けてみると——タイルの白とニッケルで輝く洗練された浴室だった。

次の瞬間、僕はもうざわめく熱いシャワーの下に立って、高価な芳《かぐわ》しい石鹸の泡を楽しんでいた。かくも長い間、石鹸なしで済まさなければならなかったのだ。ちょうど服を着終わったとき、軽いノックの音がして、部屋に入ってきたのはミスター・フレイザーである。

「ああ！　早起き鳥でいらっしゃる、それならよかった」

いくらか休息をとって微笑を浮かべた彼は、僕に関して完全に確信しているようだった。僕の腕を取って引っ張っていった。

「朝食をどうぞ」そして説明を付け加えた。「朝食はいつも一緒に取ります。面白いこともたくさん聞けるでしょう、リンゼイ技師がオレゴンから到着したので」

僕たちは一階下に降りた。僕が入ったホールはイギリスのどの古城にもありそうなところだった。巨大な壁暖炉、長くて狭いテーブルを取り囲む背の高い椅子、マホガニー材の背もたれには彫刻が施されている。銀器と磁器、食器やナプキン、壁の紋章——本当に、僕が一緒に過ごすことになったここの人たちは、きわめて奇妙な環境下でも生活の手筈を整えることができていた。

テーブルについていたのは、すでに顔見知りの男たち全員と、新参の、肩幅の広い、いかつく骨

張った日焼けした顔の男だった。彼は僕にリンゼイ技師と自己紹介した。僕が席に着いたとき、すでに顔見知りの運転手の助手が入ってきて、コーヒーと紅茶を配りはじめた。僕は彼を横から眺めた――昨日の小競り合いの後で気分はどうか知りたかったのだ。

一応元気そうだったが、ただ喉仏がひどく腫れていたし、僕に投げつけてくる視線は特に友好的とは思えなかった。とはいえ彼に注意を払ってはいられなかった。なぜならテーブルで続いていた会話が、僕が入ってきたことで途切れていたからだ。

テーブルの端に座っていた教授が、ロールパンの小さなかけらを傾けたカップのコーヒーに浸しながら、僕に話しかけた。しゃべると眼鏡が短い鼻の上で動いた。

「ミスター・マックモア、通常我々は朝食時に、前日に起きたすべての出来事の概要を話すことにしています。そんなわけで、昨日我々は技師さんが来るのを待っていました。彼が今後の実験に必要な物を持ってきてくれたのです。すなわち鉛とアスベストでできた装甲です。というのもあの機械、アレアントロポスはある種のエネルギーを、どうやら放射性のエネルギーを出していて、それが我々の生体組織に対して危険きわまりない作用を持っているからです。放射線にさらされたモルモットのうち二時間後に生きていたのは一匹もいなかった。あなたに知っておいていただきたいのは、この作用は、我々の推測によれば、いまは弱まっているということです。なぜならこの機械は十中八九、正常な状態ではないからです」

「これは実のところ我々の推測に過ぎません」フレイザーが言った。「つまり、ミサイルの中にあ

った大気の残り――おそらくある程度、火星の大気と同等の物と思われますが――これには二酸化炭素と、地球の空気には含まれないその他のガスが非常に豊富でした。それゆえ、この有機体、つまりこのメカニズムを動かしている有機的な物質は、地球の大気の不適切な成分構成によって中毒したのだと、我々は考えています」

「いま機械がある状態が正常な状態かもしれないのでは？」僕は尋ねた。「だってあんな生きものがどう振る舞うかなんて、わからないじゃないですか……。比喩を用いるべきではないと思います……つまり、あの生きものを過度に人間視すべきではないと」

全員が僕を探るように見た。

「すみません、もしかして何か莫迦なことを言いましたか？　申し訳ないです、素人考えでした」

「この問題に関しては我々も素人です」教授が答えた。すでに二杯目のコーヒーを片付け、いまはパンを丸めているところだった。「あなたのご意見はもっともだ。残念ながら、ミサイルを開けたときの機械の反応はその種の……」

「実際何が起きたのか伺ってもよろしいですか？」僕は尋ねた。「すでにこれだけたくさんのヒントを聞かされたので興味津々ですよ……」

「おっしゃるとおりです」そう言ったのは白髪まじりでほっそりした、ドクターと呼ばれていた男だ。「酸素バーナーを使って、熱くなった鋼鉄の葉巻――火星から来たミサイルですが――その先端を切ったとき、中央の部品が落ちた後に穴から現れたのは、こんな金属製のコイルコードでした。

あれを詳しくご覧になったなら、あなたもたぶん気づかれたでしょう……」

　僕はうなずいた。

「あのコイルコードがおそらく我々の労働者のひとりに触れたのです。厳密にどうだったのか確認はできませんでした、というのもきわめて急激な、まるで痙攣のような動きをしたためです。その後、胴体が現れ、数メートルの高さから地面に落ちて動かなくなりました。この不動性を今日まで維持している、これがここ一週間余りのことです」

「それの何がそんなに奇妙なんです？」僕は言った。

「アセチレンバーナーのそばで働いていた労働者がその日のうちに亡くなったのですよ。脳卒中の徴候がありました……が、検死の結果、いかなる変化も見られませんでした、脳の軽い充血以外はね……」

「それで皆さんは推測しているのですね？」

「我々は何も推測していませんよ、お若い方、ニュートンが言ったことを憶えているかね？ Hypotheses non fingo〔私は仮説をたてない〕と老ニュートンは言った……。そう、そう、我々はただ研究するのみ、いかなる仮説もたてない……。そんなわけで、あの機械に近づくと、生命の損失を含む残念な結果を引き起こすことがあるのは事実であり、これは憶えておかねばなりません」

　それから実務的な口調でフレイザーに向かって言った。

「君、今日の準備はすべてできているか？」

「はい、教授、九時にアレアントロポスを届いたジャッキを使って小さな組み立て室に移し、そこでドクターの製法による混合ガスを満たした水槽に入れ、火星の気圧まで圧力を下げることによって治癒に導くよう努めます……。奴のメカニズムにいかなる破損もないかぎり、これでうまくいくはずだと思います」

「鉛の防護をつけて気密室に入れたモルモットの様子はどうだ？」

フレイザーは狼狽した。

「まだ見ていません……。わかりません……というのも入れたのが朝の五時でしたから」

教授のピンク色の顔が真っ赤になった。

「もしも全員が君のように働いたら、ミスター・フレイザー、火星人は窓から逃げ出して、捕まらないだろうね。結構なことだ！　見ていません……わかりません……だと」短気な年寄りはぶつぶつ言いながら、丸めたパンをテーブルじゅうに投げ散らかした。フレイザーはさっと立ち上がると壁龕《へきがん》に近づいた。受話器の音が聞こえた——内線電話だった。

少ししてフレイザーは自分の席に戻った。ゆっくりと腰を下ろすと、教授の目を見た。教授は椅子の上で姿勢を正し、口を開いて、待った。

「何だ⁉」

「モルモットはすべて死にました」フレイザーがむっつりして言った。「いまや二つの可能性があります。ひとつは人間にとっては無害な量だが、モルモットなら鉛の装甲をつけていても殺せる、

あるいは……」

「あるいは、いい加減にしろ」教授が不躾に言った。「夕方まで一旦中止せざるを得ないな、もしも夕食時に全員揃って顔を合わせたいなら……。装甲を最大限まで強化してくれ。鉛板は何枚ある？」

「八センチメートル厚が三十六枚あります」肩幅の広い技師が言った。

「それじゃあ鉛十二センチメートルの代わりに五十六センチメートルにしよう……」

「でも、もしこれが通常の線路放射でなかったら、モルモットの全身を四方から装甲で囲む必要があるのでは？」ドクターが尋ねた。

「火星では異なる物理法則が支配しているとお考えなのですか？」フレイザーが意地悪く言った。

「君は自分がすべての物理法則を知っていると思っているのかね？」教授はドクターを支持した。「私が君ぐらいの歳のとき、やはり自分はもう何でも知っているような気がしたものだ……。私はドクターが正しいと思う。円筒形の装甲を作って、呼吸用のフィルターを取り付けてくれ。あるいはそうではなく、密閉する方がいい、それで中に酸素ボンベを入れるんだ。すぐに作って、火星人と一緒に気密室に入れてくれたまえ」

　全員がゆっくりとテーブルから立ち上がると、教授はフレイザーの手をつかんで窓へ引っ張っていき、指でガラスに図を描きながら、何か説明を始めた。

　ドクターが僕の方へ近づいてきた。

「我らが教授はお気に召しましたか？」薄く長い鼻を指でこすりながら僕に話しかけた。「文句が多い、でしょう？　でも言っておきます。あの頭脳！」そして指で自分の額をたたいた。「でも、いいですか？　私がフィンク技師を説得しますよ、ミサイルから取り出したものを全部見せるようにって……。あれは面白い物です、私は一度見たけれど、だってあなたも知っておくべきですよ、教授は何でもかんでも鍵を掛けているんですからね」

ドクターは技師——半白のブルネットで薄青色の目、浅黒い顔の男——を手招きして呼び寄せ、僕たちは廊下に出た。

「申し訳ないが、あなたがたの仕事は僕の見る限り、実際には中身がなく、不適切なものだ。ならばああした秘密は何のためです？　それにあの奇妙な合言葉や待ち合わせの方法……。リンゼイ技師は直接ここに来ることはできなかったのですか？　僕じゃこんな前代未聞の興味深い研究の参加者になれないかもしれませんけど、でも……」

「だってあなたのお仕事仲間は我々をそっとしておいてくれませんからね」ドクターが衝動的に口を挟んだ。「なにしろ公園は有刺鉄線と犬たちに囲まれていなくてはならない。だって彼らはもう嗅ぎつけたんですから、どうやってかはわからないが、ウィドルトン教授が落ちた隕石と何か関係があるということを……。幸いいまは日本のことで頭がいっぱいだ。だが、もしも彼らが、現代天文物理学の泰斗や原子物理学の優れた専門家がここにいること、我々がミスター・フィンクのような設計技師やリンゼイのような電気技術者を擁していること、我々があいつを、あなたは知ってお

くべきですよ、わずか三日前に手に入れたことを知ったなら、このすべての建物と水と犬も大して役には立たないでしょう」

話しながら僕たちは実験室に着いた。そこは天井の一部がガラス張りになった大きなホールで、最新式の設備が揃っていた。空中では巨大な換気扇の羽根がうなり、何列も立ち並ぶ装置のガラスが至る所できらめき、壁からは瓶に入った試薬が虹色に輝いていた。あちこちでガスバーナーがシューッと音を立てながら何かの器械を温めていた。ホールの別の部分には複数のテーブルがあり、光学機器や、計器のような複雑な装置で埋まっていたが、その目的は僕にはわからなかった。僕たちはそのホールを通っていき、次の部分で僕が目にしたのは壁いっぱいに張りめぐらされたカラー写真で、隕石が落ちた付近を撮ったものだった。

後悔と共に打ち明けるが、僕はそれらをごく大雑把にしか見ていなかった。またミサイルそのもの——先端が丸くなった葉巻——の写真もあまり面白いとは思わなかった。一緒にいた人たちはそれに気づいた。

「どうやらいちばん重要なものをご覧になりたいようですね」ドクターが言った。「それなら下へ行きましょう」

僕たちはエレベーターで一階に降り、それから階段で僕が知っている地下の廊下まで降りた。僕の驚きはいかばかりだったか、そこからほんの少し行くとよく知っている鋼鉄の区画に着いたのだ。無口な運転手の付き添いで夜食を食べたあの部屋である。

「この小部屋をご存知ですね？」陽気なドクターが僕に話しかけた。僕は笑顔になり、その間に技師はそれぞれのセーフティボックスの文字シリンダーを合わせると、ほどなくカチッという音がして扉が開いたことを知らせた。

技師が暗い奥からいくつかの物を取り出し、テーブルの上に置いた。

「これは何です？」僕はパラジウム製の円筒を指差して尋ねた。その側面には何かボタンかキーのようなものが付いていた。

「これは、おそらく筆記装置、または、思考を永久化する装置です。中には非金属の屑のような、何か有機物の粉が入っています……。この円筒は大変機知に富んだ装置を備えていて、それが作り出す可変の電場が、粉に移るのです……。その変化はあまりに強固で、粉を紙の上に振り撒くと……」

「ああ、わかりました」僕は口を挟んだ。「それは昨日見たので。でも、どうすればそんなことが可能なんですか？」

「それはまだわかりません。この答えをあなたはしょっちゅう耳にすることになるでしょうね、当面は」ドクターは言った。

二つめは銀色の金属でできた三角形で、一点で交わる三本の頂垂線を備えていた。すべて太い針金のようなものでできていた。

「これは一体何です？」

「手に取ってみてください……」

そうしたかったが、その物体は触れると退いた――僕は手のひらでつかんだ。それは何か硬くて冷たいものだったが、たちまち震えだし、手の中でのたうちはじめて温かくなったので、思わず手放してしまった。テーブルの上に落ちると、元の姿のまま冷たくなった。

「一見、金属的な物質だが興奮性がある」ドクターは目を細めて言った。「我々のあらゆる概念に揺さぶりをかけてくる、生きている物質に関して、生きているものと死んでいるものの違いについても……」

三番目の物体は小さな黒い箱だった。

ドクターはそれを持ち上げ、僕の目と照明の間に置いた。

目がある程度の暗さに慣れたとき気づいたのだが、時折、箱の一面が暗くなって、表面が緑がかった蛍光を発するようになり、それから複数の明るい光の線がゆっくりと走る。線は時折じっと動かなくなるかと思うと、とんでもなくすばやく動くこともあった。

「これについては」技師が言った。「意見が分かれています……。私は、これはおそらく火星と通信するためのテレビの一種だと見ていますが、リンゼイ技師は、何か未知の、あるいは、変換されたエネルギーの受信機だと考えています。同時に」彼は笑顔で付け加えた。「我々の推測とはまったく異なる第三の何かである可能性も排除できません」

最後の物体は小さな葉巻型で、ゴムか、あまり硬くない可塑性のある物質でできており、写真で

見たことがある火球にとてもよく似ていた。

「これはミサイルの模型ですか？」僕はある種の安堵を感じながら言った。火星からのお客にもせめてひとつは人類と同じ特徴があるじゃないか。彼らだって自分たちの技術製品のミニチュア化を楽しむのだ、と。

「残念ながら、そうではありません」ドクターは皮肉な笑みを浮かべて言った。「これはただの外殻です。リンゼイ技師、この葉巻の中身をミスター・マックモアに見せてくれないか。私の指は」ここでいたわるように自分の親指を見た。「まだ治っていないので」

技師は苦笑いしたが、葉巻を手に取ると、テーブルの上にあったガラスの水槽に入れた。それから壁の箱から長い鉗子《かんし》を取り出して、葉巻をつかみ、その先端をゆっくりと圧迫した。

すると先端が魚の口のように開いて、そこから何か赤い、さほど大きくはないが、大変よく動くものが飛び出した。それは胡桃《くるみ》大の生きもので、ボールのようにひっきりなしに飛び跳ねていた。そいつの上には、二本の暗青色の棘《とげ》が浮かんでいるようだった。

「これは火星の動物相のサンプルです。もしかしたら植物相の標本でもあるかもしれない」ドクター・ケネディが言った。「これに噛まれるのはかなり嫌なものだが、我慢はできる」僕の鼻先に、火傷のような醜い傷で飾られた親指を差し出してみせた。「地球のクモ網か節足動物（足はないけれど）に近い動物のようだが、私には地球上のあらゆる昆虫を合わせたよりも賢く見える……」

「そんなことどうしてわかるんです？　それにどうしてこのお客さんたちに対してそんなに肯定的

なのですか？」僕は尋ねた。これらすべての物体の驚くべき奇妙さ、優位性、また異質性を前にして、いつもはきちんと動く自分の脳が働かないので腹が立ってきた。

「まったく単純なことだ……。二日間の実験で彼らは記憶を示したのですよ。条件反射実験の犬が恥じ入りかねないほど……かなりすばやい行動でね。彼らの動きのメカニズムに注目してください。手足はないが、腹の下側の収縮のおかげで飛び跳ねながら移動する……」

　煉瓦色の生きものに目をやると、空っぽの水槽の底で飛び跳ねていた。それは明るい色と暗い色の縞模様で、細い毛のようなものが生えており、その毛に棘があることがわかった。

「でもそれってそいつ自身の手足では絶対ないですよね」僕は驚いて叫んだ。

　実際、その棘のようなものは、銀青色の金属を丁寧に切り出した二つの顎で、ほぼ数学的に計算された歯車《ギア》システムを備えていた。その顎を保持している突起は螺旋《らせん》状に巻いていた。

「残念ながら、おっしゃるとおりです。火星の虫たちは道具を使うのです」ドクターは言った。ドクターはその生きものを鉗子でつかまえたが、それもそう簡単にできたわけではなかった。技師は疑わしげにじっと見つめ、もっと慎重にやるようにと言いながら、それを葉巻型のケースに入れた。技師がすべてを念入りに隠し場所にしまうと、ドクターがこう言った。

「それを見ていると気分が悪くなる。もしも自分がこんな年寄りの狂人でなかったら、私の足は決してここには立たなかっただろう。危険については言わん」ここで軽く背筋を伸ばした。「私は戦功十字勲章を持っているが、それにしてもこの狂った物や、それにこの我らが機械仕掛けの亡骸は

私をいらだたせる。それに何のために医者が必要なんだ？」彼は驚きながら、僕を廊下に連れ出した。そこはいつものように、昼間にもかかわらず、人工的な光で照らされていた。「こうは思いませんかな？　彼らに必要なのは、あの火星人用の時計修理工なのだと、ハ、ハ、ハ！」

技師は巨大な門を閉め、僕たちの方を向いた。

「ドクターが言ったことをあまり鵜呑みにしないでください」技師は言った。「それに彼のペシミズムも。ドクター自身、真面目にそう思ってるわけではないんです」

僕たちは一階の踊り場に入り、技師がボタンを押した。

小さなひゅっという音が聞こえ、ドアがすっと開き、さほど広くない、薄暗い光に照らされたエレベーター内部が目の前で口を開けた。僕は自分の連れを見やった。

「図書室に行きましょう」とドクターが言い、腕時計を見た。「十一時だ、これから作戦会議です」

図書室は空っぽだった。少なくとも最初の瞬間そう見えた。だが脇の窓際に、これまで僕が話をしたことのない男が立っていた。小柄でずんぐりしていて、着ている大雑把な仕立てのだぶだぶな服が、かなり突き出た体形にぶら下がり、その丸みを隠そうとしていたが無駄だった。顔はほぼオリーブ色、髪は青みがかった黒、目だけはノルウェー人の顔から移植したかのような緑色だった。というのも氷河の裂け目の氷のように光っていたからである。

「おっ、ゲデヴァーニ氏だ」ドクターは満足そうだった。「やあ、最近はどうだね？」

ゲデヴァーニ氏は片言《かたこと》の英語で話した。

「ドクター、教授が呼んでました。もう三回も上と下に電話しました。あなたはもう小さい手術室に行ってください」

ドクターは口が利けなくなった――動作が意識的ですばやくなった――左手で内ポケットをつかんだ。注射器を持っているかどうか確かめると、ホールから駆け出した。

「どうしたんです？」僕は訊いた。

「わかりません」ゲデヴァーニ氏は指でテーブルをトントンとたたいた。「どうやら、我々の親友リンゼイがミスター・フレイザーに証明しようとしたようです。ふむ……あの機械、火星からの来訪者が、気密室のドア越しには放射線を出さないということを……」

「それで彼はどうなりました？」

「エレベーターの中で意識を失っているのをバークが見つけました。たぶんあそこから逃げ出したんじゃないでしょうか？」

その瞬間、ドアが開いて、もじゃもじゃの白髪を生やした小さな黒いノーム〔小人の姿をした大地を司る精霊・妖精〕のような教授が現れた。ほどなくしてドクターとリンゼイ以外の全員が入ってきた。教授は図書室の戸棚に沿って通路を走り、足を踏みならし、ぶつぶつ言いながら、眼鏡の下から怒りの視線を男たちに向けた。彼らはゆっくり肘掛け椅子に腰を下ろし、煙草に火をつけ、老人の怒りがおさまるまで待っているようだった。

「千回言っただろう。いかなる実験も独断でするなと！　こんなことは終わらせねばならん、さも

ないと私は明日にも出ていくぞ。我々は子供か？」とうとう教授は爆発した。「事はあまりに深刻だ、ひとりのひとかどの学者がもうひとりと共に、野心のために、あるいは特別に構築した理論のために、こんな危険に頭を突っ込むようなことはやめにしないと……」ここで言葉を切り、チョッキのポケットからあり得ないほどよれよれの葉巻を取り出し、端を嚙み切って火をつけると、まったく別の口調でさらにこう続けた。「我々の親友リンゼイはこの件からはずれることになるだろう、おそらく、完全に……。いまから諸君の今日までの仕事の結果と提案を聞きたいのだが……それと、できる限り、研究の速度ではなく、最大限安全な研究環境を作るよう努めたい……ついでに言えば、それもまったくの絵空事かもしれないがね。フィンク技師、技術面の報告を頼む」

　技師が立ち上がり、自分のテーブルの上にノートを拡げはじめた。

「というわけで事態は次のとおりです……。機械は現在、皆さんご承知のように、厚さ六十センチメートルの鉛で覆われた装甲気密室内にあります。この厚さは我々が決めたものですが、これでは駄目だということがわかりました。我々の実験室で作られた光線の結果から判断するなら、五十センチメートルの鉛はあらゆる波長のエネルギーを百パーセント防ぐはずです。しかし同僚リンゼイの不幸な事故が我々に示したのは、あの光線が我々の装甲を紙っぺらのように突き通すということでした。したがって、モルモットを使った実験はまったく無意味だったわけです。我々の目的は、機械を、すっかり入れ替えた大気の作用にさらすことです。解体の試みが不首尾に終わったため、生きている部分を完全に中毒させるという案は放棄されました。そうすればこの一種のプラズマを、

ドクターのご判断によれば、破壊できるはずでしたが。

　このプロジェクトを実行するために、次のことを提案いたします。第一に、厚さ二メートルの壁を持つ鉛管を作成する。その管に機械を入れ、両端をしかるべきプレートで閉じる。第二に、管の内部にテレビカメラを設置し、管内で起きていることをリモートで観察できるようにする。この私の方法は最大限の安全をもたらすと考えます」

「以上ですか？」教授が訊いた。

「以上です」

「それでは君はバークのところへ行ってください。彼が防護服を着せてくれますから、そうしたら地下へ降りて、気密室から出る放射線の強度を、閉じた扉越しに電位計で測定してみてください。どのような装甲が必要かを計算するのは、この方法でのみ、それも一定割合の安全を保った上での話だ。小細工は一切しないでください。不必要に気密室に入らないように。それと、バークはつねに廊下のエレベーター近くにいるように。もしも何かあったら知らせてください。私の言うことがきちんと理解できますか？　私は今日まで、皆さんどなたも英語がよくおできになると思っていたんだが、ミスター・リンゼイの冒険の後ではもはや何ひとつわからんよ」

　技師は頭を下げ、書類を提出すると出ていった。

　ドア口でドクターと出くわした。ドクターは急いで入ってくると、教授に近寄って何か言ったが、声が小さすぎて僕には何もわからなかった。教授は目を剝《む》いてドクターを見やり、それから指で自

分の額をトントンたたいて肩をすくめた。ドクターは教授を説得しようとしたらしく、指で手のひらに何か書いた。

「彼は気が違ったな」ついに教授が爆発した。

ドクターは気にしていないようだった。

「彼は私と同じく正常です」と言った。「幻覚の可能性は、また別の話です」そして僕たちの方を向いて、こう言った。「皆さん、リンゼイ技師が意識を取り戻し、私に語ったところによると、気密室の閉じた扉越しに放射線強度を測ろうとして、電位計を持っておよそ三十分間そこにとどまったそうです。いま見ると、電位計は壊れていて、いかなる放射線も示していませんでした。しかし放射線は強過ぎるほどでした。技師が意識を失ったという事実がその証拠です。技師はそこに約十五分間横たわっていましたが、どうやら気分が悪くなって倒れた瞬間に、廊下の出口の方へ這いずりだしたようです。なぜならバークが彼を見つけたのはエレベーター近くでしたから。

技師の主張によると、朝九時四十五分頃、これは電位計を観察しはじめて十五分後です、とはいえ電位計の針は震えもしませんでしたが、次のような現象に気づきました。気密室を閉じている鋼鉄の扉の一部が桜桃色に熱せられたかのように光りはじめたのです。扉に手を近づけてみても温度は正常でした。しばらくすると扉のその部分が完全に消えて、できた穴の中に突起が現れました。それは黒くて光る、先端が尖っていない鉛のケーブルのようなものでした。これは火星人の手足として使われているコイルコードの先端ではないか、と彼は思いました。しかし技師は、おそらく放

射線の有害な影響を受けた精神状態にあり、この現象にもまったく驚かず、さらにその場に約十分間とどまり、ついには意識を失いました。私が思うに、もしもこの現象が、つまり十五センチメートルの鋼板の部分的消滅が、実際には起こらず、中毒した意識の産物に過ぎないのだとすれば、それはアレアントロポスが発する光線の作用機序の一部を示しているのではないでしょうか。つまりそれは批判的判断力の欠如を引き起こし、緩慢で気づかれないような方法で意識を失わせるわけですから、それを防ぐ方法はありません」

ドクターが話を終えたとき、全員がしばらく沈黙した。

「実際には何も変えていないわけだな」教授が言った。「ミスター・ゲデヴァーニ、あなたは我々のところで、いや、我々のところに限らず、実験原子物理学の最高の専門家だ。なにしろシカゴのローレンスのサイクロトロンで四年間勤めたのだから。あなたのご意見を伺いたい。圧力と温度を上げることなく、何らかの物体の鋼板を通したこうした、ふむ、拡散は可能だろうか？　どうか、これを余すところなく説明してくれたまえ」

小柄な、オリーブ色のゲデヴァーニは立ち上がり、しばらく黙っていたが、ついに爆発した。

「教授、皆さん！　もしもそんな現象が可能なら、どんなことだって可能です……。理論上はそうです。理論上は、と言わねばなりません。確率理論によれば、石は落ちる必要はない、水は気体となって沸騰する、それは、何と言いますか……たぶん、そうなるだろうということに過ぎません。だが、この場合は、違います。思うに、もしこの現象が可能ならば、物質とその構造に関する我々

の知識の土台が揺るがされることになります」

「それがすでに起きていないかどうか、だれにわかる……。ひょっとしたら、あのお客は我々のあらゆる概念を狂わせるかもしれないぞ」ドクターが小声で言った。

「もしそうだとしても、その代わりそれは我々に別の、もっと良い、より完璧なものをもたらすに違いありません」ゲデヴァーニが言った。

「光線に関しては」ローレンスの元共同研究者は言った。「問題は単純だと私は思う。もしも機械の一部がそれを発しているなら、いずれにせよそれを抑える装甲が存在するはずです。たとえその発光強度が十六兆気圧下、温度一千万度の物体が発する強度に等しいとしてもね……これは、そんな放射線を発する恒星ですよ」

「その装甲の厚さはどのくらいになる？」教授が尋ねた。

「鉛の層でおよそ三百メートルです」

訪れた茫然自失は名状しがたい。

「なんと、我々はここで火山の上にいるようなものじゃないか」ドクターが叫んだ。「もしかすると我々全員がすでにあの電波だか光線だかの影響で狂っているのかもしれない、これは笑える！」

「私はそんな強度だとは言っていません。それは最大値ですよ。あの機械はそんな圧力も温度も作り出せないじゃないですか……」

「どうしてわかる？」

「えっ、私に訊くのですか、技師さん。だって物体の放射線にそれだけの圧力と温度があれば半径十数キロメートル内のすべてをなぎ倒しますよ……。でも我々のところではすべてが、ありがたいことに、立っている」曲げた指でテーブルをトントンとたたいた〔言葉によって幸運を壊さないよう、未塗装の木に触れることで負のエネルギーを地中に逃がす、という民間信仰由来の迷信〕。

ウィドルトン教授は我慢できず、

「あなたがここにいらしたのは木をたたくためじゃないんですよ、親愛なるゲデヴァーニさん」と優しく言った。「あなたのご提案はどういうものですか？」

「私はあなたが何を欲しているのか知りたい」

「そんなことは明らかじゃないですか？　私はドクターが提案した実験を行いたい」

「その要点は？」

「あなたは記憶をなくしたんですか？　我々は火星の大気によって影響を与えようとしている……」

「何のために？」

「機械が正常に戻るように」

「正常になったかどうか、どうやってわかるんです？」

しばらく前から僕は頭の中で血が強く脈打つのを感じていた。皆の顔がいささか紅潮しているのにも気づいた——額の血管が膨れていた。

突然、震動が感じられ、下の階でガラスが音を立てて落ちた――全員が黙り込んだ。

いきなりドアがバッと開き、恐怖のせいで狂って、口から泡を吹いた生きものが図書室に飛び込んできた。

「バーク、どうした？」教授が叫んだ。「酔っぱらっているのか？」

「教授、助けてください！　あいつがここに来る！　あいつが来るぞここに！」叫ぶ運転手の顔は恐怖で灰色の仮面に変わっていた。

「だれが？　君は気でも違ったのか……」

その瞬間、技師が部屋に駆け込んできた。顔からは血が流れ、全身、埃と漆喰《しっくい》にまみれていた。

「みんな、気をつけろ、あいつが逃げ出した！」苦しそうにあえぎながら叫んだ。

「何だって、どこに、どうやって？」全員が立ち上がった、いや、むしろ椅子から跳び上がった。

さらに気づいたのだが、ミスター・ゲデヴァーニが窓に駆け寄り、何か叫んでいた――その瞬間、鋼《はがね》の声が混乱を打ち、それを瞬時の静けさに変えた。

「臆病者め！」

こう叫んだのは教授だ。その小柄な姿があたかも成長したかのように、目をぎらぎらと光らせ、身をかがめ、テーブルにしっかりと手をついて立っていた。

「どうかすぐに落ち着いてください！　技師さん、何があったんだ？」

「機械が気密室から出た。どんな方法でかはわからない。私は下にいた。ドアのそばで電位計は非

常に強い放射線を示し、それは十二秒間隔で上昇した。そのとき私は気密室の天井の放射線がどうなっているのかを測りに一階に上がった。その瞬間、震動を感じ、地面に投げ出され、計器は壊れてしまった」

それと同時に中庭で――あるいは正面側からも――恐ろしい叫び声が轟き、我々の耳をつんざいたので、全員が身震いし、窓の方を振り向いた。叫び声は繰り返し、押し殺したしゃがれ声が響き、それは異常な静けさの中で聞こえるつぶやくような嗚咽になり――すべてが沈黙した。

「我々はどうすることもできない」教授が重々しくゆっくりと言った。「我々にはわからない、あいつが何をしでかすのか、どうやって身を守るべきなのか、ただ対処しなければならん」

「しかしそれじゃ私たちはここで死んでしまう。いや、私はここから出る」これはゲデヴァーニだった。

「どうぞ、ドアは開いている。私はだれも引き留めはせん。私の場所はここだ、たとえ言葉半ばで死ぬことになろうとも」教授の顔はまるで石から彫られたかのようだった。まさしく、それは途轍もない恐怖だった！

ゲデヴァーニは椅子にくずおれた。

「奴が出ていったって、どこへだ、何をしている？」教授が訊いた。

「わからない、見ていなかったので、バークならもしかして？」力尽きた技師がつぶやいた。椅子にくずおれ、あえぎ、ハンカチで額と髪から石灰まじりの血を拭った。

バークは、二つの書棚の間に隠れていたところを、ドクターに引きずり出された。ドクターはゆっくりと冷静に胸ポケットからケースを取り出し、心臓薬のアンプルを見つけると、震えている巨体の男に注射した。それから注射器をケースに収め、教授にこう言った。

「もしこのまま行けば、近いうちにすべてのアンプルがなくなります。こんな感染症は想定していませんでしたよ」

彼は努めて陽気に振る舞った――教授は肩をすくめた――この彼のおしゃべりと軽率さは仮面であって、その背後には胡桃の殻の中のように、恐ろしく硬くて強い芯があるように僕には思えた。

「バーク、何を見たのか、話してくれるかね？」

「教授、あいつはここには来ませんか？」運転手はまだ小刻みに震えていた。

「いいや！　さあ話せ、この間抜け」

「エレベーターのそばに立っていたら、急に、急に何か閃光、青い光のようなものが見えて、ドアはどこかと見れば、そこには埃があるだけで、まるで天井が引きちぎられたような埃で、その埃から出てきたのは……」

彼は身を震わせ、顔が蒼白になった。

「どうした？　何が見えた？」

全員が輪になって緊張し青ざめて立っていた。教授は頭を傾け、その黒い目は何か不滅の炎となって燃えているようだった。その瞬間、僕は思った。たとえ火星人でもこんなまなざしには耐えら

れないだろうと。

「巨大な黒い円錐形の砂糖頭《シュガーローフ》が少しずつ進み、その前後にはこんな奇妙な蛇たち《コイルコード》が、まるで触手のように浮かんでいて、頭は左右に揺れ、一度壁の柱にぶつかって、私は震動を感じました」

「ああ、そのときだったのか、つまり奴はドアをもぎ取ったわけじゃない」フィンクが僕に囁いた。

「見ると、煉瓦が飛び散り、触手は私からはがれていたので、エレベーターに飛び込みました。ありがたいことに、まだ動いたんです」運転手は言い終えた。目に狂おしい恐怖を湛えてドアを見つめながら。

「なんてこった、砂糖頭から逃げなくちゃならないなんて」僕の背後でだれかが言った。その瞬間、声を揃えた叫びが部屋の空気を引き裂いた。

　辺りが薄暗くなり、窓越しに僕は濃い蒸気の雲を目にした――沸き立つ蒸気の雲を。

「湖が沸騰してる」だれかが叫んだ。なぜだか湖の水が煮え立ち、いくつもの渦を巻いて飛び散り、それが溶け合っていった。その現象は五分間続き、始まったときと同じようにすばやく終わった。

「どうやらこういうことらしい。機械は部分的に正常に戻ったが、完全ではない。我々で言えば酔っぱらっているようなものだ。だから壁にぶつかったり、ゆらゆら揺れたりするし、おそらくいまの見世物もそうなんだろう」教授は手のひらで額に触れながら、ゆっくりと言った。「ふむ、どうやら我々の大気に順応したようだな……。皆さん」

　この発言を聞いて全員が教授の方を向いた。

「皆さん、残るは最後の方策だ。我々の迫撃砲を使う必要がある。一酸化炭素、塩素、アセチレンの混合物からなる迫撃砲弾が何発か近くで爆発すれば、効き目があるはずだ。もう一度、空気の成分を変えてやれば、再び不動状態に陥るだろう。そうすればうまく利用できる」

　賢明な策のように思われた。

「迫撃砲と砲弾を取りに地下へ行かないと」だれかが言った。

「だれが言ったんだ？　おい……」

　全員が顔を見合わせた。

「おい、何だ？　だれも下に降りたくないのか？」

　僕の耳にはまだあの恐ろしい叫びが脈打っていた。近づいてくる己の死を目にした人間の叫びが。

「僕が行きます！」僕は言った。

「ありがとう、マックモア、ただあなたはまだここでは不案内だ、私が行く」教授はテーブルから離れた。

　男たちの集団に活が入った。

「みんなで行こう！」

　教授は申し訳なさそうに彼らを見た。

「君たち、そこまでする必要はない、三人で足りる。ドクター、技師、そしてマックモア、行ってくれ」

僕たちは部屋から出た。廊下は漆喰の層で軽く覆われ、暗い通路が白くなっていた。それ以外は静かで落ち着いていた。エレベーターに乗り、地階で降りた。そこは混沌が支配していた。天井を支える柱の一本はほぼ半ばまでぎざぎざになり、もぎ取られた鉄筋コンクリートが、セメントの破片と砂と漆喰まみれのちぎれたネットとなって床を覆っている。その上を歩いた。

「何というすさまじい力だ！　だがあいつの背丈は一・五メートル以下だ」技師が囁いた。「とはいえ体重を量ったら、四百キロ近かったが……」

僕たちはほとんど駆け足で廊下の端にたどり着いた。

空気は何か堪え難い、吐き気を催させるにおいがした。はるかに弱まってはいたが、それは初めてあの怪物を見せてもらったときに感じたにおいだった。

僕が知っている鋼鉄の区画で、技師はいくつかのロッカーから細長い卵形の、基部にカラフルな輪でしるしの付いたガス弾を取り出し、各人に六発ずつ持たせ、自分はさらに三発と二門の迫撃砲を受け持った。迫撃砲は小さな橇《そり》の形をしており、土台はアルミ製で、非常に軽く、単純な構造だった。

各自ガスマスクを数個ずつ肩に掛け、帰途は特に問題なく切り抜けた。

無事に戻ってきた僕らを目にすると、図書室の緊張はいささか緩んだ。

「さあみんな、始めよう！」教授が各々にガスマスクを配りながら言った。「マスクは私が次の命令を出すまで、決してはずさないように。仮に私が……私が命令を出せなくなった場合は、ミスタ

ー・フレイザーが指揮をとる。そのあとはフィンク技師だ」

僕たちはガス弾を抱えながら図書室を出た。教授は僕らを率いて上の階へ、それから五階へと進み、ついに狭い階段を登って、屋上にある小さなドームに出た。そのドーム内にあったのは腰掛け数脚、三脚に乗った小さな望遠鏡、いくつかの気象観測機器だった。

男たちはこのかなり暗い場所の側壁にある小窓に近寄り、外の様子を見はじめた。僕が当たったのは頭ほどの大きさの、そこから望遠鏡を出すよう穿たれた穴で、その穴を通して、北方向から僕たちとニューヨークとを隔てている何もない畑が見渡せた。数キロメートル先に空の一部が暗くなっているのが見えた——それは大都市の煙だった。

今年の早春の畑を背の高い若芽が覆っていた。若い緑が木々の梢で輝いていた。だが、僕が痛くなるまで目を凝らして観察していたのは楽しみのためではない——付近のどの地点も、どんな影も疑わしく思えた。

「いた！　いたぞ！」教授が叫んだ。全員が押し寄せた。僕の穴から教授が示した方角が見えるかどうか、のぞいてみた。

だがすでにだれかが丸天井の一部を開き、視野のほぼ半分があらわになっていたので、はっきりと見ることができた——三、四百メートル先に何か黒いシルエットが、油が塗られているかのように日光を強く反射しながら、ひどくゆっくりと真っ直ぐに若い穀物の中を動いていた。踏みつぶした茎の狭い轍《わだち》で道筋を記しながら。

「早く、迫撃砲を」教授はもう元どおり冷静になり、照準器の枠を顔に寄せ、技師を助けて弾を砲身に押し込んだ。

「神の御名において《たのむぞ》、いいか、あいつの反応を見る。撃て！」

かなり弱い音がして、焼けたコルダイトのにおいが半開したドーム内に拡がり、爆発物の煙の二本の筋が放物線状の弾道を示し、目標から十数メートルの地点でほぼ同時に炸裂した。爆発の瞬間、すぐに気づいたのは、シルエットが立ち止まり、動く触手のごとく前方に持ち上げていた蛇《コイルコード》たちが上と横に突き出たことだ。

「撃て！」

二度目の一斉射撃はもっとうまくいったが、砲弾の力が弱く、機械を転ばすことさえできなかった。破片が機械に激しく当たる音が聞こえたような気がしたが、この距離ではおそらく幻聴だったのだろう。

「撃て！」

今度の砲弾は、どうやら塩素ガス弾だったようだ。というのも爆発後に暗いガスの雲が湧き上がったからだ。風が雲を少々吹き払って治まったとき、黒い小さな円錐体が可笑《おか》しな具合に左右に揺れているのが見えた。

突然、若い穀物の上を、長く細い炎の流れが走った。まるでだれかが燃えるガソリンを地面に流したかのように――緑は枯れて黒くなり、たちまち火に包まれた――炎の筋は途轍もない速度でこ

ちらへ向かってきて、ほぼ建物まで達した。

「撃て！」

新たな轟音が空気を乱した。煮えたぎった空気の波が胸にぶつかるのを感じた——息を止め、床に伏せた。

床から飛び起きて胸壁に駆け寄ると、もうすべて終わっていた。緑はまだ少々煙っていたが、小さな黒い円錐体は横倒しになり、その触手は乱雑に四方八方へ投げ散らかされていた。

「やった！」

僕は振り向いた。ウィドルトン教授がまだ煙っている迫撃砲から離れ、顔からマスクをもぎ取ると、チョッキから葉巻を取り出した。

「皆さん！　下へ戻りましょう。我々の任務の第二部が始まります」

Ⅲ

黒く光る円錐体がアーク灯のまぶしい光の中でついに動かなくなったとき、フィンク技師は額の汗を手の甲で拭い、曲がったネクタイを直して、取り囲む男たちの汗まみれの赤ら顔を見ながらこう言った。

「奴は確保したが、これからどうすべきかを考えなくては」

ウィドルトン教授は、ひとりだけアスベストと鉛の防護服を着ていなかったので、鉛板の山で手早く作った壁の陰に立っていたのだが、近寄ってきて、自分の玉ねぎ型金時計を見ながら言った。

「皆さん、我々はすでに十二分間、放射線の作用にさらされている。私についてきてください」

穏やかならぬ視線をその大きな黒い塊に向けつつ、我々は外に出た。最後に出ながら、僕はもう一度見た。この奇妙な怪物は木製の架台に横たわり、脇から出ている三本のコイルコードは乱雑にからみあって床に垂れていた。周知の金属音がかなり間隔を空けて内部から聞こえてきたが、それは、かすかなしゅうしゅういう音、というかむしろ、金属表面がずれて動く音によって途切れ途切れだった。きらめく黒い外被に踊る光は、盲《めしい》の目のごとき膨れたガラス質の嵌め込みがある表面のところどころでより強く反射していた。背筋に悪寒が走った――ドアを閉めるとほっとした。僕たちは二人一組でエレベーターに通じる廊下を歩いた。

「ドクター、どう思われますか、放射線量は合算されるんですか？　つまり、もしいま十数分か三十分か、あるいは一時間さらされなければ、新たな照射による有害作用は以前の量に加わらないということですか？」

　ドクターは両手を広げた。

「わかりません、教授、何もわからない。仮にラジウムとの類推で言えば、もっと長く休む必要があります。少なくとも数日は」

「そいつは困ったな」教授はこぼした。「いますぐ動かねばならんのに」

しばらくして僕たちは図書室の快適な椅子に座っていた。僕はほっとして旨い煙草の煙を吸い込んだ。全力を尽くした後で筋肉がまだ震えていた。完全に治癒する前に、無害化した怪物を僕ら自身で実験室まで運ばなくてはならなかったのだ。

教授は自分の消えた葉巻に火をつけた。

「皆さん、状況は明らかだ。かわいいお客をこのままにして、ここから数百マイル逃げるか、遠ければ遠いほどいいが、あるいは、いますぐにも攻撃に取りかかるかだ。第三の方策は見当たらん。我々自身を原子の塵に変えてしまう指にバラバラにされたくなければな……」

「教授、よろしいですか」フレイザーが発言した。彼の顔は夕陽を浴びて光っていた。「私が考える唯一の方法は、機械を無害な部品に解体すること、つまり密閉部を切り離すことです、あれが生命を調整している中心ですから。ご承知のように、あの中心部の窓には数個の小さな開口部があり、おそらく呼吸の役割を担っているものと思われます。でなければ、これほど迅速にあいつを中毒させることはできなかったでしょう。ですから、繰り返しますが、あれをどうにかして切り離さなくてはなりません……」

「その試みは死刑宣告に等しい」教授が小声で言った。「尋ねるが、君たちのうちだれがその処置をやってみようと思うかね、二人の技師の指揮の下、彼らの指示に従って、だれが名のりをあげる？」

互いに顔を見合わせることなく、男たち全員が立ち上がった。僕自身どうやって立ち上がったの

かわからない。だがある瞬間、いまや温かく輝く教授の黒い目が僕たちに向けられたのを見た。

「ありがとう、皆さん。そうなるだろうと思っていたよ。だが命を無駄にすることは許さない。技師さん、何か計画がありますか？」

あるように見えた。というのもフィンクが手元の用紙に熱心に何か書きつけていたのだ。彼は何かの数式を紙になぐり書きしていたが、突然立ち上がった。

「皆さん、あります。それには写真乾板を使う必要があります」

「でもそんなの何にもならない」僕は言った。「あの放射線はきっと乾板を焼いてしまう……」

「もしそうだとしても、気にすることはありません」フィンクは僕の反対意見を悪く思っていないようだった。「機械の様々な場所に一連の乾板をさらして露光します。そうして第一に、この方法で放射線を発している箇所を見つけます。第二に、こうすればもしかしたら機械の内部構造について、せめてぼんやりとした概念なりともつかめるかもしれません」

「どういった方法で？」ドクターが尋ねた。

「極めて単純です。機械の様々な部分は、その内部で作られた放射線を様々な程度で吸収していますから、円錐体に当てた乾板にはレントゲンに似た影が写ります。それを見れば、もしかしたら内部構造の概略がわかるかもしれません」

教授がうなずいた。

「技師さん、君はそれを実行してください」だが、フィンクが立ち上がるのを見るとすぐにこう付

け加えた。「だれか一緒に行って、装甲扉の隙間から技師さんの身に何か起きないかどうか見張っていてください。そうした管理がこれからは必要不可欠になる。我々は話し合いを続けよう」

だれひとり興味深い会合を離れたくなさそうだったので、僕が申し出て、技師について行った。気密室へ行く途中、技師は乾板の分厚い包みを取ってきて、それを巨大な鉛板で包んだ。あまりに重たくて、僕たちはやっとのことで目的地まで運んだ。ここで技師は僕に、装甲扉の板にはめ込まれた鉛ガラス製のフィルター越しに見るよう指示し、自分は数枚の乾板を持って気密室に入っていった。鉛の覆いをはずし、一枚目、続いて二枚目と、螺旋を描くように順序立てて乾板を次々と黒い円錐体の別の箇所に近づけながら露光していった。すべては完全な静寂の中で行われ、その静けさをやぶるのは機械の内部から聞こえてくる遠い小さなチクタクという音だけだった。

技師が出てきたとき、顔が赤いのに気づいた。僕は放射線の有害作用の最初の徴候ではないかと思った。でも、技師を不安にさせたくなかったので何も言わずにいた。僕たちは実験室へ行った。

技師は僕と一緒に小さな暗室に入った。薬品がゴボゴボいい、小さなルビー色の明かりが点った。複数の液体が攪拌機《かくはんき》からあふれ、水が蛇口から流れていた。僕は腰掛けに崩れ落ちた。ひどい疲れを感じ、何カ月も寝ていないような気がした。だが技師が乾板に身をかがめると、僕はたちまち疲労と不眠を忘れ——もう彼のそばにいた。乾板を照明の下で見ると、一カ所黒くなったところと、何やらぼんやりとした平行線が写っていて、中心部は完全に焼け焦げていた。二枚目も同様の像を示した。僕が手に取ったその他はすべて焼け焦げていた。

「駄目か、ちくしょう」技師が毒づいた。「もう一度やらなくては。ただ露光時間を二分の一に短縮しよう。恐ろしく浸透するな、あの放射線は」

「もう行かないでください、技師さん」僕は言った。「今度は僕の番です。気密室から出てきたとき、あなたは顔が赤かった。それがどういう意味かはご存知でしょう」

技師は反対したが、僕は自分に賭けた。僕たちは再び乾板を取りに行き、新しいストックを持って僕は気密室に入った。最初の瞬間、落ち着かなかったことは認める。初めて僕は死をもたらす謎のお客と一対一で対峙したのだ――そのカチカチという音は時折、人間の弱々しいあえぎにとてもよく似ていて（もしかしたらこれは僕の想像力の産物に過ぎないのかもしれないが）、これもまた気持ちを落ち着かせてはくれなかった。

手首につけたストップウォッチを見ながら僕はすばやく乾板を当てると、露光済みの乾板を持って気密室から駆け出し、技師がそれを受け取った。最後の乾板が露光されると、僕たちは暗室に行った。

そして再びあの緊張の数分が続き、乾板はバットの中で水音を立て、水の流れるガラスに何かの染みが現れ、何かの影が見えるようになり、強まったり、白っぽくなったりした……。二枚の乾板が焼け焦げていた。技師はその番号を確かめ、機械の見取り図と比べて、こう言った。

「放射線発生の中心は、下の二つのガラス状の穴の間にある。この二枚の乾板が焼け焦げた所だ」

「残りは？」僕は肩越しにのぞきこもうとしながら訊いた。

「もう少しだ、あとは定着液に浸けるだけだ」

ストップウォッチが暗闇でカチカチと音を立て、僕たちの速まった呼吸が聞こえた。

ついに技師が乾板を水洗から取り出すと、僕たちは廊下に出た。

「これが一枚目。明るい筋と暗い筋がからみあっている。何かの線、これは楕円形の弱い影じゃないか？　そうだ、だがこれは……」

「そう、これが梨型の中心部です、おっしゃるとおり。この影が示しているのは、中心部は放射線を通さないということ。それでひとつは説明がつく。つまり、放射線の作用が梨の中のプラズマにとって無害なのは、梨がそうした波を通さない謎の物質でできているということだ」

二枚目と三枚目の乾板。その続きを詳しく見ると影が層になっていて、明暗の筋が交差している……。

「この非常にくっきりした筋は」技師は僕に説明した。「あなたが乾板を当てた表面のすぐそばを通っているケーブル、あるいは管から出たもので、このぼんやりした筋はもっと離れた部分から出たものです」

「ここから何かわかりますか、何か理解できることはありますか？」僕は小声で尋ねた。

技師は微笑んだ。

「私の知識について買いかぶっていらっしゃる……。いまのところ私にわかるのはあなたと同じことだけですよ。いくつか見取り図を作る必要があります」

僕たちは実験室へ行った。そこでフィンクは鉛筆を手に取り、板の上に拡げた大きな紙に何やら直線や曲線を引きはじめ、それらを投影したり、乾板を様々な方向に向けたりしていたが、ついに白紙の上にからみあった輪郭が姿を現した。全体が円錐形に近い回転体を示していた。

「動作メカニズムはすでにほぼ明らかだ……」技師はつぶやいた。「だがそれでどうなる……。あの恐ろしい核を外殻からどうやって取り出せばいいんだ、こいつは難問だぞ」

「少なくとも構造原理らしきものはあなたにとって理解できるものですか？」僕は尋ねた。

「私にわかるのは、これが恐ろしく複雑であること、間違いなく変換系と関連のあるケーブルのような部品がそこにあること、だが、ちくしょう、エネルギー源は一体何なんだ？　見当がつかない。回転する部分が一切見当たらない」

「コツコツいう音はむしろ円錐形の上部から聞こえてくる気がします」僕は言った。「間違っているかもしれませんが」

「いや、私もそう思った。あそこに動く部分がある。これがそれだろう」異なる辺を持つ三角形のような、ぼんやりした影を指差しながらそう決定を下した。それはあたかも……。

「そうだ、技師さん」僕は大声を上げた。「これはまるで独楽《こま》、子供が遊ぶ独楽みたいだ……」

「そう思いますか？」技師は眉を顰《ひそ》めた。「ジャイロスコープの原理、つまりあいつの心臓はジャイロスコープなんだろう。あなたの意見が正しいように思える」ほどなくしてそう言い、図に数本の線を引いた。いまや立体の中心に、底面を接合した二つの円錐に似た独楽が出現した。それは中

央の影の切れ目に位置していた——機械の中心を通った管は、まるで独楽を受け入れるために途切れているかのようで、管の上端はローゼットとなって終わり、その上に謎の梨が置かれているようだった。

「行きましょう」と技師は言い、紙を留めていた数本の画鋲《がびょう》を板から引き抜くと、紙を丸めて脇に抱えた。

　僕たちの入室は張りつめた期待のうちに迎えられた。技師は教授の前に紙を拡げ、手短に説明した。

「動作原理は私には皆目わかりません」技師は言った。「唯一の道は、放射線を止めること、これが必要不可欠条件《コンディツィオ・シーネ・クア・ノン》です」

　ウィドルトンは軽く閉じたまぶたの下から技師を見つめ、黙って聴いていた。

「唯一の、おそらく中心となる機械的要素がこの独楽であり、かつジャイロスコープです。これを見つけたのは百パーセントそうとは言えませんが、マックモアです」ここで全員が驚いて僕を見た。

「これを止める必要があります。乾板上のこのぼんやりした影は、これが唯一の作動部であることを示しています。これを人間の心臓になぞらえるのはひょっとしたら莫迦げているかもしれませんが、この動きを止めるべきだと思います。そうすれば解体に取りかかれる可能性があります……」

「どのようにやるつもりですか？」教授が尋ねた。

「唯一の方法はこうです。悲劇的な経験からおわかりのように、プラズマの入った中央の梨を攻撃

することは不可能であり、梨を取り出す試みは死であがなわれました。ですから円錐体の装甲のこの場所に穴をあける必要があります」技師は紙の上で赤いチョークをすばやく動かした。「そして何らかの道具を使ってジャイロスコープの動きを止めるのです」

　沈黙が訪れた。それをやぶったのはドクターだった。

「仮に装甲に穴を開けること自体は静かに落ち着いてできるとしよう。だが、そのいわば心臓にあたる器官は闖入者から何らかの形で守られているだろうから、それを止める試みは悲しい結果に終わるのではないだろうか」

「私もおそらくそうだろうと思います」技師は言った。「ですが、ほかに方法は見当たりません」そして腰を下ろした。ウィドルトンは図を綿密に検討し、写真と比較し、それから腕時計を見た。

「皆さん」彼は言った。「ここで問題なのは賢さや愚かさではない。この件において私はもう君たちのリーダーではない。いいかね、投票しよう。我々はフィンク技師の提案に従うべきか？　どうかよく考えてほしい、あるいは別の計画があるかね？」

「計画ならあります……」僕は言った。「このようにするんです。穴は遠隔操作の自動ドリルで開ける。これは実行できます。観察は気密室に設置したテレビによって行い、適切に行動する」

「適切に、とはどういう意味です？」フレイザーが尋ねた。

「遠隔操作で、機械を解体できるような、そういう装置を工夫できるのではないかと……一種のロボットみたいな……」

「とてもいい考えだ」技師が言った。「だが、あいにく時間がない。そうした既存の装置はここにはないし、注文するとなると航空便でも三日は掛かる」

「そんなには待てない」教授が言った。「十二時まで、遅くとも十二時半までには、何とかしなくてはならん」

「その時間では無理です」フィンクが言った。「でも、こうしたらどうでしょう。円錐体を爆破するんです、例えばエクラズィト〔ピクリン酸を基にした爆薬〕で」

「何だと、破壊する?! 駄目だ、絶対に」混乱した声が聞こえた。

「皆さん、私は君たちを誇りに思うぞ！」ウィドルトン教授が立ち上がった。「もう一度訊く。我々はフィンク技師の提案に従うべきだろうか？」

「はい！」

「では仕事にかかってください」教授はフィンクを見た。「最適な防護条件はどのようなものですか？」

フィンクは考えた。

「防護服は全員着用しなくてはなりません。廊下でも。気密室のそばにいるのはつねにひとりだけにします。ガス弾を準備し、各人にガスマスクを用意する必要があります。第一段階は穴開けです。これはマックモアが言ったようにできると思います。これについてはもう考えました。ただ観察はドアの隙間からしなくてはなりません。それから先は、さてどうなるか」

廊下は空っぽだった。僕の番が来た――鋼鉄の扉のそばに立ち、急いで設置された電話の受話器を口に当てながら、気密室の中を緊張してのぞきこんだ。僕は二番目だった――ドクターの後だ――そして、謎の機械が乗った架台に向け、鉄の土台に設置したドリルが、青白い電灯の光を浴びて、静かにしゅうしゅうひゅうひゅういう様を見つめた。

バナジウム珪素鋼製の幅広いドリルの刃先が円錐体の硬い外殻にもぐりこんだ。光の糸がぐるぐる回転しながら震えた。僕は片手に受話器を握りしめ、もう片方の手には――気密室の扉の外に出したドリルのスイッチを持って、待った。差し当たり何も起きなかった――刃先は中にもぐって完全に見えなくなったが、この機械仕掛けの怪物の不意打ちはすでに知っていたから、僕は極度に緊張していた。

「おい、そっちはどうだ？」受話器に教授の声がした。

「相変わらずです」僕は答えた。「歯に穴を開けているところですが、恐ろしくゆっくりです。刃先を変えた方がいいのでは？」

教授がだれかに話しかけているのが聞こえた。きっと技師にだ――そのとき突然僕は立ちすくんだ。長さ二メートルかそれ以上ある、床に横たわっていた黒い蛇が身震いしたかと思うと、もう一本も動きだし、弱い痙攣の波が鋼鉄のコイルを伝わっていき、逆向きに流れくだった。

「教授！」僕は言った。「駄目です！」受話器に叫んだ。「あいつが動いてる、触手を動かしてます、ドリルのスイッチを切りますか？」

「いや！　続けろ、神の御名において《たのむ》！」弱々しい遠い声が聞こえた。僕はさらに待った。自分は臆病者ではないし、決して臆病者だったこともないが、冷や汗が噴き出すのを感じた。僕は待った。待って、待ちつづけて、きっと何かが起きるに違いないとわかっていた。そして、その危険はあまりに謎めいた未知のもので、死を前にした恐怖よりもひどい、はるかにひどいものだということも。

一本のコイルコードが床から持ち上がるや、恐ろしい鋼鉄の鞭のように空中でひゅっと鳴り、ドリルの刃先を打った。はじける鋼鉄の甲高い音が耳を穿《うが》った――かけらが飛び散った。僕はスイッチを持つ手を締めつけた――ドリルが止まった。

「教授、あいつはあの忌々しい足で刃先をたたき壊しました！」僕は受話器に向かって叫んだ。

「すぐ行く」

再び待った。その間に怪物は静まり、もはや動く兆《きざ》しも生きている徴候も見えなくなった。教授はほとんど衣擦《きぬず》れの音もさせずにやって来た。新しい刃先を手にした技師も一緒だった。僕は脇へ退き、二人はドアスコープをのぞいた。

「コイルコードを振り回したんだって？」教授はうなずいた。「しぶとい奴じゃないか、え？」

「ガスを一発お見舞いする必要があると思います。何か新しい薬品を試したらどうでしょう、例えばクロロホルムとかエーテルとか？」

「完全に中毒させようっていうのか？」教授は、まるで僕らが教授の最愛の人が苦しむ枕元に立っているかのような憤慨ぶりで言った。

フィンクがうなずいた。

「教授の言うとおりだ。我々の欠員は代替可能だが、あいつを殺すか、破壊してしまったら、もはや修理することはできない……」そのあと気密室の閂を開けて、中に入った。

僕たちは息をつめて待った。技師はゆっくりと片足で刃先の破片をどけ、ドリルの先端に新しい刃をはめ、調整し、出てきた。一見落ち着いていたが、廊下ではハンカチで額を拭っていた。

「続けるんだ、マックモア、電源を入れろ！」

僕はボタンを押した。ドリルがうなりを上げて動きはじめた。

張りつめた期待のうちに長い時が過ぎた。

「万事順調のようだが」教授が言った。「技師さん、行こう。あなたはあと十分間ここに立っててくれ。すぐにゲデヴァーニが交替する」

ふたりは立ち去った。僕は途方もなく心細くなった。緊張して見つめた——見つめた。何が起きているのかを。

再び痙攣の波がだらりとした触手に走った。しなやかな楕円形の蛇たちがコンクリートの床を音立てて転がった。

不意に触手たちは震える動きでゆっくりと持ち上がり、空中に浮かんだ——ただその先端は小刻みに震えながら、様々な方向に揺れ動いていた。僕はドリルの本体が震えるのを見た——刃先が軽々ともぐった。やった！　終わりだ、穴が開いたぞ——そう思って、僕はスイッチを（まったく

無意識に）切った。だがそれは必要なかったのだ。

僕は青い輝きを見た。そのあと強い熱風で向かいの壁に吹っ飛ばされた——頭にひどい痛みを感じて意識を失った。

目を覚ますと、もう朝だった。僕は自室で寝ていて、ドクターが僕のベッドに腰掛け、布団の上にペーシェンスのトランプを並べていた。

「ああ！　もうあなたは生者たちの中にいますよ。さて、気分はどうです？」カードを集めながら訊いた。

僕は乾いた口を苦労して開いた。

「ドクター？　どうなったんです？　あいつはまた逃げ出したんですか？」

「ああ、あなたはご自分の頭にあいた穴よりも、火星から来たお気に入りの運命にしか興味がないんですか？　何です?!　いいえ、逃げてはいません。あれはあいつの最後のジョークだった、いまのところはね。ドリルの刃先は、あの一見心臓みたいな良くできたメカニズムにぶつかった。己の死に際にあいつはやらかした、まあ、しっちゃかめっちゃかやらかしてくれましたよ、聞いてください、あそこで起きたことを！　あなたは見ていなかっただろうから、だってどうやって見るって言うんです？」ドクターは首を振った。「我々が駆けつけると、廊下は埃だらけ、カーペットには漆喰で、うわっ、と思ったね、我らが通信員さんもこれで一巻の終わりだと。気密室の扉はほぼもぎ取られ、蝶番《ちょうつがい》ひとつでぶら下がっている。足場は折れ、火星人氏は床に倒れている。だがドリル

は、信じがたいことに！　溶けてスラッグになっていて、まったく何も残っていなかった。技師が言うには、あそこじゃ一瞬、六、七千度あったに違いないと……。あのサウナはどうでしたか？」

「憶えているのは何かの輝きとひどく頭を打ったことだけで、ああ、そのまえに恐ろしい熱湯の風が噴き出した、あれはたぶん空気だった」

「扉があなたを救ったんです。それと、倒れたとき、全身をアスベストのカーペットに包まれたのがよかった。フィンクに感謝すべきですよ、あのアスベスト製カーペットは彼のアイデアですから。あの突風があなたを小包みたいにアスベストでくるんだ。もし頭を軽く打っただけで済まなかったら……」

「どうなってます？」僕は布団の下から打撲した手を伸ばして頭に触れた。少しざわざわしたが、無事だった。ただ額に幅の狭い包帯が巻かれていた。

「壁に穴が開いてましたよ、それも大した穴だ」ドクターはおしゃべりをやめなかった。「だがスコットランド人ときたら、おい、君たちスコットランド人ときたら、頭が硬いんだな、葬式にもずいぶん費用が掛かるだろう、え？　ハッハッハ！」と笑った。「それであなたは生き続けることにしたってわけだ」

「ドクター、お願いですから、何が起きているのか話してくれませんか？　いまは何をしているところです？」

「ああ、後生だから、ですか？　おとといあなたは我々のところからあれほど逃げようとしたとい

うのに……。まあ、もう言います、もう言いますよ」と言い足したのは、どうやら僕がいらついた顔をしたかららしい。「すでに少しずつ解体を進めています。というのもお話ししたように、鉄の心臓がドリルの刃がぶつかった影響で止まったからです。あのプラズマが入った密閉部はたぶんもう実験室で私を待っているでしょう」彼は腕時計を見た。「なぜかというと、これは言っておかねばなりませんが、私が医者だというのはまあ何となく冗談半分で、本業は生物学者なんです。信念の生物学者です」出ていく用意をしながら、こう宣言した。

「僕も行きます！」

「気でも違ったんですか！　あなたは寝ていなくては、行くなんてあり得ない」

僕はベッドから起き上がった。足がふらふらして膝がしっかり立たず、頭は少々ざわついていたが、それ以外は最悪の気分というわけではなかった。

すばやく服を着、片手でドクターにつかまって、廊下に出た。腕時計を見ると、十時だった。

「ああ、すぐに会議ですね」僕は言った。「僕は図書室に行きます」ドクターは僕に向かってうなずき、実験室に通じる階段の方へ向かった。僕はエレベーターで二階に下りた。

そこで熱狂的に迎えられた。

「おお！　本日の英雄のお出ましだ。気分はいかがです？」

僕は全員と握手し、教授は微笑んで僕にうなずいた。

リンゼイ技師もいた。彼は窓際に座っていた。少し青ざめてはいたものの、それ以外に衰弱の徴

候はなかった。

「ようこそ、悲運の同志」彼は言った。

フィンク技師はいなかった。

「僕らのお客に変わりはないですか？」僕は尋ねた。

「面白いことがあるぞ、面白いことが。まず第一に、もう万事順調だ。プラズマはちゃんとあるし、大丈夫そうだ。というのも、梨の中に正常な脈動があるんだ」

「放射線はどうです？」

「止まったよ！　あの爆発の直後に止まった。あいつはいまや古い缶詰めみたいに安全だよ」教授はくつくつと笑い出した。「いまや計画は単純だ。一切合切、取りはずさなくてはならん、放射線発生や様々な方法での破壊、つまり、あの火の流れ、沸騰した湖の水、それにあの手品全体に役立つようなものはすべてな。その後、あいつを組み立て直してやって、話をしようじゃないか」

「どうやって話すんです？」僕は驚いて尋ねた。

「ま、あいつは何とかして我々を理解するんじゃないか？　そのときは奴を火星の大気の中に入れてやろう。思うに、あいつがやらかした一連の騒ぎはすべて、地球の空気の有毒作用の影響で起きたのではないか。もしかすると地球の重力が大き過ぎるのかもしれん」

その瞬間、技師が入ってきた。

「皆さん、あ、マックモアさんももう来ている。これはうれしい」と僕と挨拶を交わした。「皆さ

ん、こいつはかじるには堅すぎる胡桃〔難問〕ですよ」リンゼイに向かって言った。「事態はこうです。私の知る限り、あの機械は原子エネルギーで動いていて、あいつはそれを円錐体下部に入っているウランの細片から得ています。このエネルギーは電流の形で動作に使われますが、特別な複数の器官によって離れた場所に熱作用または磁気作用として放射することができます。これらの器官は取りはずせると思いますが、しかし放射線発生自体は機械の生存条件です。もしそれを止めるとなれば、それによって息の根を止めることになります。放射線が弱くなる、というのはまた別の話です。なぜならその強化・操作・放出に関わる特別な器官はすべて取り除きますから」

　教授は思案した。

「あれを中央の梨なしで動かすわけにはいかんかね？　私が考えているのは、あの鋼鉄の心臓を動かすということだが……」

「やってはみますが、わかりません。構造の細部がわからない。あれは恐ろしく複雑な機械です。ついでに言うと、驚くべき方法で組み立てられている、まさに非人間的な方法で」

「ま、私が考えているのは」教授は微笑んだ。「それが一体どんなものかということですよ、その非人間的な方法がね」

「どうか笑わないでください。原則として部品は交換可能ですが、そこまでたどり着けません。ここには技術者が望みうる限り最高の工具一式があるけれど、それでも駄目です。ねじの代わりにあそこではずいぶん気の利いた接合方法が使われています」ここでポケットから二つの金属片を取り

出した。「どうぞ、教授」

それは二本のボルトで、鋼鉄製のようだった。技師は二本の平らな端を合わせて、百八十度ひねった。

「今度はこれをはずしてみてください」

老教授の顔が赤くなった。

「何という魔法だ！」

技師は再びボルトを長軸を中心にひねり、何の苦労もなくはずした。

「これは引力の一種か何かです。この位置だと」彼は見せた。「いかなる力も作用しません。しかし、ひねると、ほらこのように、引き離すことができない」

「指では無理だ」フレイザーが言った。「だが万力を使えば……」

「すでにこういうのがいくつかあったので、やってみました」技師は言った。「そしていいですか？こういうことです。ストレッチ機で五万キログラムの負荷をかけたら断絶しました。が、くっつけた所が離れたのではなく、頭の部分がです。均質な素材が破断し、簡単な接合箇所は耐えたんですよ！」彼は金属の破片をテーブルの上に放り投げた。「大した発明だ。ねじもナットも要らない、ひとひねりで接合したようになる」

「どういうメカニズムだと思いますか？」ゲデヴァーニが訊いた。

「これはむしろあなたの分野でしょう……。私が思うに、これは磁石、この位置で引き付けあう二

つの磁石のようなものだ……だがどうでもいい」彼は片手を振った。「あの恐ろしい機械の中には、こういう細かいのが何千とあって、どこから始めればいいのかわからない。ドクターはどこだ？」

「実験室に行くと言っていました」僕は言った。

「ああ、そうか、あの中央の梨だ……。あれこそ謎だな。というのも、こういった機械技術はまだ最終的には理解することができるけれど……」

「皆さん」教授が言った。「これから二つのグループに分かれよう。技師さんたちとドクターは、機械とその生きている躰の構造要素と作用を調べる。我々は」フレイザーとゲデヴァーニと僕に向かって言った。「我らがお客と意思疎通する方法を考えよう。あいつを無害化した後、蘇生できればの話だが……」

　ゆったり肘掛け椅子に座っていたら、教授が僕ら三人を見て、こう言った。

「君たちは、まるでもう火星からのお客を隷属させたかのように見えるな。もしかすると、そういう錯覚に陥っているのかもしれん。だが私が思うに、これから我々が担当することになった課題は、一番目の課題よりも難しいだろう、危険は少ないかもしれないがな。つまり、組み立てるより破壊するほうがつねに簡単なのだ。これがひとつ。もうひとつは共通言語の問題だ。これについてはどう思うかね？」僕に話しかけた。

　驚いた。

「教授、僕に話しかけるなんて買いかぶりですよ。僕は自分がそんな、最初に……」

「社交辞令はなし、社交辞令はなしで。あなたには先入観がないし、我々ほどには余計な知識に邪魔されてはいないだろうから、きっと多くの事が楽にできるはずだ。いろんな状況であなたを観察してきてわかったのだが、あなたの特徴である判断の新鮮さに加えて、あなたはまた、言わば、大変独創的な考えを持っている」

僕は頭を下げた。

「僕が思うに、いいですか皆さん、幾何学言語から始める必要があります。同心円、いくつかの簡単な方程式、かの著名なピタゴラスのような、これが手始めです」

「それについては考えました」フレイザーが言った。「でもそれは取っ掛かりにすぎない。その後はどうします？」

「それは彼の反応によります。まず第一に、どんな方法で彼は我々に自分について知らせることができるでしょう？　そもそも我々が理解するように彼はこの言語がわかるのか？　光スペクトルのどの部分が彼に見えるのか、彼の反応はどうか、これが彼の中で起きている生命プロセスを明らかにする方法なのか？」

教授は布切れで眼鏡を拭き、鼻の上に載せると、しばらく僕を見つめた。僕は学校時代を思い出して縮こまった。ひょっとして何か莫迦なことをやらかしたかな？

「私はあなたを見くびっていたようだ」老人は言った。「そうそう、私も年を取ったな……。あなたは私が昨日言ったことを思い出させてくれた。ニュートンの言葉を、そうだろ？　口を挟まんで

くれ、問題は意図ではない。まず我々が彼を知らねばならん、彼と知り合いになりたいと思う前に。これがカントの言う本当の〈物自体《ディング・アン・ズィッヒ》〉であり、難しいところだ」

その瞬間、壁暖炉の小卓の上に赤いシグナルが点った。フレイザーが壁龕に近づいて、受話器を取った。

「ドクターからです」我々に言った。「実験室に来るようにと。何か新しい知らせがあるのかも。すぐに行きます」受話器に向き直って付け加えた。全員が立ち上がった。ミスター・ゲデヴァーニはポケットからブラシを取り出して自分の上着をきれいにし、ロッカーの間に掛かっていた鏡を探るように見やると、ドアの方へ向かった。僕らは彼の後に続いた。

実験室にはドクターしかいなかった。長テーブルの上にいくつかの装置が並び、謎めいた黒い梨は三脚に固定され、有毒だがすでに無害となった果物のようだった。見るとそれは、感度の良い検流計につながれていた。

「面白いことに、彼は弱い電流を出す。刺激を受けた生きているプラズマのように」ドクターは僕たちに向かって言った。「電流は、刺激を受けた人間の脳が出すものに似ている。感度の良い記録装置を組み立てる必要がある。もしかしたら、これが彼を理解するための道筋となるかもしれない。これを見てください」

ドクターは小型懐中電灯を手に取り、それで照らしながら、梨の、穴が開いた透明な窓のある部分に近づいた。そこに光が当たった瞬間、検流計の針が数回かなり強く振れた。

「典型的な光屈性の反応だ」ドクターが言った。

教授はあまり感激していないようだった。

「私が思うに、この道筋だと長くつらい研究が必要だ。あなたは何をしたいのかね？」

「窓の前に様々な強さの光を当てます。それから色や色調を変えて、最終的には何か図を見せて、反応を調べます」

「電気的な反応だな、当然？」

「ええ、いまのところ、ほかのものを調べることは不可能です。皆さんご存知のように、梨の下部には二十七本の細いケーブルのような針金があり、それぞれ機械のローゼットのしかるべきソケットとつながっています。そのケーブル一本一本の送電を調べたところ、特別なことがわかりました。光にのみ反応するものと、そうではないものがあるのです」

「光に反応するのは何本ですか？」僕は尋ねた。

「そういう針金は三本あるようです」

ドクターは別の針金二本を検流計とつなぎ、今度は光に対して何の反応もないところを見せた。

僕は近寄って、梨に手を当てた。検流計が震えた。

「おっ、もしかしたら、あなたの手の熱かもしれない。ということは、これは熱変化の記録方法となるのでは？　別のやり方を試してみよう」

ドクターは新たな実験を始めた。事実の混沌から次第にはっきりした図が現れてくるようだった。

かぼそいケーブルは周囲の様々な物理的変化を受容するのに役立っていた。次に僕たちは電場強度とその周波数および変動性の受容体を発見したが、それはほんの数本の針金に過ぎなかった。針金の大部分は謎のままだった。刺激を、化学的なものから、熱的、磁気的、音的なものに変えてみた——何の成果もなかった。

「難しい問題だ」ついにドクターが言った。「ひょっとするとこの自立的な梨はこれ単独で存在しているわけではないのでは？　私はこう考えた。火星で作られたプラズマは地球上とは異なる道筋を通ったのだと。地球では進化の途上、みずから己の運動器官、消化器官、環境調停システム、つまり、感覚器官や神経系を作る必要があった。だが火星ではそうではなく、事ははるかに単純だった。考えるプラズマが形作られたが、当初はかなり不器用なもので、それは自分のために、移動し、物を見聞きし、破壊から身を守る機械を作ることによって進化を速めた。そうした場合、梨だけを別個に検査することにはあまり価値がないだろう」

　教授はこの言葉に耳を傾け、うなずいた。

「そう、そう……これこそ、人間が出くわし得る最も非人間的なことだ。あなたがたのうちだれかが昨日言ったようにね。驚くべき難しさはそこにある……」教授はドクターに向かってこう言った。「仕方がない、気を落とさずに、先へ進めてくれ。今度は我らが建造者たちのところへ行こう……」

　僕が初めて目にした広大な組み立て室では、ものすごい騒音が続いていた。プレス加工されたエボナイト製の長いレールの上で、ゆっくりと厳《おごそ》かに動いていたのは磁器製の二本の巨大な柱で、そ

の上に巨大なニッケル製の球がそれぞれ置かれていた。その間を、雷鳴が轟きゆらめく薄紫色の帯の形をした稲妻が走り、まるで巨大な火花ギャップから抜け出そうとするかのように飛び跳ねていた。雷はガラスの天井に反響していた。

　コンクリート製の床が足下で震えていた。最初の瞬間、ホールは空っぽのように思われたが、柱と火花ギャップの球が据え付けられた車の間に、ひっくり返った巨大な梨に似た、つや消しの金属でできた装置が立っているのがわかった。その脇にアスベスト製防護服を着た小さな人の姿があった。その人が振り向いたとき、鉛ガラス越しに歯が光るのが見えた。それはフィンク技師で、僕たちに笑いかけたのだった。技師は両手を上げて、交差した。それを合図に火花は消え、僕の耳は突然生じた静寂の轟きに満たされた。技師は頭からマスクを脱ぎ、汗ばんだ額を拭った。

「すべて順調です」彼は言った。「機械を動かしてみましょう。原子エネルギーを使わずに。我々はまだそれを制御することができませんから。動かすには二、三百万ボルトが必要です」

「夕方までにせめておおまかな機械の概略を用意できますか？　行動の原理、個々の器官、それからこれが最も重要ですが、機械が表している構造上の意図、せめて概要だけでも、どうです？」

　技師はうなずいた。

「要求が多いですね、教授。やってみますが、これだけは注意しておきますよ。過大な期待はしないでください。最悪なのは、この機械がものすごく単純だってことです。私にわかるようなエネルギー変換装置は一切なしで動いてるんだから、恐ろしくなりますよ……例えば、原子エネルギーが

直接、電気や熱エネルギーに変わるんです、これを見てください」

　技師は僕たちを暗くしたホールの隅に導いた。そこにはリンゼイ技師が立っていて、ちょうど火星人の不活性な黒い円錐体の内部に、磁器ソケットがはまった二本の太いケーブルを取り付けているところだった。技師は僕らを鉛でできた小さな気密室に押し込み、黙ってのぞき穴を指し示すと出ていった。彼が壁に掛かっている大理石の計器盤に近づいて長いレバーを押したのが見えた。再び人工稲妻の耳を聾する轟音が空気を引き裂いた。菫色《すみれいろ》の輝きがホールの隅々まで照らしだし、幽霊じみた光が僕らの顔に閃《ひらめ》いた。僕は円錐体を見た――リンゼイ技師がそのそばに立って何かを取り付けると、突然、大きな赤い手袋をはめた手をドリルで開けた穴に突っ込んだ。

　僕は叫び声を上げたようだ。だらりと横たわっていた円錐体のコイルコードが震え、動きだし、怒りの発作にかられたように床を打ちはじめた。技師はなおも操作を続けていた。いまや触手はゆっくりと持ち上がり、末端のみを震わせながら、空中に浮かんでいた。ついにそのうちの一本が天井からワイヤーでぶら下げた鋼板に近づいた。僕は驚いた。あの鋼板は何のためにあそこに吊るしてあるんだろう。だがすぐに理由がわかった。コイルコードの尖っていない黒い先端が鋼鉄の塊に近づいた。ひょっとすると錯覚だったかもしれないが、鋼板の真ん中が赤くなったように見えた。突然ワイヤーが震えだし、鋼鉄の塊が大きな振り子のように動きはじめたかと思うと、その中心に穴が開き、触手はその穴を通って自由に裏側へ抜け、引っ込んだ。リンゼイが空いている左手を挙げると――稲妻はバシッと音立てて途切れ、消えた――触手は力なく床に倒れ、珍しい生命のイリ

ュージョンは断ち切られた。

　僕たちは気密室から出た。

「リンゼイ技師は何ひとつ間違っていなかった、でしょう？」僕たちをドアの方へ導きながら、フィンクが言った。「それに、これは多くの可能性のうちのひとつに過ぎない……」

「君は技術的な可能性のことばかりだな」教授が言った。

「ほかにどんなものがあるんです？」技師は理解できなかったようだった。

「その、君は……。まあそうだ、君はそうせざるを得ないだろう。だがドクターまでもか……。問題はアプローチの方法だ。近づいたかと思えば、却って遠ざかる始末だ……。いいかね」教授は話を締めくくった。「私はいかなる指図もあえてしないが、しかしだ。君は何よりもまず統合を視野に入れてくれ。分析も大事だが、その細部で迷っているわけにはいかない。仮に彼自身が我々にすべてを説明してくれたら、事はもっと簡単じゃないかね？」

　技師は声を出さずに笑った。

「あなたがここで年寄りの形而上学者と呼ばれているのも故無きことではありませんね、どうか怒らないでください、教授……」

「なぜなら私が神やそれ以外にも、脳たりんの脳のしわには入りきれない奇妙な物事を信じているからかね？」教授は静かに尋ねた。「もしもそうなら、どうして私がそれで気を悪くするのかね？　そのように理解した〈形而上学〉という名は賛辞でしかあり得んだろう」

教授は技師の手を握ると、ホールから出ていった。

Ⅳ

再び僕たちはつや消し照明の白い光の中に座り、緊張してフィンク技師の言葉に耳を傾けていた。技師は自分のメモの山をテーブルの上に拡げた。

「さてすでに私はあの機械を動かしているシステムを解明しました。そのアイデアとは力を直接使うこと、つまり放射圧を移動ローラーの回転運動にするものです。私たちは思案しました。どうしてこんなにのろのろと一見不器用に動くのか、なぜ物をつかむ器官がないのかと。はっきりしているのは、手を模して作られた我々の不便な道具が、このメカニズムよりはるかに遅れていることです。つまり、この触手、あるいはコイルコードは、私がエミッターと名付けた先端部から、様々な相のエネルギーを出すことができるのです。熱エネルギー、あるいはその他の定義されたエネルギー場、例えば磁場や電場も可能です。言い換えれば、みずからの原子の振動を触れている物質の振動に同期させることで、ねじ留めでも得られなかったような引力と固定状態を生むことができるのです。アレアントロポスが建物から抜け出した瞬間に中庭にいた人の悲劇的な最期、それに関して我々は黙って受け入れ、何の手も打ちませんでした。なぜならそれ以外の運命を自分たちに用意できたわけではないし、要するに彼は完全に原子となって吹き散らされたわけで、彼があまりに突然

消滅し、いかなる遺体のかけらも見つからなかったという事実はこれで説明できます。ですから機械のエネルギー産出について言えば、我々はすでに概要を知っている。ただし、これがすべてではないことは指摘しておきますが。ここで問題なのは、我々が物質の波の強さを記録する感覚受容器や物理的な装置を持っていないことであって、物質の波動こそが装置のある種の構成要素にとって基本領域であるように思われます。これが一面です。外界のコントロールと、外界の機械への影響に関しては、これが梨の中の生きている核にとって最重要なのですが、残念ながら皆さんに言えることはほとんどありませんので、ドクターにおまかせします。もちろん、簡略化された感光系を思わせる器官はありますし、温度・電圧・外部圧力の差を記録するためと思しき金属接合部もありますが、しかしこれらは要素に過ぎない。あらゆる求心的な突起は中央の管に達し、そこで行き止まりです。この管は液体のような、ある種の流体に満たされています……が、実は液体ではない」フィンクはテーブルの上に小さなガラス製フラスコを置いた。「ここにあるのがその物質のサンプルです。私に言えるのは、これがあらゆる蓋然性から見て有機物であるということだけです……。とはいえこの成分を厳密に定義できるほど、私は優秀な化学者ではない。いずれにせよ驚くべき作用ですよ、この液体は……ですが皆さん、ご自分で納得なさってください。どんな言葉もこれを言い表すことはできない」

　僕たちは顔を見合わせた。ああ、もう奇蹟が始まったな、とでもいうかのように。

　フィンク技師が言った。

「さあ遠慮せず、ドクター」技師はフラスコの栓を抜いて、ドクターの鼻に当てた。ドクターが慎重に空気を吸い込むと、その顔が震えた――そして突然、容器を技師の手から引ったくるようにして、明らかにそこから出ているガスを、強くわなわなと吸い込んだ。

顔がまず赤くなり、それから青くなって、ドクターは椅子に崩れ落ちると目を閉じた。

「技師さん、何だこれは?!」教授が大声を上げた。「これは毒物ではないのかね？」

フィンクがドクターに近づくと、彼は抵抗せずにフラスコを手から放し、僕に手渡した。僕はきわめて慎重に、ほんの少しだけこの奇妙なガスのにおいを嗅ぐことにした。

自分がどうなったのかわからない。最初、信じられないほどきれいでぼんやりとした、ゆっくりと滑っていく複数の輪が見えた。それから大きな音や小さな音がとても美しいハーモニーを作りながら流れていった。そのすべてが色と光とにおいの一本の流れに溶け合っていった。そのにおいは芳しくも快くもなく――むしろ嫌なにおいだった、と、思い出しながら書いているいまならそう言うだろう――だがその不愉快さは甘くて、痛くなるほどだった。それは恐ろしく激しくて強い生命の感覚で、心臓が鼓動するたび、筋肉が動くたび、呼吸するたびに無上の喜びを与えるのだが、そのすべてはまるで絹のヴェールに包まれているかのようだった。しかし同時に周囲で何が起きているのかは完全に見ることができ、僕はこれまで一度もなかったほど明晰に思考し、何か奇妙な光学機器を通して見ているかのようにくっきりとカラフルに物が見えるように感じた――だれかが、たぶん技師だと思うが、僕からフラスコを取り上げようとした。僕はそれを持ち続けたがっているか

のように、しっかりと握りしめたが、軽い麻痺を感じて——手放した……。

いまや驚かない……もう何事にも驚かない。ドクターがわななきながら泣いているのが見えた。僕の目にも涙があふれた——あまりにも恐ろしかった、自分に戻ることが、さっきまであんなに満ち足りて正常だったのに、いまは失われた楽園から追放されたかのように不幸な自分に。僕は可笑しいと感じた。自分が愚かな中年男、しらふの通信員であるということが。なのに、悲しみの痙攣がのどを締めつけた。

フラスコが回っていき、各々につかのまの超人的な幸せと人間的な苦い幻滅を与えた。教授はフラスコを受け取るのを断った。

「これはきっと麻薬の一種だろう。私はハシシュや阿片中毒には反対だ」

「これは違いますよ、教授、申し訳ない、我らが生物学者に横槍を入れてしまって」フィンクは書類鞄から取り出した瓶をテーブルの上に置いた。

中には二匹のカエルがいた。片方は小さくて痩せており、もう一匹は空気で膨らませたかのように超自然的な大きさだった。

「で、一体これは火星から来たどういう奇蹟なんです？」ドクターが恰好をつけて莫迦にしたように言った。彼は恥ずかしかったのだ——僕たちみんなも——奇妙な液体を取り上げられたあと、悲しみの波に襲われたことが。

「このカエルは両方とも今朝までオタマジャクシでした。ただ大きい方は水槽の水にあの液体を一

滴加えた……それだけです」技師は落ち着いて続けた。「私は自分に言い聞かせました、何があっても驚かないぞと。だが毎回新たな物事に出くわし、立ち尽くしてしまう。すでに述べたように、あらゆる受容器官は、液体の入った管の内部に電極に似た突起を差し入れたところで、行き止まりで終わっています。同様の突起が上部の先端にもあり、そこでローゼットのソケットを形作っていて、そこに中央の梨のケーブルがつながっています。私が言うべきことはこれで全部です」

　教授は僕たちを厳しく見据えた。

「ミスター・ゲデヴァーニが我々全員の中でいちばんその奇蹟のフラスコを恋しがっているようだが？　さて言っておくが、我々はここでは並の人間ではなく、学者でさえもない。火星からの来訪者を受け入れ、彼と知り合うための地球代表団なのだ。この種の代表団が持つべき特性がどんなもので、いかなる欠点から解放されていなければならないかを話さなくてはいかんのかね？」

　僕たち全員が頭を垂れた。まったく教授は辛辣すぎた……なにしろ彼は恐ろしいと同時にすばらしい液体の作用を感じなかったのだから……。

　老教授は僕らの考えを読み取っているようだった。

「たとえこれが命の水だとしても、言っておくが、昔は蒸留酒のことをaqua vitae〔命の水：ラテン語〕と言ったのだよ。我々の調査が終わったら、君たちは各々そいつの特徴の研究に専念できるだろう……それを止めはせんよ」

　老教授は意地悪だったが、僕は彼の言うとおりだと感じた。

「教授」僕は声を上げた。「ここにはだれの罪もありません。僕は万事うまくいくと思っているし、そうなるとわかっています。ここにいる全員に代わってそう言わせてください。なぜなら僕たちは〈研究する脳〉なんかではなく人間だからです、まさに人間だからこそ、状況が要求するように行動するのです」

「こうなると思っていたよ」教授が冷淡に締めくくった。「どうか今後はこういったデモンストレーションは控えてください、技師さん。さて今度はドクターのご意見を伺いましょう」

技師が後で僕に打ち明けたところによると、アレアントロポス中央の液体の作用デモンストレーションを含むこの一件の目的は、教授も我々と同じく〈弱い人間〉であることを本人に示すことだった。だが罠の仕掛け方が単純すぎたため、老教授は本当に（後で知ったのだが）フラスコを取り上げて自分の研究室に持っていってしまった。でもそれはきっと一時の悦楽を味わうためではない。僕は確信しているが、教授は世にもおぞましい虫に噛まれることだっていとわないだろう、仮にそこから何らかの学術的結論が引き出せるならば。彼が恐れていたのはただ自制を失うことだった――僕たちの前で物笑いの種になるには賢明すぎたのだ。

驚くべき実験の後、すでに平常に戻っていた（総じて液体の作用はすみやかに終わった）ドクターが立ち上がって、目の前に様々な大きさや様式の紙切れの山を置いた。彼はいつも研究結果を袖や破った新聞紙や、汚れた吸い取り紙、古い領収書などに書き留める癖があり、どの実験室にもある上質皮紙《ベラム》製の最高級用紙綴りは使わなかった。僕に打ち明けたところによると、紙の白さと空虚

さが脳味噌の内容を水で薄めて、思考の空虚を引き起こすのだという。

「皆さん、あいにく私は皆さんを驚かすことも、すばらしいショーをお見せすることもできません」明らかに彼はフィンクの実験に怒っていた。「私の状況は、すぐ前の発言者よりもずっと深刻ですが、それは二つの理由からです。第一に、生きている物質よりも死んだ物質の秘密をほじくるほうがはるかに容易だからです。第二に、機械はここ一週間あまり、外からは有毒な、少なくともその生きている部分にとっては有害な、地球の空気以外いかなる物質も取り込むことができていません。ひょっとするとこうした擬人化は誇張に思われるかもしれませんが、もしこれが生きている物質であるならば、私には次のように考えるだけのあらゆるデータと権利があります。すなわち、機械は基本的な代謝を維持するため、外部から化学成分を受け入れることで己の損失を補わなくてはならないのだと。これが唯一の可能性です」

「ドクターあなたは間違っている」ゲデヴァーニが口を挟んだ。「もうひとつ可能性がある。つまりこうです。もしかして、生きるためのエネルギーは生きている機械も外から、化学、何と言いますか、化合物なしに受け取っているのかもしれない。例えば、放射線または中性子が出す波が直接、自分の運動エネルギーをこの生きものの原子に与えるとか……」

　ドクターはうつむいた。

「どうやらあなたが正しいようだ。ひょっとしたら、そうした〈エネルギー補給〉は可能かもしれない。いずれにせよ十時半にプラズマは死に至るような不安な症状を見せはじめました。その最初

の徴候は、ある種の、いわば機能電流のたるみといったものでした……」

「終わりにしたまえ、そうやって講釈を垂れるのは。あとまだ何か残っていますか？」教授は腹を立て、眼鏡の上からドクターを見つめた。ドクターは気を悪くしそうに見えた。

「まだ話は終わっていません。私は自分の研究成果をそんなに軽々と、鎖の個々の輪っかをゆるめて取り出したりはしない」

「また何です？　あなたは口論でもしたいんですか?!」

教授はボタンの花のように真っ赤だった。

ドクターは自制した。

「もしかすると、あの悪魔のような液体の作用でしょうか……いずれにせよ三十分間私は気が気じゃなかった。なぜなら光の脈動はほぼゼロに落ち、電流もひどく弱まったからです。酸素とごく弱い作用の二酸化物を与えました。十一時五十五分にはもう瀕死の段階でしたから、私は捨て鉢になって、一旦は手に取りましたが……思いとどまりました」

「一体君は何をやらかしたんだ！」

「梨の穴を通してアドレナリン〇・〇〇一を注射したんです。結果は驚くべきものでした。あらゆる現象が正常に戻り、十五分前に離れたときには……」

教授が立ち上がった。

「だがそれは一時的な治癒ということもあり得る。梨を円錐体からはずした瞬間から十二時間が経

過している。もしもプラズマがデリケートで、必要なエネルギーを受け取っていないと……」

「急げ、みんな！　実験室へ！　フィンクさん、あの液体が入ったフラスコを、速く」

僕たちは強い声に追い立てられた生徒たちのように、扉に駆け寄った。

「気をつけて、私の上着が」これはゲデヴァーニだった。僕のそばで鼻息を荒くしていて、総じてひどい気分のようだった。「私は知ってました。そんな簡単には終わらないと。あれはさらにいたずらをしでかすって」

「あれとは？」

「ほら、あの火星からの来訪者ですよ」

実験室は静かだった。最初に僕は検流計に駆け寄ると、ガラスの窓をのぞきこんだ——暗かった。

「ちくしょう、ドクター、あなたに任せてこんなことになるとは思わなかった……。駄目になってる、おそらく、生きていない……。僕たちがあっちで莫迦みたいに座ってしゃべってる間、ここじゃプラズマが死にかけてる。彼は死ぬ、死ぬんだ、わかってるんですか？　あなたが技師と口論するのは自分の野心のためなんだ」

ドクターは、穴があったら入りたがっているように見えた。

「私は……誓って言いますが、私が離れたとき、状態は申し分なかった。予想していませんでした。なにしろ一晩中ここに詰めていて、それに……」

「静かに！　技師さん、液体を！」

ウィドルトン教授は、何というか、自分の得意分野にいた。彼は瞬く間に動いた——ドクターから注射器を引ったくると、謎の液体数滴で満たし、針を装甲の穴に突っ込んだ。数秒が過ぎた——注射器のプランジャーが底に達した——僕らは息を止めた。

突然、窓の中に弱い閃光が見えた——同時に検流計の針が傾いた。二度目の閃光——窓の内部に弱い光の脈動が拡がった。

「ありがたい」教授の顔がぱっと輝いた。「何はともあれ彼を組み立てなくてはならん」教授は僕たちを見渡した。「皆さんはどうやら、ここに学術界の本物のミニチュアを作りたがっているようだ。学者の数だけ見解や理論や何やらがあって、ゲームは進んでいくが、そうしている間にアレアントロポスは死にかけている。こんなことは終わりにしなければならん、と言っておく。こうしたアカデミックな議論や報告は半日でやめるべきで、ここで必要なのは行動だ。技師さん、ドクターと一緒に機械を組み立てて、機械が生きるのに必要なエネルギーを受け取れるようにしてください。話し合いは後でもできる」

「そう、彼がまた暴れだすようにね」ゲデヴァーニが言った。

「あなたがここに来たのは保養のためですか？」教授に冗談は通じなかった。

「教授」僕は言った。「ここで問題なのは危険性ではなく、行動の有効性です。技師さんは本当に放射線が抑制できると、つまり、放射線をいつでも止められると請け合えますか？」

「できると思います。たぶん機械が機械であることをやめてしまうでしょうが」しばらく考えてか

らフィンクが付け足した。

「一体それはどういう意味です？」

「つまり、もしも彼が物事を考えているならば、私はそう思っているし、そう思う権利があるが、そしてプラズマが機械全体の建造者であるならば、彼は何が起きたのかを知った後、己の器官を使いこなしながら、原子変換装置を再構築できるということだ。そうなったら私は一切の責任を負えない」

「それはつまり、責任を取らないということですか？」教授はゆっくりと尋ねた。

「いいえ。私は一切保証しない、という意味です。でも直ちに組み立てを始めますよ」

「それならわかる。ではどうか、あなたは自分の仕事に取りかかってください」

技師はドクターの助けを借りて梨を三脚からはずし、それを慎重に両手で抱えて出ていった。僕たちはもうしばらく実験室に立っていた。

「僕たちは何をしましょう、教授？」僕は尋ねた。

「彼を火星の大気が入った気密室に入れて、我々が彼に敵対しているわけではないことを理解させてみよう。つまり、彼に対して銃弾ではなく、思考で働きかける必要がある」教授はゆっくりと言った。どうやら彼自身、思案していたようだ。

「出発点には戻らないのですか？」僕は訊いた。「構造に関して僕たちが持っている情報ははなはだ曖昧です。プラズマ自体やあの中心部の脳については言うまでもなく……」

「脳だって？　完璧な定義だ」教授は歓喜しているようだった。「私に考えがある」と大声で叫ぶなり、実験室から駆け出した。フレイザーが後に続いた。

小柄なゲデヴァーニ氏が僕と残った。彼は額をハンカチで拭き、それから辺りを見回して、こう言った。

「私はこれがまずい結果に終わると感じてました。四年間私は三百万ボルトのサイクロトロンのそばにいましたが、あれは遊びだった。ここで行われていることと言ったら、ここで行われていることと言ったら！」そんな絶望の言葉と共に彼は去っていった。

僕は教授が言ったことを考えながら、階上に上がった。ついに火星人と意思疎通するための鍵を見つけたのだろうか？　そんなことは信じられなかった。小さな組み立て室をのぞいてみると、リンゼイと教授がいた。後者はすばやく何かの装置を設置していたが、その中に巨大なダイナトロン増幅器と高周波増幅段があるのがわかった。

ホールの真ん中にあった大きな椅子は、まるで電気椅子――僕の第一印象はそんなふうだった。なぜなら背もたれの天辺に銅製の帽子みたいなものが付いていて、そこに複数のケーブルがつながっていたからだ。

「すぐに蓄電池のスイッチを入れてくれ」教授が言った。「それとカソードオシレータをここ、段の上に置こう。バークに電話して、手伝ってもらいなさい」そして僕にこう言った。「私の考えていることがわかるかね？　これは空想的なプロジェクトだ。だが空想でなければ、一体何が我々の

役に立つ？　さて私がやりたいのは、我々の大脳皮質が作り出している電流をとらえて数百万倍に増幅し、Ｘ線管の被覆に送ることだ。こうすると電流の変化に応じて、Ｘ線の強度が変化する。我々の脳波にしたがって調節されるこのＸ線でアレアントロポスを照らしてやるんだ」

　バークがやって来た。彼は技師と共に装置の個々の部品を組み立てた。教授は僕に椅子に座るように言い、僕の頭に銅の帽子をかぶせ、いくつかのスイッチを入れた。

　低い騒音が聞こえた。教授は装置のそばで忙しく立ち働きながら、しゃべるのはやめなかった。

「どういうことかわかるかね？　我々の言葉、我々のゼスチュアなんかは火星からのお客には理解できない。だがもしかすると、脳中心部の精神的プロセスは似たような経過をたどっているかもしれない。だから私は間接的な道筋を避けて、我々の脳波で直接、彼の脳に働きかけるつもりだ」

　その間に増幅管は淡いピンクの光で輝いていた。騒音が強まった。だれかが僕の頭の金属製ヘルメットをベルトでしっかりと締めるのを感じた。

「いらいらしないで、落ち着いて座っててください」教授の声が僕に届いた。「何でもありません、画面を見てください」

　基部が円錐状に拡がったガラスシリンダーに似た、カソードオシレータの巨大な管が、二本のエボナイト製支柱の上に横たわっていた。僕は気づいた。その下部の、淡黄色の蛍光を発する表面に、ゆっくりと震える光の線が複数現れた。

「これはあなたの脳波です。頭の中で三十掛ける十八を計算してみてくれますか？」

光のジグザグが画面内で今度はものすごく速くのたうちまわった。

「オーケー、装置は完璧に作動している」

騒音が不意に止んだ。技師がベルトを緩めて、僕の頭から帽子をはずしたのを感じた。

「すみませんが、下に降りてもらえますか。我々が換気シャフトにオシログラフへのケーブルを通しますから、あなたはそれを出口で受け取って、私が行くまで待っていてください。レントゲン装置を組み立てます」リンゼイが言った。

僕は一階まで階段を駆け降りた。広い組み立て室では何かの電動モーターがうなりをあげ、小さなクレーンが不活性な機械の躰を台から持ち上げて、ホールの真ん中に移動しているところだった。技師が下に降りてきて、ドクターに合図すると、ドクターが調整器のハンドルを動かした。僕は換気シャフトを見つけ、少ししてそこから黒いケーブルの先端が出てくるのを認めた。それを軽く引っ張って待った。まもなくリンゼイが現れた。彼は巨大な装甲されたX線管を持ってきて、ケーブルを壁の絶縁体に取り付け、必要な機器を設置しはじめた。

「ガス弾準備完了」と彼は言い、脇に立っていたゲデヴァーニの方を向いた。「どうか私にとって人生が嫌なものになったとは思わないでください……。今度はこうです。発電機からの電流を十秒間、彼に流します。もし反応がなければ、再び電流を十秒間、これを彼が震えるまで繰り返します。そしたら彼を活気づけている電流を切って、彼の脳だか受容器だかにコントロールをゆだねます。全体にX線を照射できればいちばんいいでしょう。階上に我々のうちひとりが座って、ゆっくりと

落ち着いて考えます。でも言葉ではなく、だって言葉じゃどうにもなりませんからね、図像で考えるんです。この思考の図式、すなわち想像の中で想起すべき図像はすでに私が描いておきました。その後、再び彼を活気づける電流を流して、それに対して何か反応があるかどうかを確認します。効果が出るまでこれを繰り返します」

「というと、どのくらいの間ですか？」

「必要ならば明日まででも」教授はゲデヴァーニにきっぱりと答えた。僕は腕時計を見た。夜の七時だった。

「マックモア、あなたは落ち着きがあって、健全な思考をする人だ」教授はイタリア人に厳しい目を向けたが、彼はまったく気を悪くした風ではなかった。「上に行くと、私の机の上に図式を描いたカードがあるので、それにしたがって考えてください。ただし、ゆっくりとやるんですよ、それぞれの図像を少なくとも二十秒、赤い信号が点いたら始めて、緑が点いたら止める。もしうまくいけば、あなたは火星の住人と意思疎通した世界最初の人になる。我々とあなたの成功を祈るよ。技師がひとり悪魔にさらわれたのは残念だ。必要だったが、まあいい。フレイザーだって優秀な物理学者だ。フレイザーさん、マックモアと一緒に行って、増幅器による脳波の記録と譲渡に必要なものをすべてつないでください。あなたは耳に受話器を当てて座っていてください。私が電話したら、その指示に従って、ここ、階下から送られた電流を強めたり弱めたりしてください」

そう言い終えると、教授はリンゼイに話しかけた。僕はフレイザーと階上に行った。小さい組み

立て室で僕は肘掛け椅子に腰を下ろした。フレイザーが僕の頭に金属の帽子をかぶせ、カードを手渡した。そこには文が数行書いてあり、番号を振った写真の束が添えられていた。

まず火星の地図を熱心に観察することになっていた——積極的に見るのであって、ぽかんと見とれるのではない——教授が写真の下に恐ろしく読みにくい字で書いていた。それから地球の写真。続けて——アメリカの地図、それから我々がいまいる付近の地図を、そして僕は「不安や憎悪なしに、肯定的な感情を覚えることになっていた」。

あの老人はいい人だが、僕はすでに僕を思考機械と見なしたこれらの指図に少々いらだっていた。教授はこれが時計か何かだとでも思っていたのか？　次は我々全員（僕以外）が望遠鏡のそばのデッキに集まっている写真だった。ここでまた火星について考えなければならなかった。ただし「言葉ではなく、図像で」——と教授はページの余白に書いていた。そしてついにミサイルの写真、それが落ちた付近の写真、そして火星人自身の写真があった。それらを集中的に心に描く際、教授のメモによると、僕は機嫌よく、お客に対して友好的な気分でいなければならない。この出来損ないと知り合って最初に僕が考えたのは、すでに二人も殺したこんな狂った機械生物なんかクソ喰らえ、だったことは認める——だが自制した。不意に電話が鳴った——教授からだった。アレアントロポスを三百万ボルトの電流で刺激しはじめるので、合図があったら直ちにスイッチを入れる準備をしておくよう、上に知らせてきたのだ。僕は椅子に腰を下ろし背筋を伸ばして待機した。ほどなく床が微妙に震えるのを感じた。

「我らが火星人を充電している」フレイザーが言った。「充電しているぞ！」大した表現だ。三百万ボルトとは——僕はぞっとした——おっと——機嫌よくしていなくちゃいけない。僕は考えはじめた——スコットランドのことを、植林された山々を、古き良き時代を、センセーショナルなルポルタージュが載った何百万部もの新聞を。

僕の想像を電話の音が途切らせた。

「何？　何だって？　どうやって？」フレイザーが受話器に向かって怒鳴っていた。「もっと大声で！　何も聞こえない！」

数歩離れた所にいた僕でさえ、騒音で受話器がガリガリいっているのが聞こえた——それも不思議はない。すべての高出力発電機が、必要な数百万ボルトを供給するために全力で働いていたのだ。

フレイザーが受話器を置いた。

「三度目に電流を入れたら、身じろぎして動きはじめたそうです。教授はあなたに準備しておくように伝えてくれと」

その間にフィンクが火星人を一旦、床に下ろし、台座の上で正常な姿勢にした。いまはプラズマが入った梨の個々のケーブルをそれぞれのソケットにはめるのに忙しかった。それが終わると、天辺の穴をキャップで覆い、我々がドリルで開けた穴を通して、心臓——あるいはジャイロスコープを——動かそうとした。

「技師さん、慎重に！」僕は叫んだ。

「心配しなくていい、なにしろあいつにはもう原子エネルギー変換装置はないんだからな。我々の三百万ボルトの電力網から切り離さない限り、切り株みたいに安全だよ」

彼は片手を穴に入れて動かしはじめた。バルブが立てるような例のぴちゃぴちゃいう音が一度、二度聞こえたかと思うと、突然技師がうめき声をあげ、青ざめて、震えながら床にくずおれた。

「あんちくしょうめ！」僕は激怒した。彼の方へ突進して、脇に引き離そうとしたが、片手にひどい衝撃を感じた。僕は壁づたいによろよろ歩いた。すでに赤いゴム手袋をはめたリンゼイが駆け寄って、意識不明のフィンクを脇へ引き離した。足は震え、右手の指は焼けるように痛んだけれど、僕は彼を両手で抱え、テーブルの上に横たわらせた。ドクターは何も言わず、ポケットからケースを取り出すと、熟練した手つきで手早く注射をし、脈拍に耳を傾け、それから目でアンプルを数えて、僕を見た――あたかも「ほら見たことか」と言わんばかりに。そして、技師の心臓の辺りをマッサージしはじめた。

その間、内線電話が、まるで壁から飛び出しそうな勢いで鳴り続けていたが、よそに気を取られ、全員がそのことを忘れていた。ようやくいまになってリンゼイが受話器を取り、事の次第を教授に報告した。

「ひょっとして上に運んだ方がいいのでは？」僕はフィンクを目で示しながら、ドクターに尋ねた。

「もしここで何か起きれば、無力な彼がいちばん苦しむことになるかもしれない」

ドクターはうなずいた。僕はフィンクを両手で抱え、僕の寝室に運んだ。途中、駆けてくる教授

に出くわした。教授は何も言わず、ただ僕を見つめるだけだったので、僕はぞわっと鳥肌が立ち、エレベーターに飛び乗った。

フィンクのそばに五分ほど座っていたが、彼が規則正しく呼吸しているのを見て、自分の居場所は階下だと思い、彼にきちんと布団を掛けてやると僕は寝室を出た。

組み立て室はすっかりウィドルトンが取り仕切っていた。

いちいち事前にああしろこうしろと言われることに僕はいらだってきた。いい機嫌を保つため、有名なイギリスの詩を声を立てずにつぶやきはじめた。「メリーさんの羊、雪のように白い、メリーさんが行くところ、どこへでもついていく」――それが終わると、文末から音節を逆に発音しはじめた。そのとき突然、鋭く三回ブザーが鳴り、赤いランプが僕の顔の前で点った。

「いいか」フレイザーの力強い声が聞こえた。「マックモア、ゆっくりと落ち着いて考えるんだ、電流を入れるぞ！」

「Go on!〔続行！〕」と答えると、低い騒音が響いた。僕は記憶の茂みをほじくりはじめ、火星の望遠鏡写真を集中的に見つめて、その運河や砂漠を思い出した。できる限り、僕は記憶の茂みをほじくりかえした。背後でブザーが鳴ったが――それには注意を払わなかった。順番に写真を眺め、時折目を閉じて、それらを正確に想像し、それからまた数枚を一度に眺め――徐々に次の写真に移っていった――そしてついに最後まで目を通した。今度は完璧に友好的・外交的な気分に浸ることになっていた。僕は地球を思い描いた。前面に大きなアメリカがあって、広い帯で火星と結ばれてい

る。その帯に書いてあるのは……ストップ！　言葉で考えるのは禁止だ。

その瞬間赤い光が消え、フレイザーは増幅器のスイッチを切って、電話に跳びついた。彼は僕のことを忘れていたようなので、僕は自分の手で帽子を脱ぎ、彼を見た。彼は受話器を耳に当て、待っていた。

数秒がゆっくりと過ぎた。

「で、向こうはどうです？」僕は尋ねた。フレイザーは否定的に首を振った。僕は椅子から立ち上がった。フレイザーは何度か受話器台を押して大声で叫んだ。

「もしもし！　もしもし！」そして再び待った。

我慢できなかった。

「僕が下に行きます。あっちで何が起きたか、わかったもんじゃない！」そしてフレイザーが口を開く前に、僕はもう部屋にいなかった。ちんたらエレベーターなんか乗ってられなくて——階段を三段飛ばしで一階に降りた。組み立て室に着くと、モーターの轟音の波に取り囲まれた。扉を開け、中を見るなり——僕は凍りついた。

人工的な稲妻の菫色の光の中に、黒くずんぐりした円錐形が……生きているのが見えた。ゆっくりと、その場でゆらゆらと揺れ動き、その触手は震えずに落ち着いた動きをしていた。まるで何かに魔法をかけるか、複雑な曲線を描いているかのように。空気は途轍もない轟音とピシッパシッという音に満ちていた。

一群の男たちが計器盤のそばに立っていた。背の高いリンゼイは顔を汗みずくにして、革製エプロンを着け、スイッチレバーを握っていた。その横に教授が、彼の背後、少し後ろにゲデヴァーニが立っていた。僕は扉を閉めた。火星人が僕に気づいたかどうかはわからない――いずれにせよ触手を横に出し、少しの間、水平に保っていた。それから突然そのうちの二本を近づけると、その先端の間に火花が飛ぶのが見えた。それから触手は再び横の、少し上方に離れて、空中で渦巻いた――まるで円柱の側面を描くかのように。彼はこの方法で何かを表したかったのだろうか？ 火星人は機械のように、疲れを知らずこの動きを繰り返した。だってこれはまさに機械じゃないか――という考えが僕の頭をよぎった。

彼は触手を下げ、それから持ち上げて、水平に円を描いたが、ときどきあまりにすばやいので、二つのぼんやりした円柱しか見えないほどだった。教授が急に立っている人たちの一団から離れて、横の扉から出ていった。僕は床に釘付けにされたみたいに立ちつくし、目を丸くして見つめた。火星人は次第にすばやく、ひっきりなしにその動作を繰り返した。再び二本の足を合わせてから離し、その隙間にかすかにバチバチと鳴る火花の列を通した。

その瞬間、教授が現れた。小さな黒い背中を丸め、差し出した両手に何かを持って、速足で歩いていく。彼はそれを真っ直ぐホールの真ん中に運んでいった――自殺行為じゃないか!? 僕は前に飛び出し、教授を止めようとした。だが彼は身をかがめ、床の上に二本の金属製の円筒を転がした。そのうちの一本が転がりながら跳びはねた。僕はそれが何だかわかった。ミサイルに入っていた円

筒だった。

　それを見たのは昨日だ。一本にはすでに〈図が描かれた〉粉が入っていて、もう一本には思考を永久化する装置が入っていた。

　教授はいまや小さな黒い怪物から五歩の所に背筋を伸ばして立っていた。触手は回転を止めて傾き、二本の円筒は突然引き寄せられたかのように、触手に張りついた。円錐体は動かなくなった——いまや触手は持ち上がり、キャップ上部の蓋が中に落ち込んだ——もしかしたら均一な金属に穴が開いたのかもしれない——わからない、でも二本の円筒があまりに突然さっと消えてしまったので、僕は何度かまばたきしたほどだ。それは数秒も続かなかった。というのもすでに二本は元どおり外にあって、慎重に床に下ろされ、教授の方へ転がっていったのだ。

　それはまったく可笑しな眺めだった。壁際に犇めいている人々の一団と、この九柱戯をしているみたいな金属製のずんぐりした円錐体は。

　教授の合図でリンゼイが電流を切った。急に静かになったせいで今度は頭の中がざわざわした。教授は貪るように二本の円筒をつかむと、紙が置いてあるテーブルに駆け寄り、一本目の円筒の蓋をひねって開けはじめた。細かい金属製の粉が紙の上にこぼれ落ちた——円筒を何度か動かすと——白い平面にはっきりした火星の地図が見えた。その横には——地球があり、火星と地球は幅広の帯で結ばれていた。僕は口をあんぐりと開けた。

「でも、でもそれは僕が考えたんだ！」僕はついに大声で叫んだ。だれも何も言わなかった——絵

の下で粉は音符に似たいくつかの小さな記号の形にまとまっていた。教授はすでに二本目の円筒を開け、中身を別の紙にこぼした——僕たちの目は文字通り眼窩《がんか》から飛び出した。

　白い背景に現れたのは三本の頂垂線を備えた三角形、正三角形が神秘的な記号の花輪に囲まれていた——それらの記号は文字というより数字のように見えた——他方その横にはぼんやりした輪郭が見えた。僕はすばやく見てとった。なんと、それは僕たちの実験室で、とても奇妙な方法で描かれていて、空間的な視点がなく、幾何学的射影のように完全に平板だった。真ん中には——二本の柱と球形の火花ギャップがあったが、火花を示す繊細なジグザグは直角に交わる複数のコンマで消されていた。

「これは電流でくすぐってほしくないという意味だろうか？」図を見つめながら、技師が最初に静寂をやぶった。

「私には彼が自分の原子エネルギー変換装置の返却を要求しているように見える。付け加えるなら、彼は非常に礼儀正しい。私が彼の立場だったら、あんな生体解剖の後で落ち着いて行動できるかどうかわからない……あれだけの可能性を持っていながら」教授は喜びに輝いた。ここ三日間、髭を剃っていない顔の皺一本一本から満足がほとばしり、眼鏡の光すら陽気に瞬き、微笑んでいるようだった。教授は僕らの背中を軽くたたいて押しやり、用意していたカメラの三脚を立てると、図の写真を数枚撮り、それから慎重に粉を円筒に振り入れた。僕たちは、さながら長距離走の後のように深呼吸した。

「私が思うに、今日のところは十分だろう」教授が言った。「もう十一時か。これで二晩寝ていないな」

「それはそうと、彼をどうします?——これはとても重要なことです。立て続けにいろんなことが起きるので忘れてました。機械は電流がなければ無害だとフィンクは主張していたけど、攻撃されたじゃないですか……」

「まったくだ、アレアントロポスをどうしたものか?」教授が言った。「嫌な問題だ。これは実験室のモルモットではない」

「もし夜間、彼を鋼鉄の気密室に入れたら、彼が気を悪くするとお考えですか?」ドクターが懐疑的に尋ねた。

「あなたなら間違いなく気を悪くするだろうね」教授は答えた。「まあ、端緒はつかんだ。いずれにせよ彼はすでに、我々がまったくの野蛮人ではないことを知っている。だから神の御名において、ここに置いておこう」

「私なら中央の梨を取り出します」とドクターは言い、慎重なミスター・ゲデヴァーニはこの案を強く支持した。

「ああ、あなたがぐっすり眠れるように、ですか?」老教授は意地悪く答えた。「そんなことをしてもどうにもならん。たぶんあなたは一晩中ここに座って、正常な脈動があるかどうか、窓を見張るんでしょうな。なにしろ衰弱した場合は注射して、円錐体に戻さなければいけないんだから」

「すみません」僕は口を挟んだ。「でも電流がなければ、彼はやっぱり栄養エネルギーを受け取れないでしょう。だって彼自身の原子エネルギー装置はフィンク技師がすっかり取り出したんですから」

「ああ、取り出した。で、取り出したんなら、なぜ彼はここにいなくて、上でひっくり返っているんだね？」教授は皮肉っぽく尋ねた。「何を取り出し、何を取り出さなかったか、あなたに何がわかる。確かなのは、我々には謎のあの液体が彼にはとても必要で、不可欠かもしれないということだ。だから彼の中に入れておいて、あんよを浸した方がいい。さて我々はおねんねしよう」そう言いながら、大理石の計器盤に近づいて順番にアーク灯を消しはじめた。

「でも彼はもしかしたら突然夜中に……」ミスター・ゲデヴァーニが泣きごとを言いだした。

「じゃあ彼の耳元で叫ぶんだな、いい子にしなさいって」容赦なく教授は言い、続けて照明を消していった。もう部屋を出るしかなかった。僕らがエレベーターのそばに集まっていたとき、教授がこう言った。

「皆さん、我々は夕食をとってしかるべきだ、そうじゃないかね？」

「そうです」僕らは声を揃えて同意した。

「それじゃこれから豪勢な宴《うたげ》を開くとしよう。ただ私は気の毒なフィンクのところにちょっと寄っていく。それとフレイザーを呼んでください。バークは食堂で一切合切の準備をするように」

エレベーターが止まり、僕たちは廊下に出た。僕の部屋ではフィンク技師が熱に浮かされ落ち着

かずに眠っていた。ドクターが彼の脈を調べ、鎮静剤の注射を打ち、全員に出て行くよう命じた。

食堂には蠟燭が点っていた——これは教授のアイデアだった。そのオレンジ色を帯びた黄色い、穏やかなまたたく光は大いに神経を落ち着かせた。

バークが給仕をしていた——もっとも料理はすべて缶詰を電気コンロで温めたものだったから、料理人が足りないとは思わなかった。夕食後、教授はテーブルでパンの球を転がしはじめ、こう言った。

「皆さん、ついに我々は一歩前進した。もしかしたら火星人は我々のレントゲン電報に対して、似たような放射線で反応したのかもしれない。自動記録装置付き高感度ガイガーカウンターを室内に設置することができたのに、私がそれを記録しなかったのは、そんな記録はどうせ我々には理解できなかっただろうからだ。なにしろ我々は自分の脳波図の内容を読み取ることさえできないのだから、火星の電流言語について何をか言わんや。試験はうまくいった。これからは画像で意思を伝えあうことができる。彼に絵文字か何か、記号を教えることにしよう。あるいは、コンタクトを容易にするために、彼が我々に何か新しいものを教えてくれるかもしれん。いずれにせよ最悪の窮地はもはや終わっただろうと思う。ドクター、そんなに悪賢く皮肉っぽく笑わないでくださいよ、utinam bonus vates sim《ウティーナム・ボヌス・ヴァテッスィム》〈私の預言があたりますように〉。皆さん何かご提案はありますか？」

「僕が思うに、はっきりしていることがひとつあります」僕は言った。「彼の生きているような物質は、その構造ではなく作用について言えば、僕たちの脳に似ています。どうやら彼の構造からし

て、彼が受け入れるのは、言うなれば現象の源となる本質的な内容であって、副次的・外的な徴候ではありません。だから声や光は彼にとって、放射線のようなエネルギーの変化や電流の差ほどには重要ではないんです。他方この方法で彼に伝えることができる画像の数はかなり限られます。伝えられるのは図や具体的な概念だけで、教授が書かれたような、善良で愛らしい雰囲気がすべて伝えられるとは、とても思えません……」

V

その夜は熟睡した。ぼんやりと憶えているのはソファーに身を投げたことで、なぜかというとベッドではフィンク技師が静かにうめいていたからだ。そして僕は黒い淵に沈むように眠りに沈んだ。ものすごい音で目が覚めた。ソファーから飛び起きると、寝ぼけたまま、窓に突進した。静かだった——湖のほとりに朝霧の軽い雲が浮かんでいるだけだった。あの轟音は夢に見ただけだったのか？　それもあり得た。すばやく服を着、まだ眠っているフィンクにざっと目をやると、廊下に駆け出した。静かでだれもいなかった。今度は床が軽く震えるのを感じた——何だろう、発電機が動いているのかな？　ちょうどよい時に起こしてくれなかった仲間を恨めしく思ったが、彼らだけで仕事を始めたのだろう。見るとエレベーターは動いていなかった。どうやらネットワークの全電圧が使われているらしい。それで三階から一階まで駆け降りたのだが、次第に強まる壁と空気の振動

が足元で聞こえ、感じられ、いささか不安になった。大きな組み立て室では全員が壁際に固まっていた。その向かいに小さな黒い円錐体が見えた。それはいまや軽々と左右に動きながら、彼らとおしゃべりをしているようだった――その光景は恐ろしくもあり、可笑しくもあった。

　教授が僕に向かって手を振った。

「どうですか？　何か新しいことは？」僕は彼の耳にわめいた。機械の騒音のせいで、それ以外に意思疎通する方法がなかったのだ。

「万事順調、いまアレアントロポスと話しているところだ」フレイザーが叫んだ。

　彼らは彼となんとか話してはいたが、その会話は奇妙なものだった。小さな投影機《プロジェクター》、魔法のランプで、スクリーンに何かの模式図やスケッチが映し出されていた。それらを教授が再生機に突っ込んでいた。あまりにもすばやいので個々の図像は見えなかったが、教授は気にしていないようだった。僕はちょっと莫迦みたいだった。まるで自分が余計者で、蚊帳《かや》の外に置かれたような、何が起こっているのか皆目わからず、腕をこまぬいて立っているような気がした。

　突然静かになったかと思うと、二本の金属製の円筒が再び床の上を転がり、教授は用意した紙に粉を振り出しはじめた。

　それはまったく意味のない直線や曲線のもつれだった。その横には――またもやあの楽譜みたいな奇妙な記号。ここでまた惑星系の模式図のような、長く伸びた同心の楕円形、だが変形され、謎の記号がびっしりばらまかれている。全員黙って、この奇妙な知らせに見入っていたが、ついにゲ

デヴァーニがこう言った。

「私が思うに、彼は気分が悪いんじゃないか……だってこのすべてには意味がない、彼は病気なのでは？」

教授はあたかも、君の方が病気だ、と言いたげにゲデヴァーニを見やったが、黙っていた。

「いまだ我々を深淵が隔てている」彼は言った。「我々は理解しあえない、まだ……」教授は電源を入れるよう命じた。モーターがうなり、わめきながら作動しはじめると、ユニゾンの低音《バス》の轟きになり、それが鋼鉄の束となって引っ張り、次第に高まる和音となって丸天井のカーブに響き渡り、ついには轟くドリルの高音となった——円錐体は再びよみがえり、ひと揺れすると突然歩きだした。歩き方は不器用で、あぶなっかしいくらいだったが、突然、彼と発電機とを接続していた複数のケーブルが彼を止めた。彼はケーブルに囚われていた——これは僕には奇妙に思えた。彼自身がそうしたかったのか、それとも逃れられなかったのだろうか？　思わず僕は彼の味方になって、彼の解放を求め、我々が定めた限界を彼が越えることを望んだようだ。この奇妙な考えをどう表現すればいいのか、わからない——何かが僕と彼を結びつけているように思えたのだ。だれとだって？　狂った夢から出現した怪物、脳の形をしたゼリー状の光る物質を持った金属製の円錐体と？　教授はいまや同時に一連の方程式を映写していた。それは幾何学の定理に対する註釈となるものだった。それらの数字が教授には、我々を分かつ深淵を埋めることができる最も確かな会話のように思えたのだ。本当にそうだろうか？

突然、妙なことに気づいた。ご承知のように円錐体には三本の触手がある。二本が静かにコンクリートの上に横たわり、時折軽く持ち上がったりしている間、後ろの三本目が、何か熱心にコンクリートをほじくるか、穴をあけるか、何かを形作るような仕草をしていたのだ。触手の鈍い先端となっている金属製の円筒は意識的に性急な動きをしていた。コンクリートが赤くなっているような気がしたが、でもそんなことは不可能じゃないか？　僕以外にそれに気づいた人はいなかった。というのも、円錐体は彼らの前に立っていて、自分の躰で後ろのコイルコードを隠していたからだ。ところがやはりそうだった。その三本目の触手が持ち上がると、その先端に何か小さな黒い歯のようなものが見えた。

「教授！」僕はわめいた。「電源を切って！　ともかく、電源を切って！」

アレアントロポスが何をしたいか、僕にはわかった。なんて恐ろしい怪物だ！　その振る舞いの一切が策略——悪魔の駆け引きだった。我々の電力を、意思疎通のためではなく、我々から独立するために利用しているのだ。彼は取りはずされた装置の部品を手近な材料で作ろうとしていた——破壊できたからには、きっと作って組み立てることだってできるのだ。

「電源を切れ!!」僕は叫んだ。

いまや全員が見た。触手が持ち上がり、土台の下部に縁がぼんやりした不規則な穴ができ、その穴が歯形の装置と、その装置をそこへ持ち上げたり、床をほじくったりしていた触手を飲み込む様を。啞然としたリンゼイが配電盤に跳んでいき、滑ってよろめいた。電源を切る代わりに、レバー

を逆方向に切り替えた。そこには赤いジグザグとこんな文字が見えた。「過電流――危険！」

　雷のような音が轟いた。埃の雲が震える円錐体を包み、ケーブルが青い火花を散らし、大きなシュッという音と共にメインの過電圧ヒューズが切れ、すべてが静かになった。だが、円錐体はなおも生きて動いており、あの二本のケーブルを二本の藁束みたいに振るい、触手の黒い先端のひと触れで己の機械的心臓に向けて開けられた穴をふさいだことに気づいたときの、僕の驚愕と恐怖を一体だれが言い表せるだろう。

　円錐体は考え込んでいるようだった。その光景は異常だった。突然止まった機械、力なく、床にじっと立ちすくんで目をみはる人々、そしてあの円錐体は、あの可笑しな円錐体は、触手を振り回しながら、ふらふらと動いていた――まるで、生まれ変わった己の自由な人生をどうやって始めようかと考えているかのように。自分の脳が再びあわただしく働いているのを感じた。さてどうする？　どうする？　ホールの隅にガス弾と迫撃砲があるのに気づいた。いまや僕はもう火星人の味方ではなかった、断じて！　もはや命に関わる問題だった。だがあの恐ろしい、機械音を立てる野郎は前進してくる。いったいだれが二メートル以上もある触手の範囲に近づこうとするだろうか？ほら奴が触手を前に伸ばすと――何たることか――ガス弾の山が崩れ、渦巻く埃の柱に変わり、あたかも何もなかったかのように消えうせる。それがあった床の上にはまだ埃の跡が見える――薬《やっ》莢《きょう》の跡が――それで全部だ。円錐体はガタゴトいいながらコンクリート上を進み、円を描いて、対象に近づく。人々に近づいてゆく！

彼らは避けるが、煙がドアへの道を阻む。いまやフレイザー、リンゼイ、ゲデヴァーニのグループに追いつきそうだ。教授は脇の、スクリーンの傍に立っている。

「逃げろ！」叫び声が聞こえ、足が勝手に逃げ出そうとする。「奴は彼らをドアに近づけないようにしているが、君は違う」

「逃げろ！　君は彼らを助けられない、逃げるんだ！」

そのとき教授の落ち着いた声が聞こえた。「我々は単なる研究者ではなく、火星からの客と意思疎通を図るための地球代表団だ。こうした代表団がいかに振る舞うべきか、言わなきゃならんのかね？」僕は顔が赤くなるのを感じる。僕は立って見つめている――なすすべもなく。

円錐体は三人の男に近づく。リンゼイは立ちどまり、唇を嚙みしめ、血の気のない顔に、燃える目をして、筋肉を緊張させている――君ならこう言うだろう――巨大な重荷を支えるカリアティードと。

突如、叫び声が響く。ゲデヴァーニだ。触手が彼に触れたのだ――ひと声あげると、次の触手が近づいてきて、彼の躰は宙に浮き、ぶらぶらする足が見える。恐ろしい叫び声がして――突如静かになる。静寂が耳をハンマーで打つ。円錐体は教授の方へ向かう。ゲデヴァーニは？　ああ、そうだ、壁際で空気が抜けた風船みたいにぺちゃんこになっている。円錐体は教授の方へ進んでゆく。いまや彼らは向かい合って立っている。老人の目は何と不思議そうに見つめていることか。まるで奴は成長したみたいだ。これからどうなる？　複数の触手が床をのたうち回り、ガラガラいう音が

聞こえる。さて役割交替だ。調べようとしていた人たちは壁際に力なく立っている。なんと愚かなことか、己の無力さに震えて――震えて？　否。ウィドルトン教授は胸の前で手を組み、見つめている――アレアントロポスの装甲に付いている、ぷっくりした光る透明な円盤を。円錐体は動き、教授から離れてゆく――突然その触手の一本が老人に触れる――すると老人は雷に打たれたかのように床に倒れる。円錐体はそんなこと気にしない。僕の方に向かってきて、触手をこつこついわせ、己のコイルコードの鉤爪でコンクリートをたたくと、土台の下に火花とセメントのかけらが見える。奴は僕の目の前に立っている――果てしない瞬間。すべては霧の中のように見える。ただあの黒い円錐体が近くにいて、触手を振り回している……突然雷が落ちた。

　僕はどこかを飛んでいた。ハリケーンみたいに風が吠え、うなっていた。僕はどこに飛んでいくんだろう？――驚いた。躰にはまったく重みがないが、それには驚かなかった。耳を聾する轟音が絶えず鳴っていた。突然明るくなりはじめた。まるでだれかが目の前の、湯気で曇った大きなガラスを拭いてくれたみたいに。一体何が起きたのだろう？

　荒野が見えた。何キロメートルも、灰黄色の、岩塊がごろごろした、巨大な穴や砂丘で凸凹の荒野が広がっており、その上には広大な、恐ろしく深い、明るい緑色の空が見えた。なんて奇妙な空だ。そこには太陽もあったのに、星々が見えた。太陽は小さめだったが、頭の真上の高い所で力強く照っていた。荒野が僕の方へ近づいていた。僕の方が飛んでいったのか？　僕の手足はどこにあった

のだろう？　何もなかった。何もなかった。そもそも僕はいなかった。ただ目だけ、あるいは脳だけがあった。でも僕には見えた！　目眩《めくるめ》く飛行は地面に向かって落ちていった。突然——僕は見た。僕の下で、二つの巨大なトラスか鉄塔のようなものが滑っていき、砂に深く潜っていくのを。

　僕は飛びながら次第に降下していた。塔はひとりでに進んでいた——細い水平の腕を動かしながら。腕の先端には幅広い光る円盤が付いていた。そしてしなやかな腕の先にあるその円盤が地面に近づくと、地面の下に突然空洞が開いたかのように砂が崩れ、割れて、目の前で消えた。残った砂は囂々《ごうごう》うなる砂漠の熱風が吹き散らした。こうして生まれた途轍もなく幅広い運河が果てしなく続いていた。この運河は何のためのものだろう？　この機械はどうやって動いているんだ？　でもこんなことあり得ない——僕はひとりごちた。だってあの掘り出された砂は一体どこに消えうせるのか？　普通は消えないだろう？　仮に消えるとしても、だれがあの機械を動かしてるんだ？　機械はゆっくりとリズミカルに動いており、腕が動くたび地面に幅数百メートル、もしくは一キロメートルの、整った形の巨大な穴ができた。風がびゅうびゅうとうなっていた。

　いまや眼下の空気が渦巻きはじめた。空気は密になり、黒ずみ、濃くなった……。なんてこった！　それは先端に複数の触手が付いた黒い金属の円錐体で、木の葉のように渦巻きながらゆっくりと落ちていった。黒く小さなそれは機械の脇を降下し、機械の下に潜り込んだ。ほどなくそれは姿を現し、触手を持ち上げ、何かガラスの輪郭がそいつの周囲にふくらんだようだった。目の前がぐるぐる回った。黒い円錐体は砂の渦の中で姿を消した。一体どこに消えたのだろう？　さらに目

を凝《こ》らして、突然気づいたのは、自分が地面に接しており、降下していて、さらに高度を下げていることだった。僕は砂の中に落ち込んでいった。声を上げて叫びたかったが、暗闇が僕を包んだ。呼吸は自由にできたが、僕の肺はどこにあったのか？　僕の躰は？　僕は目だけだった。聞こえた？　そう、聞こえた――リズミカルな、遠い、非常に抑えた轟きが。ボム――間をおいて――またもや、ボム――光がぱっと輝いた。いや、そうじゃない、光なんかなかった。何と言ったらいいか？　光はなかったが、僕には見えた。光に照らされた物は見えなかったが、それらがあることはわかったのだ。それはだれかの視線が背中に突き刺さる感じに似ていたけれど、その千倍も強かった。それで不安に襲われた。周囲にはたくさんの物があるように感じた。それらは見えなかったけれど、それらのことはわかった。まるで嫌な夢の中で、それらの意味も用途も思い出せず、理解できないかのように。そこは半楕円形のホールだった。巨大なホールが闇に沈んでいて、そこを円錐体の列が通り過ぎていた。それらの円錐体は、一様に全触手を側面に輪形にくっつけながら、ずんずん進み、通過し、絶えず一方向に前進していた。僕もその方向に歩いていった。何らかの装置のそばを通り過ぎた。僕はそれがあることを感じ取った。それもいきなり全方向から、あたかも同時に上からも横からも前からも見たかのように感じ取れたのだった。

　巨大な機械だが、可動部品はひとつもなく、ただ互いに接合した回転する立体の断片、何らかの小さな影だけが、闇よりさらに暗い点のごとく、突き出た表面を動き回っていた。鈍い響きが大きくなってきた。騒音が強くなった。そして光が打った。あれが火星の地下だったのか？　個々の回

廊、半楕円形のホールは、次第に大きく広くなりながらつながっており、すでに光に沈んだ回廊では、円錐体の列がひっきりなしに動いていた。それは異常な光景だったが、理解できなくはなかった。そして突如……。

空間。広大な原野、というのも何マイルも続くそれをホールとは呼べないから。幾何学的にふくらんだ巨大な空間。長い円筒が二つの球の上に突き出し、その先端は丸まっていて、なだらかな高台の上に斜めに立っていた。そして何千、何万ものひっきりなしに動く黒い円錐体。いま見ると、天井は半球形の丸天井で、同種のあまり光らない金属性物質でできていた。天井の中心に漏斗に似た穴が開いており、そこに太陽が輝いていた。穴は惑星の表面につながっていた……。

突然、波が、集まった機械を通過していくのを感じた。円錐体の野は凍りついた——壇の上で渦が濃くなり、少し前まで透明な空気があったところにアレアントロポスが現れた。アレアントロポスは円筒に近づくと、その影と溶け合った。またしても逃げ出したのだろうか？　いまや轟音はまるで僕自身の中で鳴っているかのように、しつこく、うるさく、命令的だった。なぜだかわからないが、打撃音を数えなくてはならない気がした。二十六回目に軽く押される力を感じた——僕は身震いした——円筒はなかった。見えたのは、盛り上がった空っぽの壇と、少し小さくなった二つの球だけだ。円錐体たちの頭上に漂っていたのは煙か、薄まった霧か……その後はもう何も見えなかった。ほんの短い間、自分が落ちているように感じた。完全な暗闇の中で、僕は垂直な管の内部にいて、その中でゆっくりと、アルコールの中のオリーブ油のしずくみたいに、落ちていくのを感じ

た。僕は天井の低いホールの、軽く傾いた、溝のある床に落ちた。すべてが消えた。何らかの力が僕に上を見るよう命じた。頭上には赤い穴が開いていた。その奥に銀河の星々の海がきらりと光った。それを背景に、先端が丸まった長くて黒いミサイルが疾駆し、後部からなびく青白い炎を吐き出していた。ミサイルは落ちていった。ミサイルの方へ進んでいたのは回転する惑星の円盤だ。最初小さかったその惑星は、見る見る大きくふくれあがり、巨大化した。スクリーンは消え、惑星の円盤がもはや全視野を占め、ミサイルはちっちゃな光るかけらとなった。ものすごく巨大な濃灰色の惑星が、端を星々に覆われた視界の半分で、歯をむき出してにやにや笑い、濁った底なしの渦のように、反対側からやって来た。

そのとき衝撃を感じた。軽かったように思えたが、もう何も見えず、物がぶつかる音とどよめきがして、無慈悲な熱に包まれ、僕は意識を失った。

目を開けた。真っ暗で、頭がひどく痛んだ。

どうしたんだ？　僕は手探りした――コンクリート――これは何だ？――コンクリート――これは？――ケーブル――ああ、組み立て室か。

でもどうして僕はここにいるんだろう？　僕は口を開いた。

「おーい！　おーい、教授！」

静寂。

「ミスター・リンゼイ！」

静寂。

「フレイザーさん！　おーい、僕だ、マックモアだ……」

静寂。喉が痛く、頭は割れそうだった。どうしたんだ？　実験があって、それから——円錐体が逃げた——ああ、そうだ——円錐体が——それから？　あれは夢だったのか？　それにみんなはどこにいるんだろう？　僕は躰を動かしはじめた。膝をつき、それから足で立った——片手で壁をつたっていった。ひどく衰弱していた。

僕はどこにいたんだろう？　主桁のそばで倒れたのではなかったか？　もしそうなら、どこか近く、三歩ほどの所に、照明のスイッチがあったはずだ。周囲は真っ暗だった——熱心にまばたきしたが、目の前の手が見えなかった。ほらスイッチだ——それをひねった——静寂と闇。ああ、そうだ、ヒューズが焼き切れて、停電してるんだ。でもみんなはどこだろう？　ポケットを探った。ライターがある——石がきしんだ——ベンジンのかすかな炎が狭い空間を照らした。ホールは空っぽのようだった。光が惑った——巨大な醜い影たちが壁に躍った。

あの暗い物は何だ、あそこにいるのは、もしかして……。

それはゲデヴァーニだった。倒れたように、仰向けに横たわっていた——僕はすばやく近寄って、引っ張った——すぐそばにフレイザーとリンゼイが横たわっていた。二人は顔を見合わせ、一緒に横たわり、フレイザーは打撃を防ごうとしたかのように、前腕を顔に押しつけていた。僕はゲデヴァーニの背広の襟を持って引っ張った。彼は弱々しいうめき声を上げた。

生きてる！　ありがたい――僕はあとの二人の方へ飛んでいった。確認したところ、二人の心臓は鼓動していた。

でも教授はどこだ？　見つけることができなかった。ライターはもう僕の手を焦がしていたし、そのうえ芯がじゅうじゅういいながら燃え尽きかけていた。

「教授！」僕はわめいた。老人は反対側の桁のそばに横たわっていた。そこで倒れたのだ。そうだ、そうだ、だって教授はスクリーンの脇に立っていたのだから。

僕は教授の袖を引っ張って、仰向けにした。髭でざらざらした彼の顔を触ってみた――呼吸しているか？　完全に冷たくはなっていないようだった。心臓は？　ああ、よかった、鼓動していた。とても弱々しくゆっくりとではあるが、鼓動していた。

僕はつまずきながら、ドアの方へ走った。頭を何か見えない障害物にぶつけ、躍る火花が見えた――ちくしょうめ！――僕は廊下に飛び出した。

どこも真っ暗だった。僕は階上に走っていった。小さい組み立て室にはバッテリーがあった――懐中電灯も――それに、ドクターはどこだ？　ひょっとしてフィンクはもう気がついたかな？

僕は自室に立ち寄った。

「ミスター・フィンク！」僕は叫んだ。静寂。ベッドを手探りしてみた。空っぽだった。フィンクは起きたのか？

もう何もわからなかった。僕は狂ったように廊下に駆け出した。どこも真っ暗だ――ほぼ走りな

がら、手のひらで壁に触れた——それは組み立て室のドアだった。ドアを開けるなり僕は茫然自失した。ホールの中央に壇があり、その傍にアレアントロポスが立ち、複数の触手で、スポットライトの光に輝く大きな金属球に触れていた。だが僕がぞっとしたのはそのことではない。火星人のそばにパジャマ姿のフィンクが立っていたのだ。青白い顔をして、左手に包帯を巻いている。フィンクはアレアントロポスを手伝って、スチールテープを壇の向こうにある何か大きな黒いものに固定しているようだった。

「ミスター・フィンク！」僕は叫んだが、喉から出たのはしゃがれ声だった。「技師さん！」フィンクは振り向かなかった。ゆっくりと、彼にふさわしい正確さで、何かのねじを引き寄せた。

　僕はぎょっとした。火星人よりも彼が怖かった。円錐体が僕を見つめているような気がしたが、そんなことあり得ないだろう？

　円錐体はそばでがたごと音を立てていた——まるで突然僕を目にしたかのように。恐ろしいことだ。円錐体が僕の存在に気づいたとき、フィンクも気づいた。彼は僕を見たが、顔は別人だった。僕のことを知ってはいたが、まったく見知らぬ人の空虚な顔だった。フィンクは身をかがめ、僕には注意を払わず、ねじを締めはじめた。

「技師さん！」僕はわめいた。もう何もかもどうでもよかった。怖いことは怖かったが、腹が立ってきた。

「その忌々しい鉄のでくのぼうと一緒に何やってるんです？　気でも違ったんですか？」

　フィンクは身じろぎもしなかった。その代わり円錐体が僕の方へ触手を向けた。それで僕は電光石火のごとくドアの向こうに飛んでいき、ドアをばたんと閉めて、階下に逃げた。

　追ってきたか？　わからない。僕は一階の大きなホールに立ち寄ると、ゴムやセルロイドや紙を集めはじめた。それからライターでそれらに火をつけて、その乏しい光でバッテリーを見つけた。バッテリーは補助ライトに電力を供給してくれた。ついに明かりが手に入った。自分が置いてきた、力なく横たわっていた人たちの面倒を見ることにした。僕は恐怖に襲われた。彼らもフィンクみたいに狂っていたら？　フィンクに何があったのか――あの電気ショックのせいで狂ってしまったのだろうか？

　最初に目を覚ましたのはフレイザーだった。うめき声を上げ、嘔吐しはじめた。ゲデヴァーニは失神したまま、さらに長いこと横たわっていた――その間にリンゼイが目を開けた。僕がいちばん心配したのは教授だ。僕は、熊の親切《ありがためいわく》にも教授の肋骨を折らないよう、慎重に人工呼吸を施し、ドクターの不在を呪った。他方、彼らをこのまま置いていくのも不安だった。あの忌々しい円錐体が三階で技師と一緒に何をしているのかわからなかったからだ。

　青白く落ちくぼんだ顔のまぶたがついに持ち上がり、僕の目は老学者の光る暗いまなざしと出会った。教授はしばし見つめたかと思うと、すぐ目を閉じたので、僕はぎょっとなって、心配で揺さぶったのだが、もしかして強過ぎたかもしれない。

「気をつけろ、マックモア、私はまだ生きている、君の骨折りにもかかわらずな」弱々しい囁きが聞こえた。そしてかすかな微笑の影が老人の顔をよぎった。僕は教授を起き上がらせ、座らせて、タンクから水を持ってきてあげた。しばらくするともうしゃべれるようになった。最初の言葉はこうだった。

「あなたも火星を見たかね？」

僕はきっと呆《ほう》けた顔をしていたに違いない。なぜならじれったそうにこう付け加えたからだ。

「さあ、実際よりも莫迦なふりはするな。あなたは何も見なかったのかね、もしこう言った方がよければ、夢を見なかったかね？」

「ああ、あれか」僕は叫んだ。「ええ、夢を見ました、というか、そんな幻覚を見ました……」

「それについてはあとにしよう」教授は言った。「私はもう立てるようだ。物語には別の機会があるだろう、ゲデヴァーニ氏が言うように。彼はどうしてる、残りの者は？」

「全員生きてます」

僕たちのところにやって来たフレイザーは、苦しそうにあえぎ、顔は青ざめていた。

「教授、ありがたい、生きてましたか……」

リンゼイは柱にもたれて立ち、ハンカチで額を拭いていた。

「ああ、我々は生きている。でもひどい目まいだ……」

「アレアントロポスはどうなった？」教授が尋ねた。「それがいちばん重要だ、我々がまだ何とか

息をしている間は。彼について私が心配をやめるのは、おそらく死んでからだな」弱々しく笑いながら付け加えた。

「教授、あの悪賢い鉄のひとでなしは小さい組み立て室にいます」

「何だと？　どうして知ってるんだ⁉」男たちはたちまち元気づいた。ゲデヴァーニさえ頑張って立ち上がろうとした。

「僕はあそこにいたんです……信じてください……こんなひどいことが起きてしまったとはいえ、本当に、誓って、見たんです。だってあそこには予備の照明が点いていて、フィンクが火星人と仕事しているんですから」

「あなたが言いたいのは、火星人に関する仕事ということか？　フィンクは再び奴の無害化に成功したのか？」教授がすかさず訊いた。

「いいえ、僕が言いたいのは言ったとおりのことです。フィンクはアレアントロポスの指揮下で働いているように見えました。名前を呼んで……問いかけてみたんですが、彼は答えませんでした」

「もしかしてフィンクじゃなかったのでは？」ゲデヴァーニが尋ねた。

ゲデヴァーニには我慢ならなかった。

「いいえ、あれは僕の叔母さんでしたよ。教授、あなたは僕の言うことを信じますか？」

「信じるとも、年寄りを莫迦にしおって……。だがこれも君らのせいだ。あなたひとりのせいじゃない」教授は頭を上げず、こう付け足した。僕は驚いて教授を見た。「君は我々の中で最も実際的

で疑い深い。我々は実験の真似事をしようとしたのだよ。そら、子羊に枷《かせ》をはめろ、それから手術台へ。ほらここに子羊がいるぞ」そばにあった桁を拳でたたきながら言い終えた。「さてこれからどうするか考えよう。ここには何か座れるものはあるかね？」

三脚がいくつかあった。教授は顔をしかめながら、そのうちのひとつに腰掛けた。

「考えるまでもない、これで終わりだ。バークを探さなくては、オートモビルを用意させるんだ。私は出て行く」とゲデヴァーニが言ったが、彼はずっと気分が悪そうだった。

「君に発言権はない」教授はもう快復していた。「我々が話し合うのは逃げる方法についてではなく、これから先、あいつをどうするかだ。ああ、あともうひとつ。ドクターはどこだ？」

「今日は見ていませんが、今朝はどこにいたかな？」

「教授のところに立ち寄ってから、実験室であの中央の液体を使った実験をしようとしていました」フレイザーが答えた。

「いいかね皆さん」教授の顔が引き締まった。「ここでぐだぐだ、ああだこうだ言ってる暇はない。ガス弾はまだあるか？」

「下にあります。でもあいつが壊さなかったかどうかはわかりません」僕は言った。「僕らが取りに行ったとき、まだ優に三十発は残っていました。行くことは可能です。たぶん火星人はフィンクから離れないでしょうから」

「皆さん」教授が言った。「私の指示が変だと思う人がいるかもしれないが、次のように命ずる。

ガス弾を持ってきて、迫撃砲に装塡し、扉に向けてください。我々はマスクをかぶってここで待機しながら、各人が話をする——自分が……意識を失っていた間、何を見たかを。もしかしたらこの話が我々の役に立つかもしれん。私について言えば、間違いなく自分が知りたかった以上のことを知っている。さて、反対の人はいるかな？」

反対者はいなかった。僕は、みんなの中でいちばん気分がましだったリンゼイと共に出かけた。十五分後にはもう、我々はホールでガス弾に囲まれ、迫撃砲の導火線を手にしていた。砲口は扉に向けられていた。

「中毒する前に奴はきっとまた、我々を父祖の懐《ふところ》へ送り届けることができるに違いない」教授が叫んだ。「どうかみんな惑わされないように。幻覚が健全なのは、ときたま適度に起きる場合だけだ。それに、人間は幻覚なんかない方がいつだって、より大胆に行動する。さてと、だれか上へ行ってドクターを呼んできてください。ただし小さい部屋には近づくんじゃないぞ」

僕は階上に駆けていった。実験室はしかし、ひっそりとして暗かった。声を上げて捜したが無駄だった。何の手がかりもつかめずに戻った。

「変だな」教授が言った。「でもまあ、行動する前に、まず自分たちの位置を確かめないと。君たちから話を聞きたい。マックモア、あなたが最初に話すんだ。あなたが言うところの、あの〈幻覚〉で何が見えたのかを」

僕は話しだした。話し終えると、しばし静寂が続いた。

「ああ、実際その感覚は知っているとも、ああ」教授は眼鏡を直した。「似たような経験をしたよ。それよりはるかに多くの細部があったが。あなたの結論はどうかね？」

　何かが閃いた。

「思うに、あれは火星からロケットを地球へ飛ばすシーンで、その後、ロケットは惑星間宇宙を通って……。残りは、えーと、あれは、ふむ、火星人の風俗や習慣、技術的な設備……」

「大変よくできました」教授は、生徒の模範解答をほめるかのように言った。「頭の回転が速いですね、マックモア……。あなたが夢や幻覚について話しはじめたとき、正直、頭を打ったんじゃないかと心配したんですよ。本当のことを言いましょう。私もです……つまり、ふむ、私もスコットランド出身なんですよ……」僕が顔を輝かせたのを見ながら教授は言った。「いまは同国人同士、挨拶している暇はないがね。というわけで私が思うに、あいつは我々を触手で触りながら、ある種のエネルギーの電荷で我々の脳を刺激し、自分が引き起こそうと望む仕事を脳にさせたのだ」

「それじゃ、あの円筒や不思議な粉なんかの茶番は何のためだったんです？」フレイザーが尋ねた。

「当然こうだ。火星を出た彼らは、私が思うに、地球でだれと出会うことになるか知らなかった、そうじゃないかね？　だから万一に備えてあいつは武装していた。だがここでは、言わば、我々の望みどおりに振る舞っていた……そうせざるを得なかったうちは、つまり、地球の大気に順応しておらず、我々が彼に与えた損害を修理するまでの間は。私の果てしない愚かさをあいつは利用したのだ……」

「教授」僕は口を挟んだ。「そうは思いません……」

「私の果てしない愚かさ、と言ったが、繰り返そう」老人はうなずいた。「あいつはそれを利用したのだ。私が幼稚にも、奴にアルファベットを見せて遊んだり、初歩の幾何学を教えたりしている間に、奴は我々から独立することができたってわけさ。ここにドクターがいればなあ、彼の初等教育システムともども」教授はいらだって付け加えた。「ドクターだよ、私にあんな遊びをそそのかしたのは……。まあ、そんなことはどうでもいい。非難しても仕方がない。だがな、我々が莫迦だったのだよ」

「教授」フレイザーが言った。「仮に我々が別のやり方をしていたとしても、奴は我々の電力を自由に使える時間を利用していたでしょう。なにしろ数秒あれば足りたのですから。それより教授がご覧になったことを話してください」

「私が何を見たかって？　ふむ、我々がもっぱら愉快になるために話をするのだったら、私は何も言わなかったろう。だが私の頭は、昔からの友人たちよ、いまや空っぽなのだ。とはいえ」目を閃かせながら教授はこう付け加えた。「私はあきらめんぞ。なにしろ私にとって降伏とは死ぬことだからな」

そして迫撃砲の導火線を強く引っ張ったものだから、ゲデヴァーニが飛び上がった。

「私は丸い火星を見た、君たちと同じように……」低い声でウィドルトンが言った。「私は火星の表面にいて、いまは詳しく話す時間はないが、物質をエネルギーに変える装置を見たし、彼らがど

んな方法で場所を移動しているのかも見た」

「それで、それで？」僕は興味を引かれて尋ねた。「どうやってるんですか？」

「あなたが目にしたのはそのプロセスの一段階のみで、あまりよく理解されなかったようだ。アレアントロポスは透明な物質でできたある種の受信箱に入り、その中で原子に分解される……そしてその同じアレアントロポスが同時に（あるいは次の瞬間？）、任意の離れた場所に実体化する。その条件は、目的地の近くにしかるべき装置があることだ。例えば、運河を掘っているあの塔も、そうした受信機として役立っている……」

「ああそうか」僕は大声をあげた。「だから彼らはあんなふうに現れたり消えたりするんだ……。でもどうやってるんです？」

「正確にはわからんが、ここには二つの可能性がある。原子が個々に空間移動するのか、あるいは、私が思うに、宇宙のある一カ所におけるエネルギーと物質の喪失が、別の地点で、特別にいわばバランスをとって、原子と分子のごく細部に至るまで同一の配置を引き起こすのか」

「あの運河は何のためにあるのか、おわかりではないですか、教授？」僕は尋ねた。「技術的に完璧なのに、彼らが地面を耕して灌漑しなくてはならないという考えは可笑しいでしょう。とはいえ地表には砂以外に何も見えませんでしたが、ただ地下になら……地上は一面の広大な砂漠です」

　教授は奇妙に微笑んだ。

「それだけじゃない、マックモアさん、それだけじゃ……。あそこにはすばらしく美しい地域もあ

る。深紅の葉をつけた樹木の森、塩辛い黒い水で満たされた窪地……岸辺で歩き回っている無数の昆虫は自作の道具で武装している……角《つの》や顎、ある種の砲弾さえ持っている。毒入り針をある程度の距離、飛ばすのだ……水中では蛍光色に光る何か別の動物の影が動き回っている……だがそのすべてがあわてふためいて逃げまどい、隠れ、石の下で、水底で、空中で死んでいく。たとえひとりでも、火星人、アレアントロポスが近づくときには」

「すると彼らも……？」僕は訊いた。「彼らも惑星の表面を支配し、他の動物を撲滅しているのですか？」

「彼らも、とは？」教授が尋ねた。「我々は例えば昆虫を絶滅させることができるかな？　我々の薬剤など子供のおもちゃだ……。おお、彼らは殺すことができる……だが彼らはもっと重要なものを己の鉄の筐体《きょうたい》の中に持っている……」我々の驚いた視線に教授はこう付け加えた。「そう、頭の中に持ってるわけじゃない。なにしろ頭がないのだから……だがそうしょっちゅう口を挟まんでくれ。さて、それでもやはりこれは恐ろしくわびしい土地だ。というのも、そもそも彼らの活動の目的が見えないからだ。もちろん、しばらくの間、自動機械に賛嘆することはできたし、ときにはアレアントロポスが、かなり離れた距離から不要な、あるいは邪魔な岩の突出部を破壊したり、逆に、無から何らかの物質を出現させたりするのに目を見張った……。私は見た、あの楕円形のホールを、あの地下室を。そこでは目に見えるのではなく、すべてが驚くべき感覚で感じるかのように感じ取れる。だが私には彼らの活動の意味が理解できなかった。目的が見えなかった。ただ積み替え作業

が驚くべき詳細さで見えただけだ。彼らには人間的な本能があるのだろうか？　彼らは感じるのか？　愛するのか？　憎むのか？　何のために、我々をあれほど驚かせたあいつは、地球にやって来たのか？　マックモア、あなたはそうしたことを自分の観点で考えてはみなかったかね？」

「いいえ、実を言うと、あまりに茫然としてしまってました、教授……」

「そいつはまずい……。私はあの恐ろしい異質性に負けたくなかった。人として、学者として、そして地球代表としての私を驚嘆させたあの異質性に……。私はそれを通じて、それ以外のことを見たかったのだ。それはひどく難しかった。なぜなら多くの現象を理解できなかったからだ。彼らはどうやって生きているのか？——私は問うた。よろしい、見たとも、見たとも、彼らが音もなく通り過ぎていくのを。そしてこう考えた。もしかして私が目にしているのは、ある現象の一部にすぎないのではないかと。あいつは私を地面に打ち倒し、あの火星のヴィジョンを見せておきながら、新たな感覚の源を与えてはくれなかった。というのも、暗闇の中で一応見えたとはいえ、それはある種のインパルスとして理解したのであって、そのインパルスが、目を閉じている間、例えば睡眠中のように、私の大脳皮質を動かしたのだ。だが、私は思った。もしかして彼らは赤外線を無上の喜びとして感じているのでは？　宇宙線はどうだろう？　あるいは何か別の物質の作用は？　もしも滑稽という概念が火星人にあるならば、煙草を吸う人間や、何かの死肉にその死体のソースをかけ、汚い水で煮て、むさぼり食う人間の姿は、彼らにとって滑稽に違いない……あるいは、ロバや牛の革でできたあの足用ケース、巻いて、裁断して、仮縫いして、縫いあげた一枚の袋、前が切れ

ていて、手足用の筒がついている、我々の服……などなど。数学、しかり……技術、だがこうした滑稽さは？　酒のような日常の楽しみ、それに女性問題、そもそも性に関することは？」

「教授はまだ長いこと我々を好奇心という名の拷問ベッドで引き伸ばすおつもりですか？」リンゼイが言った。「どうか教授、この無数の質問に答えてください」

「諸君、私が忘れたとは思わんでくれ――我らの友人、フィンク技師が三階にいて、アレアントロポスの命令を、どうやら実行せざるを得ないということを。アレアントロポスが何かしている……活動している……あいつが我々に敵対しているのか、人類に敵対しているのかは、わからない。我々に一体何ができる？」

「建物全体を爆破するんだ」突然フレイザーが叫んだ。「地雷は一昨日から土台の下に置かれている。主点火プラグは教授の指示にしたがって電力網からではなく、バッテリーから電力供給されている……」

「どうぞご勝手に、私抜きでね、爆風に吹き飛ばされなくちゃいけないんですか、教授が英雄的な死を望んでいるからって」震えながらゲデヴァーニが尋ねた。怒りに震えているようだった。

「落ち着きたまえ、座りなさい」教授が微笑んだ。「それは残された最後の手段だ。我々はスイッチの近くにいるし、そのことは一時たりとも忘れてはいないが、ありがとう、フレイザー。――なにしろスイッチは私の手元にあったのだよ、あの危機的な瞬間、火星人が私を……ふむ、私を狂わせたときに、ひと触れで我々を火星に送る前にね」

「何ですって!?」みんなが叫び声をあげた。僕はこう付け足した。「教授！　あなたは押さなかったんですね？　僕だったらそうしていたでしょう、スコットランド人として！」

「私は待っていたんだ」教授は言った。「私の考えは単純だった。何のためにあいつは我々を殺すんだ？　そんなことをしてどうなる？　すでに私にはわかっていた——あれは恐ろしく賢い怪物で、だからこそ、我々を殺す必要などないのだと。だって、そんなことをしてもあいつには何の得にもならないし、我々はこれまで奴を傷つけることはできなかったじゃないか。快楽殺人？　あいにく、私は信じている——それは人間に特有のものなのだと……」より小さな声で付け加えた。「私はこの杯を飲み干したかった。後悔はしていない。私にはわからん。ひょっとしてあの我々のお客は、不幸なフィンクと共に世界を破壊する装置を準備しているのかもしれないし、我々を絞め殺そうとしているのかもしれない、地球を植民地化するために、自分のところが狭くなったのかもな」

　僕は立ち上がった。

「何だって、僕たちはここでこうして何もせず手をこまぬいてるんですか？　小指一本でも動かせるうちは……」

「着席、席に着くんだ！　なぜあなたは今朝、指を動かさなかったのかね？」教授が言った。「仕方がない、あいつは我々よりも強いのだ。君たちは気づいたかね？　あいつにとって時間とは、我々にとっての時間とはまったく別物であるということに。すでに確かめたように、奴は金属の円筒二本に書き込むのに一秒とかからない……だがそれはまだ序の口だ。触手でコンマ何秒か、もし

かして数シグマ触れるだけで、我々を驚くべき睡眠状態や幻覚に導いた。幻覚の内容を、私は確信しているが、各人に向けて一瞬で作成し、伝達したのだ。諸君、我々の思考はこれに比べればカタツムリみたいにのろい。わからないかね、たとえ他のすべての条件が同じであっても、我々が一つの真実を知る間に、奴は同時に千の真実を知ることができるんだぞ!?」

「教授」僕は言った。「何もかもわかってます、おっしゃるとおり。あいつの方が強いんです。だから言ってください。ご自分で呈した問いに答えてください」

「友人諸君」ウィドルトンが答えた。「私はとてもつらい。何かを破壊するのはなんとたやすく、修理するのはなんと難しいことか。様々な真実がある。創造的なもの、だが破壊的なものもある。だから私はためらっているんだ……」

「何をおっしゃってるんです？　あなたの話は理解できません。ひょっとして我々に何か恐ろしいことを隠してるんじゃないですか？　もしかして彼らは血を吸って生きているとか、互いに殺しあって、肉を食べるとか？」僕は言った。「はっきり言ってください、教授、僕たちは……地球上の様々な関係からそういうことは知っています。あと何だったら僕らをぞっとさせることができるんですかね？　そんなのはお笑いぐさだ」

「いや、親愛なる諸君、これは恐ろしいことだ」教授は言った。「なぜなら私が目にしたもの、あの私が目にしたものは、すべてに関する私の概念をくつがえしたからだ。見かけは以前と変わらない、そうだろう？　だがしかし私は君たちとは異なっている。すでに私は知っている、人生の目的

と意味を」教授はためらった。「私は火星の南半球にいた」と教授は言い、轟く声でこう付け加えた。「ほかに南半球にいた者はいるか？」

「私が目にしたものはマックモアと同じです」フレイザーが言った。

「私も」リンゼイが言った。「何らかの液体に満たされた運河網と機械を見ました……。話してください、教授、話してください……」

老人は身をかがめ、その顔が青ざめた。

「そうだ、私は南半球にいた」あまりに奇妙な声で言ったものだから、僕はぞっとした。

「そこで一体何を見たんです？」

教授は口を開いた。その瞬間、扉が開き、何者かが室内に入ってきて、よろよろと震えながら、数歩進んだかと思うと、床に倒れた。

「ドクター！」僕は叫んだ。「ドクター！」

彼は意識不明で横たわっていた。切り刻まれた額から血が流れ落ち、埃だらけのコンクリートの床に暗い筋をつけていた。

我々はドクターの目を覚まそうとした。僕は彼のケースを引っ張り出したが——アンプルはすべて割れていた。呼吸は浅く、ぜいぜいいっていて、自力でこのホールまでたどりついたのが不思議なくらいだった。

「バークはどこだ？」だれかが訊いた。

だれも答えなかった。

ドクターが目を開け、うめいた。口から少し血が流れていた。

「どこか内出血している」僕はぎょっとして言った。「教授！」

教授は身じろぎもせず立っていた。

「私は万能ではない、マックモア、万能ではないのだ……。私は恐れている、我々の親友が死にかけているのではないかと」

ドクターの呼吸はしょっちゅう途切れた。シャツのボタンをはずしてやると、胸郭にひどい青あざができていた。

「だれかが締めつけたんだ！」僕は大声をあげた。「肋骨が折れてる！」

ドクターが二度目に目を開けたとき、意識の閃きのようなものが目の中で光った。口を開けると、再び血の筋が鬚に流れ出し、シャツの前を流れ落ちた。

「みんな……」ドクターは囁き、起き上がろうとするような仕草をした。

「話したがっている。いけない、そんなに無理しないで！」僕は叫んだが、ドクターがこちらを見たので、僕が率先して起き上がらせ、慎重に頭を支えた。ドクターは囁きはじめたものの、次第に吐血がひどくなり、途切れがちだった。

「爆破……すべて爆破しろ……」しゃがれ声で言った。「奴を破壊しろ、もう、少ししたら手遅れになるかもしれん……」

「どうした？　何があった？」僕たちは口々に尋ねた。

「フィンクだ……フィンクだ……見た……見たんだ」

フィンクがどうしたと言うのだろう？　僕には何もわからなかった。

ドクターの頭は僕の腕の中でだんだん重くなっていった。

「地雷を全部、すぐに、すぐに、爆破しろ」そして意識を失った。

「うわごとか？」フレイザーが言った。

最後の、強力な輝きがドクターの目の中で燃えた。肺から大きな血の塊を吐き出し、むせると、ほぼいつもの声でこう言った。

「建物全体をすぐに爆破しろ、さもないと全滅だ」そして声を低めて「フィンクだ……フィンクが……あそこに」

頭が横に落ちた。僕は彼の脈を取った。もはや打っていなかった。

「死んだ」

僕たちは死体を囲んで立っていた。どうする？

「上へ行ってフィンクがどうなっているのか確かめ、彼を救助しなくてはならん」教授が言った。

「その後、建物を爆破する。そのあとは、さあどうかな……ああ、考えたんだが、ひょっとして間違っているかもしれんが、私はあの恐ろしいヴィジョンを人間らしく理解したいと思ったし、自分が正しかったことがいまはわかる。あれは不気味な幻ではなかった。もっと悪いものだ。あれは現

実だったのだ」

それから背筋を伸ばすと、かつての力強い声でこう言った。

「皆さん、だれが上へ行く？」

僕とリンゼイが名のりをあげた。

「もう十分だ」ウィドルトンが言った。「あなたはすでにガス弾を取りに行ったし、ドクターを呼びにいったし、アレアントロポスとも会った、もう十分だ。技師さん……行くなら自己責任ですよ！」

老人が口にしたこの言葉は僕を震えさせたが、僕は自制した。リンゼイはズボンのベルトを引き締めた。

教授は彼に奇妙な声で言った。

「リボルバーは持っているか？」

「何のためにリボルバーなんて？」技師は驚いた。「だってアレアントロポスに銃弾は効かないじゃないですか」

「そうだな、火星人には効かない……間違いなく効かない」教授は言うと、突然、戸棚の一つに近づき、しばらくほじくり返していたかと思うと、リンゼイに黒くて平たいブローニングを手渡した。

「これを持っていけ、念のためだ」

技師は光沢のある武器をしばし見つめ、手で重さを量り、それから肩をすくめ、懐中電灯で照ら

しながら出ていった。僕たちは扉口に立っていた。フレイザーは迫撃砲のそばに、ゲデヴァーニは地雷のスイッチのそばに残り、僕と教授は廊下に出た。静寂が張りつめていた。僕はこんなふうに立って待ってはいられなかった。

「階段の下まで行ってみます」と声を上げて動きだした。

　フロックコートを強く引っ張られて止められた。

「誓ってか、マックモア？」

「誓って、教授！」僕は大声で言い、もう階段の踊り場へと駆けていた。闇の中、技師の懐中電灯の弱い反射が階段を上へ上へと回っていくのが見えた。それから三階で彼の足音が響いた——小さい組み立て室のドアが軽く開くのが聞こえた——その後、静寂が訪れた。

　こめかみが脈打ち、筋肉が緊張し、漆黒の闇の中に立って、僕は数えた。四十五、四十六、四十七、四十八、四十九、五十……不意に銃声が轟いた。僕は身震いし、階段の方へ跳んでいったが、忌わしい言葉が僕を押しとどめた。二発目の銃声、三発目。そして出しぬけに、生涯最初で最後、髪の毛が逆立った。ものすごい恐怖の叫びが、恐ろしさのあまり発狂した人間の叫び声が響いた。騒々しく、すばやい足音——銃声は階段の真上で聞こえた——そして鋭く悲痛な叫び声が、次第に強まっていった——突然、空気が吹きかけられるのを感じ、何か暗い塊が僕の目の前一メートルの所で踊り場のコンクリートにぶつかった。

　何か湿った温かいものが顔にふりかかるのを感じた。僕は前へ跳び出した——懐中電灯の光の束

がほとばしった。

　黄色い光の輪の中に現れたのは、三階から落ちてぐしゃぐしゃにつぶれ、あちこち折れ曲がり、頭が肩に突っ込まれている、リンゼイ技師の躰だった。ズボンで彼だとわかったが、服をつかんで仰向けにしたとき、僕は恐怖の叫びをあげて飛びのいた。目は見開かれ、広く開いた口から突き出した舌は嚙み切られて垂れ下がり、顔は血の泡だらけだった。足音が聞こえた——教授だった。

「私が恐れていたのは」僕の背後で独り言のように小声で囁いた。「私が恐れていたのはこれだよ」

「教授、これは何です、火星人が狂ったんですか?!」

　教授は僕を長いこと見つめていた。

「お若い人」とうとうひどく悲しげにこう言った。「リンゼイは、火星人から逃げ出して、自分の位置を見失い、三階から落ちたのではない……ドクターのあばら骨を折ったのも火星人ではない……」

「じゃあだれなんです？」僕は尋ねた。心臓が止まるような心地がした。

「フィンク技師だ」教授は言い、顔を背け、闇の中へ入っていった。僕は後を追った。ホール内で教授はフレイザーとゲデヴァーニに事の次第を説明した。

「フィンクが！　あり得ない、気でも違ったのか？」

「いや、彼は狂ってはいない……人間的に言えば。親愛なる諸君、私がこう言うからといって怒らないでくれたまえ、フィンクはもはや人間ではない。雷管を設置しよう。それにガス弾も加えよう。

何もかもズタズタになるがいい、そうあるべきだ」

「じゃあ、あきらめるんですか、教授？」

「仲間を失ったせいだとは思わんでくれ。そうではない。ただ私はすでに三階にいるあの生きものを知っているからにすぎない。あいつとあれに似たものは存在すべきではないのだ。我々には彼らの英知も、知識も、あの恐ろしく冷淡な完全無欠さも必要ない」

「教授、おっしゃっていることがわかりません」

「いまそんな暇はない、マックモア。ケーブルを設置してください」

フレイザーの指揮下、僕らはガス弾と榴弾《りゅうだん》すべてに追加の導火線網を設置し、それから点火ワイヤーを電話ケーブルドラムから引き出しつつ、ホールから出た。

僕たちは前面の出入り口から外に出た——僕が階段の上でケーブルドラムと共に待っている間、ゲデヴァーニが詰所へ運転手を呼びに駆けていった。それは彼が大喜びですばやく実行した最初の命令だった。一分後にはもう、僕の知ってる黒いビュイックがやって来て、僕らを街まで運んでくれることになっていた。

「バーク！」教授が言った。「ここから半キロ先の湖の端まで行って、そこで我々を待つんだ」

運転手は何があっても驚かないらしく、スターターをかけた。エンジンがうなりをあげ、ほどなくリムジンの赤いリアランプは夜の闇に消えた。

かなり肌寒く湿っていた。教授が先頭に立ち、僕ら三人はそのあとについていった。その際、僕

がドラムを持って、そこからケーブルを繰り出していた。

　三百メートルほど脇へ離れたとき、野っ原で、ケーブルが尽きた。そこで僕たちは野中の乾いた溝に横になり、僕は懐中電灯を点した。フレイザーは導火線の端を幅広い取っ手の付いた特別な押しボタンにつなぐと、何も言わず黙ってそれを教授に手渡した。僕は建物の方を見た。真っ暗でほぼ何も見えず、ただドームの盛り上がりのある屋根が、それより明るい空と区別できただけだった。三階の翼棟に、かすかに照らされた窓が三つ見えた。あそこにアレアントロポスとフィンクがいる、と思うと――見知らぬ恐ろしい技師フィンクは、狂ったわけではないが、自分の仲間を殺したのだ――背筋がぞっとするのを感じた。教授は僕たちに頭を溝の底へ押しつけるよう命じ、取っ手を押した。

　大きな赤い輝きが闇の中に出現した。囂々たる鈍い爆発音が響き、そのあとに他の一連の騒音が続いた。つなぎ目がピシッと折れる音、ガラガラゴトゴト落ちていく機械類、爆発の炎の舌の中で――粉々に砕け、暗いかけらとなって落ちてゆく壁の轟き。破片が飛び散り、ガタガタ鳴り、ついには大きく立派な建物から、未だ絶えず煙をあげ、炎を閃かせている巨大な瓦礫の山が生じた。

　静寂が訪れた。ただ小糠雨《こぬかあめ》の滴《しずく》がしとしとと草の上に降りしきり、遠くの廃墟を細かな破片が覆うばかりだった。

　教授がゆっくりと立ち上がった。

「諸君、我々は仕事を終えた」彼は言った。「何と悲しい結末だろう！　それと引き換えに三人の

優秀な学者の命が失われた。我々は何かを知ることができたか？　そう、私が思うに、ひとつの真実がわかった。惑星はそれぞれ異質なのだ。炎暑のオーストラリアの人と、極地の氷の人——二人の人間が異質だという意味ではない。人間と動物が、魚と昆虫が異質だという意味でもない。何かがそれらを結びつけ、くっつけている。それらは同じ空の下、成長した。同じ空気を呼吸している。同じ太陽に温められている。共通の真実？　ああ、真実は複数ある。ただ、だれもが自分の真実を、自分にだけ都合のいい真実を持っている。ここで言うのは、諸君、発見の価値ではない。問題は、それよりも上位の意味だ。一体我々はあと何を知ったか？　物質変換の秘密を奴から引き出したか？　否。何かこう、我々自身について新しいことが言えるだろうか？　何らかの新たな真実を？あいにく、そうだ。私はそれを知った。その真実が何のためにあるのかも。諸君、私は意見を変えた。君たちに何も言わないことにした。そして、君たちは好奇心、不幸な人間の好奇心に悶々とするのではなく、私への感謝の念に悩みたまえ。まさに私が言わなかったこと、そして今後も言わないことに対して感謝するがいい。なぜならあの火星人は恐ろしい生きものだったからだ。奴は我々の中で私がリーダーであり、いちばん強いことがわかっていた。そしてこう考えた。あいつを破壊しよう、あれこれいじられるのはもうたくさんだ。それで一体何が得られる？　何にもならない！俺はあいつを痛めつけてやる。俺はあいつの目を開かせてやる、あいつが夢にも思わないようなことに対して。そしてそのとおりにした。諸君、私は信じたい、火星はもう決して地球征服を企てることはないと。あそこで孵化《ふか》し、そして、鋼鉄で装甲されたプラズマの中で孵化した思考は、あら

ゆる感覚と異なっていた。実際彼らは、憎しみ、悲しみ、怒り、憤怒、激怒とは無縁だったが、思いやり、友情、喜び、愛とも無縁だったのだ。だが、もしも愛が、真実への愛がなかったら、一体何が人間を、学問へ、科学へ、知ることへと引きずり込むのだろう？　愛のない人間なんてものがあり得るだろうか？

　地上の言葉で使徒パウロはこう言った。『たといわたしが、人々の言葉や御使《みつかい》たちの言葉を語っても、もし愛がなければ、わたしは、やかましい銅鑼《どら》や騒がしい鐃鉢《シンバル》と同じである。』そうだ、これは人間の言葉だ。そして私はこのことが誇らしい。諸君、我々は忘れる必要がある。君たちの体験を人々に説明することはできない。見知らぬ世界からやって来たお客によって最も厳しい試練にさらされたこの私が、どれだけ勇気を奮い起こしたとしても」

　教授は黙り込んだ。僕らの服は雨でずぶ濡れだった。湿った風が焦げ臭いにおいを運んできた。東の空が明るみはじめていた。

「ウィドルトン教授」僕は言った。「あの火星から来た怪物が故郷の惑星でどんな恐ろしいものをあなたに見せたかを僕らに話したくなければ、どうかひとつだけ教えてください。あいつはそれでもってあなたを打ち負かしたのですか？　それと、フィンクは一体どうなったんですか？」

「奴が私を打ち負かしたか……」教授は小声で言った。「その二つの質問は関連している。君が思いもよらないほど、あまりにもしっかりと結びついている。さて奴はまさにフィンク技師を打ち負かした。フィンクは催眠術にかかっていたのではなく、フィンクはカタレプシー状態で、狂人とな

って行動していた……。あれは外見だけのフィンクで……我々の仲間ではなく、彼の躰を、彼の手足を持った何か、彼の服を着た何かであって、フィンク技師ではなかったのだ」

「何を言ってるんです」僕はぎょっとして大声をあげた。「どういう意味です……？」

「そう、そう、あなたは驚いている……」

「まあいいでしょう、で、奴はフィンクに何をしたんですか？」

「正確にはわからない。私のヴィジョンに基づいた……推測にすぎない。奴は彼の中で何かを変化させ、何かを取り除いた。その代わり彼に何か別のものを与えた」

　僕は完全に困惑した。

「それで何を取り除き、何を与えたんです」僕は言葉を長引かせながら尋ねた。「それって、もしかして魂だったんじゃ？　それを火星に伝えた、あるいは、送ったのでは？」

「あなたは必要もないのに、そんなふうに皮肉っぽく、〈魂〉という言葉を使うんだな」教授は小声で言った。「いや、魂ではなかった。私はあなたにそれを言うことはできない、いいかね、というのもそれは私が言ってはいけないことに引っ掛かるからだ。だが私はあなたにこう言おう。第一に、奴は私に打ち勝ちはしなかった。最もつらい最悪の瞬間に、私は自分がだれで、だれを愛しているかを思い出した。もしかしたらそれが私を救ったのではないだろうか？　というのも、少しは信頼すべきだから……自分を、でなければ、味方の人たちを……もっとも、何かをやり遂げるには、自分も、他者も信頼した方がいいがね。第二に、フィンク技師のこの問題を私はあなたに説明しよ

うとするのではなく、別方向からあなたをこの問題に近づけてみよう。身体の筋肉は随意に動かせる、ということは知っているね？」

「もちろんです」

「いいだろう、ではそれはどのように起きるのか？」

「様々な学説があります」僕は答えた。「でも僕が知るかぎり、意志の機序《メカニズム》は不明です」

「あなたにとって——私にとってではないぞ——正確を期するためだ」教授は言った。

「神に栄光あれ《たいへんよくできました》、だが、静かに横になっているとき、ときたまあちこちの筋肉が、あたかもひとりでに収縮して震えるのを観察したことがあるだろう？」

「あります」僕は答えた。「だれにでも起きると思います」

「この後者の場合、だれが動かしているのか？」

「さて、どうなんだろう」僕は言った。「もしかして筋肉の中に乳酸が作られたとか、大脳皮質にどこかから何かの電流がやって来て、しかるべく中枢を刺激したとか……」

教授はうなずいて微笑んだ。

「どうやら、あなたはご自分が勉強した医学をよく憶えているようだな。だが事はそう単純ではない……。脳の働きに関するそうした様々な理論を知っているなら、そうした電流や刺激の中に随意の作用の原因を見出そうとしている学者たちがいることも知ってるだろう？」

「ええそうですが、しかしそうじゃない人たちもいます……」

「そうじゃない人たちは置いておこう、話がとっ散らからないように。つまり、ある人たちが随意の機序《メカニズム》と呼ぶものは、実のところ、我々の意志なしでは機能しないこともあるが、それどころか我々の意志に反して機能することがあるのだ。私が言っているのは、無論、疲労した筋肉の拘縮《こうしゅく》についてではない。それならば事は明白だ。そうではなく、休息時にまったく正常な筋肉が震えることについてだ……。

　つまりこういうことだ。もしもその随意に動く筋肉が、以前の……不幸が起きる前のフィンク技師の象徴だとすれば、後者は――あなた自身がそれが起きているときに観察し、筋肉が収縮しているのに驚きつつ、筋肉の働きを感じているが、しかし完全にあなたの意図なしで行われる、あの後者は、いいかね、その後のフィンクの象徴なのだ」

　そして光の中で僕の、どうやらあまり賢くはない顔を見つめながら、こう言った。

「マックモアさん、これ以上話すことはできない。なぜならすべてを話さなくてはならなくなるから……それは禁じられている」

　すでにほぼ明るくなっていた。教授は僕たちの方を向いて、こう言った。

「車で待っているバークのところへ行く前に、瓦礫を捜査せねばならん。願わくは、円錐体が破壊されていればいいのだが、中央の球が無傷ということはあり得る。あれこそがあの恐ろしい生きものの本体なのだ……なぜなら、罪ある物質とは一体何だ？」

「教授」僕は尋ねた。「球だけで、装置なしで復活できるとお考えですか？　あんなに無力なのに」

「あんなに無力な敵は持ちたくないものだな、たとえ私の傘下にアメリカ合衆国の全軍がいたとしても」教授は言った。「もう私に訊かないでくれ、これ以上は何も話さんよ」

僕たちは重く湿った草の上を歩いた。真っ先に僕が爆風で倒れた出入り口を越え、瓦礫の山によじのぼりはじめた。爆発のものすごい力は、いちばん太い機械綱梁を曲げ、シリンダーヘッドを押しつぶし、均一な鉄筋コンクリートの建物群を粉々にしていた。

突然、瓦礫の下に何か黒いものが見えた――僕はすばやく駆け寄った。

それは怪物のちぎれた触手だった。

「触るな!!」教授が叫んだ。「奴のプラズマは命とりだ、奴の悪意とは違ってな」

僕はさらに捜した。円錐体の曲がったキャップのようなものを見つけたが、本当にそれかどうか確信がなかった。それからフレイザーが僕たちを呼んだ――煉瓦の間に挟まってフィンクの上着の切れ端がぶら下がっていた。いまだにガス弾の塩素が漂う瓦礫の上を、僕たちは歩き回った。ついに教授が声を上げた。

「どうにもならんな。数百ガロンのガソリンを撒いて火をつけるよう命じる。そうすれば仮に核が生きていたとしても、破壊されるだろう」

そして小さな、黒い、背中を丸めた教授は出口の方へ向かった。石から石へ飛び移りながら、辺り一面の瓦礫の中、僕たちは後を追った。

周辺を見渡しつつ、僕たちは黙って先へ進んだ。少し先の右側に、翠色《みどりいろ》の不透明な湖の波が広が

っていた。ついにカーブの向こうに、高速道路の灰色の帯上の黒い点になって、自動車が現れた。それと同時に東の空が赤々と金色に燃え、最初の日光の束が、光による勝利の祝砲みたいに、中空にはじけ散った。低い筋となって横たわっていた雲は、クリーム色と白に照らされて、すばやく四散していった。湖水のにおいのする風が、僕たちの顔を優しく撫でていた。
「あいつはこのすべてを我々から奪おうとしたんだ……」教授は囁いた。僕は教授の言葉をちゃんと理解したのだろうか？　僕はあえて訊かなかった。僕らは黙って、黒く重たいビュイックまで行き着いた。バークが車から飛び出し、ドアを開けてくれた。僕たちが乗り込むと――ドアがバタンと閉まり――ちょっとの間スターターがぶつぶつ言い――煙を吐き出した。車はぶるっと震えると、ニューヨークに向かって走り出した。

（芝田文乃訳）

ラインハルト作戦

Operation Reinhardt

十月十五日土曜日は、ジークフリート・クレミンの誕生日だった（戦時中、レムは、ヴィクトル・クレミンというドイツ人が経営する、古着をはじめとした資源ゴミのリサイクル工場で、溶接工として働いていた）。随分前から、祝いの準備が事務所を挙げて進められていた。ゴミ袋を提げて、ゴミ置き場を転々とする貧乏人たちと、安全のため、会社の車で巡回する事務所の職員たちが、一丸となって自分たちの所長のための贈り物を探していた。

午前七時から十一時まで、職員の妻たちは炊事や部屋の準備に勤《いそ》しみ、その間夫たちは、裏の階段を通って食料を詰めた箱や革鞄を方々から運び込んでいた。労力も費用も惜しげもなくつぎ込まれた食卓には、アンティークの銀食器やローゼンタールの磁器、鍛金《たんきん》のカトラリー、沢山の上品な料理が処狭しと並び、味覚だけでなく、視覚もくすぐるであろうと思われた。十一時を数分過ぎ、雪のように白いテーブルクロスのしわがそっと直されたところで、街一番のユダヤ人テーラーが仕立てた、ゆったりとした明るいクリーム色の服を着たクレミンが、大切な客たちを玄関で威勢よく

出迎えた。グレーネ夫妻が到着し、その数分後に――ヴァイスコール医師とその妻がやって来たが、タンホイザーは待てども待てども現れなかった。扉が開く度に、隙間風で、カラフルに色付けされた蠟燭のか細い炎がテーブルの上で揺らめいた。初めにモーゼルがグラスに注がれ、それからフランス・ワインのシャブリ、ブルゴーニュが、続いてラクリマ・クリスティが、ガブガブと一気に飲み干されてしまった。座が和《なご》み、客たちは自ら銀の大皿へ手を伸ばし始めた。皿の上には、銀がまぶされたかのように、照明の下でピンク色に輝くサーモンの切り身や、チューリップの形に巻かれた、白い脂身《あぶらみ》に縁どられたハム、色鮮やかなソーセージが並んでいた。とりわけ驚嘆の的となっていたのは、光り輝く山盛りのキャビアだった。

「Mensch, echter Kaviar! Woher haben Sie das?（なんと、本物のキャビアだ！　どこで仕入れたんです？）」と大きな運送会社の経営者であるヴァイスコールは、羨ましそうな声でクレミンに尋ねながら、こりゃユダヤ人の骨折りだな！　うちのにも言わんといかんなと考えた。

丁寧に髭が剃られ、子豚のようなピンク色の肌をしたクレミンは、意味ありげに微笑んだ。前日遅くまでウォッカを試飲していたので、いつもよりしゃがれた声で、客たちに食事を勧めた。

食堂の壁は一面花柄で、繊細な人ならめまいを起こしてしまいそうだった。明るい金色の背景からバラ、カーネーション、ライラック、スミレが噴水のように流れ出ており――プリントが施されたシルクの布にヨーロッパ中のフローラが集結していた。部屋の隅にはキャビネットが並び、そのうちの一つは象牙製品で溢れていた。弁護士ゲルドブルムの伯父は、かつてこうした品の収集で有

名だった。

何度も乾杯が繰り返され、ハムやソーセージののった皿に禿頭が映り込み始めたころ、ベルが響き渡って、自ら給仕せざるを得なくなったクレミンは（いつもならユダヤ人が出るのだが、彼らを客に見せたくなかった）、廊下へ走った。タンホイザーの部下の親衛隊大尉《ハプトストルムフューラー》、クロポツェクが現れた。

なんと生意気な、代わりをよこすとは！——とクレミンは思ったが、大切な客の来訪に喜ぶ風を装った。クロポツェクはエネルギッシュな軍隊流の挨拶をして、席に着いた。まず大皿を自分のそばに確保し、ハム、それから七面鳥のフィレを食べながら、合間に卵のマヨネーズ和《あ》えを挟み、時折血のように真っ赤なビーツのサラダを口一杯に頬張っていた。彼はすぐに遅れを取り戻したが、それでも食事の手を止めず、トリュフ缶やパイ生地の総菜パンを立ち上がって手元に引き寄せた。誰かが食卓の反対側の端にあった器を彼のそばに置いてやったが、そちらの方を見遣って、椅子の下で靴をパシッと揃えただけで、その間も絶えず、もぐもぐ口を動かしていた。

クレミンは、列車の停車料が高いため、駅での積み下ろし時間を短縮する方法について、グレーネとしばらく話し合っていたが（というのも、「Alle Räder müssen rollen für den Sieg（あらゆる車輪は勝利のために回らなくてはならない）」からだ）、ほどなくして、より興味深い話題に移った。二人は、ほとんどユダヤ人ばかりを雇っていて、特にグレーネの商売は赤字で、実のところユダヤ人しか雇う余裕がないので、クロポツェクに、何か次なる一掃の恐れがないか尋ねた。

ちょうどバタークリームケーキからローストアーモンドを穿《ほじく》り出していた親衛隊大尉は、彼に鋭い視線を投げかけ、言った——

「Das ist Kriegsgeheimnis!（それは軍事機密だ！）」

ジークフリートがこの気まずさを掻き消そうと、素早く冗談話を始めたが、愉しい雰囲気は最早戻らなかった。クレミンは、クロポツェクが彼の方を見ていない間、大っぴらに軽蔑した視線を向けていた。親衛隊員はすでに満腹だったので、チョコレートケーキの中身をフォークでつついているだけだった。

一時になろうとしていた。一同は立ち上がって身なりを整え始めた。女性たちがぺちゃくちゃ会話する中、グレーネ夫人は、ケースから笑顔を取り出すように、金歯をぎらつかせながら別れ際の挨拶をしていた。客たちの見送りから戻ってきたジークフリートは、鼻息荒く、ソファに腰を下ろし、ホッとしてズボンのボタンをはずした。肝臓の違和感が次第にはっきりとしてきたために、機嫌が悪くなっていた。ドアを叩く控えめな音が響いた。

「Herein!（どうぞ！）」と、クレミンは顔を向けることなく、しゃがれた声で応じた。部屋に入って来たのは四人の職員だった。彼らは白いマジパンとチョコレートでできた巨大な塔を、何か担ぎ台のようなもので運んでいて、そのてっぺんには、砂糖でできたかごに入った金の指輪がのっていた。所長は部下と順々に握手を交わしてから、パーティーの第二部を開始した。ジークフリートは、気分を害したくなかったので、ユダヤ人に腕章を外させた。贈り物として、オルゴール付きからく

り煙草入れを個人的に携えてきたローゼンシュテルンは、所長にその仕掛けを披露したり、冗談話をしたり、上司がどこか落ち着かない様子なのを見て、静かに、笑いかけたりしていた。他のユダヤ人はおつまみをそっとつまみ、唇の端でちびちびと飲んでいたが、そもそもこれは、ドイツ人のそばにいる時はいつもそうであるように、極限まで存在感を消そうとしてのことだった。なんとなく指輪に気を引かれたクレミンは、砂糖でできたかごを割り、懐中時計の鎖に付いたダイヤモンドゲージにダイヤを当ててみた。石は四カラットほどあった。クレミンはかなり飲んでいたし、ローゼンシュテルンの冗談も効果のほどを発揮し、あとは指輪が補ってくれた。気持ちが晴れた彼は、近づいてくるユダヤ人たちの背にバチンバチンと一撃をお見舞いした。さらには、酒も回って気を良くして、ローゼンシュテルンの脇を数回、肘でつついていた。電話が鳴った。ジークフリートは受話器を取った。

「クレミンです！　Jawohl! Was? Was?! Was?!!（そうです！　なに？　なに?!　なに?!!）」と、徐々に酔いから覚め、大きな声で叫んだ。彼の首筋が赤くなった。

「So was... Tannhäuser, warum haben Sie mich nicht vorher benachrichtigt?!（まさか……タンホイザー、なぜもっと早くそれを知らせなかったんだ?!）」――電話に向かって怒鳴りつけた。

「Ach was, ich konnte nicht, ich konnte nicht! Was für eine Drecksache!（しかしどういうことだ、俺はできなかったんだ、無理だったんだ！　なんていかがわしい話だ！）」

受話器をフックに投げつけた。

「Herr Direktor... e... etwas Schlimmes...?（所長……な……なにか悪いことでも……？）」

汗ばみ、赤くなった彼の顔に、皆の視線が集まった。ユダヤ人たちは、それぞれグラスや、サンドイッチを手にしたまま、凍り付いた。クレミンは、金色のモノグラムの刺繍の入ったハンカチで額を拭った。

「Na, ich glaube（ふん、思うに）」――怒りを込めて言った――「die Judenaktion hat angefangen!（ユダヤ人作戦が始まったんだろう！）」

作戦は一時まで続いた。親衛隊少佐《シュトゥルムバンフューラー》タンホイザーはかなり満足していた――頭数は計画通り増えたし、自殺者もそれほど多くなかった。自殺者が出た場合、ガソリンを空費して死体を集めに走り回らなくてはならないので、仕事が面倒になるのだ。ユダヤ人に、自ら決められた場所へ来てもらう方が楽だった。三時にクロポツェクが駅からやって来て、最初の移送者がすでに乗り込んでいると知らせてきた。貨物駅の六番側線に四十両の車両が配置された。その後ろにも、車両が待機していた。電話が鳴った時、タンホイザーは安心して、煙草に火を点けようとしているところだった。掛けてきたのは刑事警察のハイン警部だった。

タンホイザーは彼の話をなかなか飲み込めず、繰り返し尋ねた。

「だからなぜそれが私に関係あるんだ？　だってそれはあなた方の仕事でしょう……」

警部の語るところでは、鉄道警察官が貨物駅の線路の間で女性の死体を発見したとのことだった。

「Quatch.〔くだらない〕ユダヤ人だろう。捜査を始めたいのか？　馬鹿言ってるんじゃないよ！」

一方ハインはイラッとして、声を荒らげ始めた。

「最後まで聞いてくださいよ！　ドイツ人なんです。Eine Reichsdeutsche!（帝国ドイツ人！）」

タンホイザーは憮然とした。

「なに?!　なんだと?!」

警部の推測では、見つかったこの死体のドイツ人は、ワルシャワ発の朝の列車の乗客で、ユダヤ人を列車に乗り込ませていた場所の近くで線路に落ちたか、あるいは落とされたのだろうとのことだった。

「捜査を始めるために、すぐにそこへ行かなくてはいけないのですが、駅があなたの部下で一杯なのです……」

「それで、どうしてほしいんだ？」

警部は再び受話器の前でグズグズと続けた。彼が駅に入れるよう、タンホイザーに手配してもらいたいとのことだった。

「待てよ……そうだ！　ちょうど良い。今、そこに私の代理のクロポツェック親衛隊大尉が向かうところだ。クロポツェック、聞け！」——デスクのそばに立っていた部下に、これまでの話を手短に説明した。

十分後、警察車両が到着し、クロポツェックが乗り込んだ。

「ですがこれ、駅へ向かっていませんよね?!」と、しばらくしてから、平服姿で、ジャケットの襟

に小さなハーケンクロイツを付けているだけの警部に、彼は言った。

「ええ、医者を連れていかなければなりませんから」

司法医学研究室の前で車は停まった。警部は飛び降りて、建物の中へ消えた。間もなくヴィエレニェツキを連れて戻ってきた。

「ヴァイス医師は出てしまいました。まあ、結局は同じことだ。シルマン、駅へ行こう」

車は幾つかの通りを走り抜け、停車した。ヘルメットを被った治安警察が、ヴィエレニェツキが座っている方の窓を覗き込んだ。

「Gut, gut!（いいから、いいから！）」と、クロポツェクは反対側から降りながら、彼に手を振った。

道をふさぐ兵士たちを押しのけながら、平服の二人を率いた。ユダヤ人が詰め込まれた四台のトラックが、ちょうど到着したところだった。ヴィエレニェツキは見ないよう努めた。目を落とした。建物の間の通り道に、ユダヤ人が追い立てられた道のりに沿って、布で包まれた荷物や空のトランク、踏みつけられたコートが無造作に散らばっているのに気付いた。

「その死体はどこです？」――クロポツェクはつま先立ちして辺りを見まわしていた警部に尋ねた。

「ここのどこかにうちの鉄道警察官がいるんだが――わからない……」

ユダヤ人が乗り込むのを監視するドイツ人たちを押しのけ、進み始めた。一番近い線路は空いていた。二つ目の線路には家畜車が停車していて、そこに人々が連れて来られていた。ホームへの出

入口と、事務所、倉庫からなる長細い建物の間では、汗だくの下士官たちがてきぱきと仕事をこなしていた。ようやく鉄道警察官を見つけた。ユダヤ人が乗せられていた車両の下を幾つもくぐらなければならなかった。さらに二本、線路を渡ったところで、鉄道信号機のすぐそばの砂利の上に、巨大な包みのような、何か黒いものが横たわっているのが見えた。

　殺されたのは中年女性であった。顔の損傷はなかったが、後頭部には大きな傷口が覗いていた。骨は、指で押すと動いた。ヴィエレニェツキが素早く死体を視ている間に、警部は金属製のメジャーで線路との距離を測り、どこからともなく鉄道警察官と一緒に駆け寄って来た駅長に、列車の動きの詳細をあれこれ聴取していた。駅長は、女性の身分証は自分の手元、当直室に置いてあると言った。

「遺体を動かしてはならん！　そんな簡単なこともご存じないのか、けしからんことだ！」と、警部は腹を立てた。「まあ、仕方がない、遺体を搬送しなくては」

「遺体は研究室へ持っていくのが一番でしょうね？」と、ヴィエレニェツキに尋ねて、クロポツェクに質問した――

「車をここへ寄せても良いでしょうか？」

「それは避けたいですね。あちらに……事務所に運ぶというのは？」

「わかりました。あちらにスペースはありますか？」

　警部が問題ないと手を振った。

「まあ、いいでしょう。担架と、人を二人連れて来てください。あとは先生が、研究室でやってくださるでしょう？　まずは倉庫へ行きましょう。電話で車を呼びます」

再び車両の下をくぐり抜け、ホームまで到達した。新たに連れて来られた別のユダヤ人のグループが、ホームに沿って進んでいた。ヴィエレニェツキには、皆が互いに似通っているように思えた。白い顔で、眼は、動かない染みのようだった。先頭を歩くのは絹のショールを被った老女だった。彼女は、顎の下で先端を結ぶのではなく、両手で摑んでいたが、これが何かとんでもなく重要なことを左右する行為であるかのようだった。頭を高く掲げ、背筋を伸ばした姿勢を保とうとする様子は、彼女の太い、重たい身体とは妙にちぐはぐに見えた。突如、なにやら見知った顔があることに気が付いた。半分無意識に目を背けようとしたが、遅かった。ゲルドブルム弁護士だとわかった時には、相手もまた彼に気付いていていた。一番近くの治安警察は三歩という距離に立っていて、数秒おきに、淡々と繰り返していた――

「ハヤク、ハヤク、schneller（もっと急げ）」

グループの端を歩く弁護士は、ヴィエレニェツキに近づいてきていて、彼は目を逸らすことができなかった。彼らを隔てる距離が一メートルまで縮まった時、弁護士は何か言いたそうに、唇を動かしたが、言葉が見つからなかったようだった。クロポツェクのすぐ横にいたヴィエレニェツキは、お辞儀をするかのように帽子を取ったが、再び被ることはなく、頭をむき出しにしたまま進んだ。

「Was machen Sie, Doktor?（どうしたのですか、先生？）」と、ヴィエレニェツキがポーランド

人だということを知らないクロポツェクが尋ねた。

「Es ist mir heiss geworden（暑くなったもので）」――相手の目を見つめながら、心理学者は不自然なイントネーションで答えた。

俺を怒らせたいのか？――とクロポツェクは驚いたが、板塀の隅で、治安警察が背の低いユダヤ人女性から何かを取り上げたのに気付いて、大声をあげながらそちらへ飛んで行った。

警部は、ヴィエレニェツキと事務室に入った。部屋は細長く、広々としていて、低い間仕切りで二つの空間に分けられていた。左側には事務員たちの窓口があり、今は誰もいなかった。彼らのデスクは部屋の真ん中に寄せられて堰《せき》のように空間を塞いでいて、その中央の細い通り道を、ユダヤ人が絶え間なく通り過ぎていった。

そこには数人のドイツ人が煙草を吸いながら座っていて、身分証を確認していた。デスクの脚元では、厚紙でできた身分証が幾つも山をなしてかさかさと音を立てており、そのせいで周囲の床がピンク色になっていた。壁の高い位置にある小さな窓から、ぼんやりとした明かりが降り注いでいた。光は、ユダヤ人にデスクへのルートを示すために並べられたヘルメットの上に集まって、緑がかった光線となっていた。短い質問、身分証を机に叩きつける音、時折大きな声や、くぐもった叫び、呻《うめ》きにも似た、息を呑む音が聞こえており、ヴィエレニェツキが耳をそばだてると、部屋の奥ですし詰め状態になった人々の息遣いが、デスクのそばで行われていることのすべてを再現しているかのように感じられた。クロポツェクが部屋に入って来た時、警部は壁掛け電話のそばに立って

いた。

「So eine Geschichte!（なんてことだ！）」と始めたが、周囲を見回して、目を瞠《みは》った——「Einen Moment!（少しお待ちを！）」——警部と医者に言い残し、デスクへ近寄っていった。座っているドイツ人らの背後から覗き込み、大きめの囁き声で尋ねた。

「Was soll das bedeuten? Was ist das?（どういうことだ？　何だこれは？）」

　小声で返事をするのが聞こえた。

　部屋では、当初の計画にはない、余計な選別作業が行われていた。タンホイザーが、クレミン、グレーネ、その他数人の願いを聞き入れて、一部の人間を救出するよう、電話で指示したのだった。いつも、タンホイザーが受け取る袖の下のおこぼれにもあずかれないクロポツェクは、役人としての怒りを覚えた。

「Das ist verboten!（そんなことは禁止されている！）」

　仕事が長引くだけだ、と怒鳴った——選別作業は集合場所ですでに済んでいるのだから。

「Alle sofort in die Waggons! Alle! Alle! Los!（皆ただちに車両へ！　皆！　皆だ！　早く！）」

　デスクについていた治安警察官らが立ち上がった。

「Aber Sturmbannführer Tannhäuser...（しかしタンホイザー親衛隊少佐が……）」

「Hier befehle ich!（ここを指揮するのは私だ！）」

　上司に叱られることになるだろうが、正しいのは自分の方なので、せいぜい怒鳴られる程度だろ

うと彼は分かっていた。それに、別れ際に横柄な態度を取ったクレミン、あいつが腹を立てるくらいどうということはない、それにグレーネときたら……。こういうことに関して、誰に頭を下げるべきなのか、思い知るだろう。

　警部は幾つかの鉄道駅に電話を繋いだ。

「前代未聞の事件だ」――受話器を戻しながら、クロポツェクに言った。「それに何より、忌々しい。ズボローヴォで身分証のチェックがあったんだが、この女性はどこかのＳＳ将校と『ドイツ人専用』車に乗っていたらしい……。彼が線路へ突き落としたというのか？」

「何?!　何だと?!」――クロポツェクは戦慄して叫んだ。怒りで眼光が鋭くなった。「何を言っているんだ！　線路に女性を突き落とすＳＳ将校?!　よくもそんなことを！」

　車庫では通常通り業務が行われていた。ヴィルクは、新しいトラック用に、幅を広くしたフレームを支える、スチール製のバーを溶接していた。保護眼鏡の遮光硝子《ガラス》の奥で、溶接は、リズミカルに脈打つ星のように見えた。少年の両手――溶接棒を握る左手とバーナーを持つ右手は――それぞれ異なる頻度で、小刻みに揺れ動いていた。液体と化した鉄は、火花を四方八方に勢いよく散らせながら接合部に流れて覆い、炎があらゆる隙間に鉄を吹き込んでいった。まだ煙が立っているフレームを置いて、彼が立ち上がった時、ポラキェーヴィチが十二キロのハンマーを持って現れ、ガンガンと強打し、全てのバーを打ち壊してしまった。接合部が焼けていたのだ。

「そんな風に教えた覚えはないぞ?!」

罵詈雑言を浴びせながら、タデウシュは少年に溶接棒を取りに行かせ、自分は事務室に煙草を吸いに行った。建物の外でバイクの爆音と板がガタガタと鳴る音が響き渡った。マルチヌフがフィアットのトラックに乗って工場に入ってきた。運転手は扉から事務室に入ってくる際、低い上枠に頭をぶつけてしまったが、こんなことはこれまで一度も起きたことはなかった。ヴィルクが彼のところへ飛んできた。

「で？　どうだい？」

ヴィルクは、マルチヌフがゲットーのすぐそばにいたことを知っていた。彼が駅に運ぶぼろ服の倉庫は、まさにその場所に並んでいるからだ。

運転手はしかめっ面をしていた。

「駄目だ。ぼろ服に従事していたユダヤ人は皆連れて行かれた」

ヴィルクは彼からもっと話を聞きたかったが、ポラキェーヴィチがこちらに来るのを見て、黙った。

「二周してきた。駅は取り囲まれてるよ」

「ユダヤ人を移送してるのか？」

「運び出している」

「ユダヤ人の母親から子供を助け出そうとした男を銃撃しているのを見たよ」——突然マルチヌフが言った。

「まさか、どうやって？」

「いつものことさ。路面貨物列車で移送していたんだ。女は小さな子供を連れていて、車両の速度が落ちた時に、歩道から男が近づいてきて、手でこんな風に合図した」――マルチヌフは手のひらを内側に曲げるジェスチャーをした。

「渡したのか？」

「ああ、すると警官が車両から発砲したんだ」

「それで、そいつを殺したのか？」

「知らん、俺はそのまま通り過ぎたから。ユダヤ人はサッと身を屈めて、ドイツ人は無作為に発砲し始めたよ」

電話が鳴った。ポラキェーヴィチは足を開き気味に、ゆっくりと歩いていき、受話器を耳に押し付けた。すぐに電話口を手で塞いで、マルチヌフに向かって言った。

「あなたと話したいそうです」

マルチヌフが電話に向かった。長い間黙って話を聞いていた。煙草を銜《くわ》え、口と鼻から煙を吐きながら言った――

「わかった。行きますよ」

受話器を戻し、振り返った。

「タデウシュさん、出掛けるよ……それから、ヴィルクを一緒に連れて行く。すぐに戻るよ、十五

分で」

　ポラキェーヴィチは何も尋ねなかったが、余りにも続きを聞きたそうな表情をしていたので、マルチヌフは言い添えた。

「仕分け所に行ってくる。通りは閉鎖されてるが、会社の車は通してもらえる。彼らにぼろ服を被せて連れ出すんだ」

「ユダヤ人を?!」――タデウシュは空気を大きく吸い込み、口笛を吹いた。――「絶対に殺《や》られるな……死刑だよ」

「死刑？」とマルチヌフは間延びした声で言った。扉を開けた。――「カロル、車を出せ！」

　エンジンが掛かり、閉ざされたホールの中でブオンと音を立てた。ヴィルクが飛び乗り、マルチヌフは彼に続いてトラックの運転席によじ登った。白い排気ガスの煙が空気を暗色に染める中、車は工場の外にひかれた板の上をガタガタ音を立てて出て行った。ポラキェーヴィチは、入口のそばで大きく足を開いて、長い間轍《わだち》を眺めていたが、思い出したかのように頭を掻いて、ホールの奥へ声を掛けた――

「事務室に行くよ。一時間で戻る」

　彼は角のところの飲み屋へ向かった。

　ヴィエレニェツキと別れた後、ステファンは考え直して、家には帰らなかった。父親が、彼がま

だ何も決めていない今後の計画や、知りもしないドラニェツのことを尋ね始めるのを恐れていたからだ。帰ったことを伝えたら、ベッドに直行できるように、夜になってから家に戻るのが最適だと判断したのだ。大学の友人の家で二時間過ごしたが、彼が、同じ町でも正反対の場所に住んでいたので、父の家の前に到着したのは夜間外出禁止時間のほぼ十五分前だった。家は完全に閉め切られていた。扉をこじ開けようと長い間格闘していると、守衛がやって来て、彼の父が二日の予定で出かけたことを知らされた。これは予想外だった——落胆し、憤慨した彼は、突然道を走り出した——まずは祖父、母の父の許へ急ぎたかったのだ。しかしもう遅すぎた。そこで近くの駅へ飛んでいき、三等の待合室で一夜を過ごした。固いベンチの上で目を覚ました彼は、しわくちゃのコートを着て、疲弊していて、腹がすいて機嫌が悪かった。ドラニェツとは一時に約束をしていたので、まだ時間がかなりあった。角の小さな食堂で前日と同じくらい酷い朝食を摂り、むかむかした気分で町を歩き回り、張り紙を眺めていると、通行人たちの視線を感じてようやく、土曜日の正午だというのに、薄汚い身なりで、ひげも剃っていないことに気が付いた。床屋に寄りたかったが、通りで見かけた二店は閉まっていた。ひょっとして何か教会の祝日なのではないかと思い始めた。そこで、そばを慎重にゆっくりと歩く家族に声をかけた。母親は子供の手を引いていて、父親の足元にはさらに幼い子供がちょこまかしていた。

「どうもすみません」——ステファンは帽子を軽く持ち上げて言った——「この辺のどこかに、開いている床屋がないか、ご存知ないでしょうか？」

男は覇気のない視線で彼を上から下まで見まわすと、突然目に生気が蘇った。何も返事をしなかった。夫婦はキャーキャー叫ぶ子供たちの手を引き、ゆっくりと通り過ぎて行った。女は振り返り、彼に冷ややかな視線を浴びせた。ステファンは手に帽子を持ったままだった。かぶり直し、肩を竦《すく》めて、再び歩き始めた。通りの突き当たりでヘルメットが光ったかと思うと、あたりに叫び声が響き渡った。ユダヤ人を捕まえているのだとわかった。突然、バケツと刷毛《はけ》を手にした、ペンキで汚れた少年が、彼に向かって真っすぐ叫んだ。

「おい、逃げろ！　あっちに、角のところにいるぞ！」

「いや……でも、僕は違う」――戸惑い、恐れおののいたステファンはもごもごと言った。

角を曲がってきたドイツ人が、通りに現れた。その後ろから人陰に隠れてゆっくりと巨大な車が進んでくるのが見えた。

　少年はステファンを押して、急き立てた――

「逃げるんだ、しっかりしろ！」

　呆気にとられたチシニェツキは、身を縮めてそっと、素早い足取りで反対方向へ歩き出した。住宅地の狭い路地を通って迂回して進むと、ドラニェツとの約束の場所にほど近い、大きな通りに出た。待ち合わせ場所の家は、長い塀に囲まれていたので、見つけるのに少々時間がかかった。ステファンは建物の中庭に入った。大きな木造バラックの扉の隙間から、青色の炎がちらついていた。彼は興味に駆られて、そろりと近づき、戸口に立って、暗い内部を覗き込んだ。自分の目の前に、

全世界のモデルがあるような気がした。暗闇の中に輝いていたのは、太陽——散乱する光の球《たま》であった。その球を中心に、赤い光を反射する惑星が回り、さらに奥には他の惑星がぼんやりと浮かび上がっており、一番高いところに、静止する星たちが黄色く光っていた。目が慣れてくると、太陽はアセチレンバーナーの炎、惑星は作業員が運ぶ鉄の輪っか、その他の天体は、膝立ちで首を傾け仕事をする人々の頭、星は電球であることが分かった。一歩下がると、札に、「Rohstofferfassung（原料収集所）」と書かれているのが読み取れた——そして振り返った。ドラニェツとの待ち合わせの時間まではまだあと十五分もあった。この間に近所で髭を剃れるだろう。塀のそばから煙が上がっているのに気が付いた。そこには三人の少年がしゃがんでいて、十四歳かそれくらいの、金髪で人形のような顔立ちをした、一番年長の少年が、樹皮が不揃いに削られた棒を火にくべるよう、二人に命令していた。

「Los, Krzysztof, los, Teoś, los, sznell!（行け、クシシュトフ、行け、テオシ〔テオドルの愛称〕、行け、早く！）」——金髪の少年が叫んだ。

ステファンは彼らに床屋を尋ねることにして、近づいた。少年たちは黙った。

「僕、何をしているんだい？」——ステファンは話しかけたが、一番年下の男の子の幾分鋭い視線にたじろいだ。

その子は、ゆっくりと立ち上がる金髪の少年に目配せした。

「何の遊びだい？」ステファンは真ん中の子に望みをかけた。少年は一瞬興味深そうに彼を見つめ

たが、突然目を逸らし、唇を裏返しながらがらとんがらせ、鼻を指で力いっぱいペシャッと潰した――これは「ユダヤ人する」と呼ばれていた。

「この洟垂《はなた》れが！」――ステファンは怒鳴った。その時年長の少年が彼に向かって囁き声で言った――

「ユダヤジン！」

「ユダヤジン！　ユダヤジン！」――年下の二人がこだまのようにひそひそと繰り返した。すでに怒り心頭だったステファンは、金髪の少年に飛び掛かったが、相手はサッとよけてしまった。二人は無声音で叫び続けた――

「ユダヤジン！　ユダヤジン！　ユダヤジン！」

「どこで腕章を失くしたんだ？」――高い、わざとらしいキーキー声で一番幼い少年が叫んだ。

　ステファンは今になってようやく理解した。言葉を失い、冷や汗が噴き出た。

「覚えておけ！」

　エンジン音が近づいてくるのを聞き、門の方へ歩き始めた。屋根付きのドイツのトラックが方向転換していたが、通りに十分な横幅がなかったので、塀が途切れた所に入っていた。板塀の間から灰緑色の車両の前部が現れた。

　ステファンの背後から野性的な喚き声が上がった――

「ユダ公ー！　ユダヤ人！　ユダ！　ユダが逃げるぞ！　ユダー！」

背の高い、茶色く日焼けした治安警察官が、ステップから地面に飛び降り、手を広げて彼の行く手を阻んだ。

「Ausweis!（身分証！）」

「ユダ！　ユダ！　ユダ！」――完全に我を忘れた少年たちは中庭をぴょんぴょん飛び跳ね、踊り狂っていた。ガレージから作業員たちがゆっくりと出てきて、手で目を覆いながら見つめた。警察官はステファンの身分証に目を通し、冷ややかな視線を投げかけると、皮肉っぽい笑みで唇を歪めた。

「ツチ、ネツ、キィ！　Ha, ha, einen schönen Namen hast du dir ausgesucht!（ハッハッ、立派な名前を見つけたもんだな！）」

「Wa... was?（な……何だって？）」

「So sieht ein Arzt aus? Du jüdischer Hund!（医者がこんな風貌をしているか？　このユダヤの犬め！）」

ステファンは咄嗟に頬に手を当てた――ドイツ人は彼の顔を殴った。

意識が朦朧としながらも、さらに食い下がって叫んだ。

「Sie haben kein Recht!... Ich bin Arier... meine Papiere!!（あなたにそんなことをする権利はない！……私はアーリア人だ……これは私の身分証だ!!）」

「Hier sind deine Papiere（お前の身分証はここだ）」――冷ややかに言うと、ステファンの

身分証明書《ケンカルテ》を制服の内側のポケットにしまった。

「Du bist kein Jude, was? Sehr schön（ユダヤ人じゃないんだな？　そいつは素晴らしい）」

車に乗った別の治安警察官が彼を引き取り、人でぎゅうぎゅう詰めの車内に押し込んだ。

車が通りに出た。痩せたＳＳ隊員が後方からやって来て、尋ねた。

「Wieviel haben wir jetzt?（今どれくらいだ？）」

「Zwoundvierzig Leute（四十二人）」

「Figuren（四十二件）」ＳＳ隊員が直した。「So... na, genug. Wir fahren “nach Hause”（ああ……つまり足りているわけだ。「家に」帰ろう）」

車が動き出した時、反対方向からトラックが近づいてきた――マルチヌフとヴィルクがゲットーから戻ってきたのだった。

ステファンは苛立ち、何度か説明を試みて、事実無根だと訴えたが、銃床を胸に食らって終わりだった。路面の窪みで、車がガタンガタンと跳ねた。トカツカ通りの、治安警察の建物の前で停車した。二面のファサードを持つ、大きな建物だった。ステファンは乱暴に地面に突き落とされ、他の者たちと一緒に、二列に向き合って並んだ治安警察官の間を駆けた。最後の最後に、一瞬だけわきにちらりと目を遣った――道路、日に照らされた石畳の歩道、木々、ゆったりと散歩する恋人たちが目に入った。

「なんてこった《イエズス》!!」――叫び声をあげた途端、彼は顔に一撃を食らった。

人でごった返した治安警察の中庭に連れて来られたのは、五時を少し過ぎた頃だった。揺らめく頭とギラギラした目が、海のように周囲に渦巻いていた。子供の泣き声や喚き声が一帯に響き渡っていた。門からは、新たに連れて来られたユダヤ人たちが絶え間なく入ってきた。人々は殴られないよう頭を覆い、群衆の中に埋もれようと押し合いへし合いしていた。あまりの人混みなので、そこが束の間の隠れ場所となっていたのだった。

　様々な色の平織生地からなる、素晴らしい仕立ての英国風ブレザーを着たユダヤ人警察官が、列をなして、広場をぐるりと囲っていた。時折、何やらドイツ語で命ずる声が響き渡った。その度に、彼らは群衆を押し詰め、追いやった。後ろの方に集まっているユダヤ人たちは、踏み荒らされた芝の上に座っていた。広場からは絶えず嘆き声が上がっていて、それは時に、くぐもった、長い叫び声へと変化した。ユダヤ人警察官らは声の出所へ何とか向かおうとするが、上手くいかないので、結局、手の届く範囲にいる人を木棒でバシッと叩いていた。柵の外では治安警察官が行き交っていた。そんな中でも、数人の少年が柵の隙間に駆け寄って、小さな封筒に入った毒薬を売ろうとしていた。青酸カリ一服の値段は五〇〇ズウォティだった。しかしユダヤ人の方は信用していなかった——封筒の中身は、ほとんどの場合、粉砕された煉瓦だったからだ。

「ちょっとあなた！　すみませんが、少しお水を持っていませんか！」——ステファンの背後で声が響いた。——「私の妻が気を失ってしまったんです！　あなた……」

「離れろよ」――カッとなったチシニェツキは、そう言いかけたところで、言葉を失った。その男の顔を目にして、全身が固まってしまった。その顔面は、扁平な赤い蜘蛛に覆われていた。額の傷口から流れた血が、眉毛からつららのようになって固まっていた。皮膚がぱっくり開き、露《あら》わになった肉が光っていた。

ステファンは彼のそばに立っていたくなかった。惨《むご》たらしく傷つけられた、このような男のそばにいたら、死を引き寄せてしまうように思われたのだ。ドイツ人のヘルメットが見える方へ向かおうと、人々の足を踏み、密集した群衆を肘で掻き分け、押しつ押されつ脇に外れようとした。前を向いては、横を向き、今度は後向き、と身を翻《ひるがえ》しながら進むと、突如、人が疎《まば》らな場所に出た。すると、ポーランド語で交わされる会話が耳に入った。誰かが美しい発音で話していた。

「ドクトル、今が、私が納得するよう、あなたの不死の理論の基礎を説明する最後の機会ですよ……」

「それは私の理論ではありません」と、ドクトルと呼ばれた、鷲鼻の、白髪で痩せた男が話し始めた。突然彼はステファンの顔に気付き、静かに声をかけた――

「あ……あなたもですか……なんと光栄、と言いますか、残念……」

すると黙って、ステファンの顔に近づき声を潜めて尋ねた――

「なんと、ここで何をしているんです？　だってあなたはユダヤ人ではないでしょう？」

ステファンは思い出した。男は、彼がかつて内科の研修を受けたグジツキ教授の助手であった。

気持ちが高鳴った――この人なら、彼がユダヤ人でないことを証明できるだろう。

「捕まったのです……馬鹿みたいな間違いですよ……あの……もしや……もし」――話し始めたものの、自分の言葉選びに後悔し、続けられなかった。何の気なしに、礼儀作法通りにふるまったはずだったのに、そもそも礼儀作法の方は、このような会話を想定していなかったようだった。

「気にしないで結構ですから」――どうでもよいと言った風にドクトルは応じたが、彼自身は一度でも礼儀に反するような行為をしたことはなかった。「私に手を貸してほしいのでしょう。正直におっしゃってください。すぐ戻りますから」と、漆黒の髪に、暗い、美しい眼をした話し相手に言った。――「待っていてください、サロ君」

ステファンを隅へ引っ張っていき、彼と腕を組んで、耳元で囁いた――

「すぐに治安警察を見つけよう……あ、あそこに立っている……」

「でも、あなたはどう……どうするおつもりですか？」――ステファンは声を絞り出した。自分を助けようとしている人物の運命に、少しも関心を抱くことができなかった。

「私？　ああ、私は完全に守られていますよ！　そうですとも……」

「良かった！」

「ええ。老いた雄牛二頭殺せるだけのモルヒネがありますから」――満足気に医師は言った――

「そうすればすぐに涅槃《ニルヴァーナ》に達します……最近私はジャイナ教の信者でしてね……押すんじゃない、馬鹿者、ただでさえ我々は皆ムシャクシャしているんだから！」――身体を震わせながら、周囲の

人間の手を握ってまわっていた、痩せた小柄な男に、鋭い言葉を浴びせた。

「しかしあんまり期待しないでください」——再びステファンに向き直った——「このように証言する事例はよくあるんです、おわかりですか？」

「このようにとは？」——ステファンは尋ねた。ムシムシと暑苦しい、呻き声をあげる群衆の間を、ずっと押し合いへし合いで通って来たので、頭がくらくらしていた。

「両親が、自分の子供を助けるために、自分の子供ではなく、アーリア人だと言うことがあるのです……わかりますか？　ドイツ人はそんなの相手にしませんから……」

「で……ですが……」

「あ、私たちのシュポ〔治安警察〕がいましたよ」と言うと、ハンチング帽をちょこっと持ち上げ、赤ら顔の巨漢のドイツ人に近寄って行った。男は髭が剃られた人中《じんちゅう》に集まった汗を指で拭っていた。

「Herr Schupo, entschuldigen Sie, bitte…（シュポさん、どうもすみませんが……）」


　午後、プルヴァクは家を出た。廊下で歌を口ずさんでいた——「チョルニ、ブローヴィ、ピドマルーユー、ヌタヤ、ヌタヤ、チョルニャヴォホ、ポチウーユー、ヌタヤ、ヌタヤ、ヌタヤ！〔ウクライナ語で「黒い眉を描きましょう、ラララ、ラララ、黒髪の人をキスしましょう、ラララ、ラララ！」の意〕」——が、階段の踊り場で口をつぐんだ。晩秋は驚くほど美しかった——青い空に、古い書物のようにかさかさと音を立てる木々……とはいえ自然の美をじっくり眺めている余裕はなかった。なにしろ通りにはこれだけ

の娘たち……娘たち……

三人組だったり、五人組だったりするグループが、歩道一杯に広がって歩いていた。抱擁を交わし、ウッドヒールをコツコツと軽やかに鳴らして、紙袋から取り出したプルーンを吸っては、果汁でその唇を濡らし、通行人ににっこりと微笑んでいた。背後から聞こえる笑い声でさえ彼の身体を熱くさせ、イラクサの産毛《うぶげ》にそっと触れた時のように刺激した。

空はまだ明るかったが、辺りに夕闇が立ち込め始めていた頃、とてもスタイルの良い娘が一人でいるのが目に入った。彼女は彼のすぐ目の前を歩いていた。彼女の歩くリズムに歩を合わせると、興奮を感じた。そうすることで、突然彼女の世界に押し入ったかのような感覚になった。――近づいてみよう――ゴクリとつばを呑み込み、歩を速めた。彼は驚きに震えた――彼女は最近まで彼のもとで学んでいた学生で、ユダヤ人だった。

娘は、顔を覗き込んできた男を目にして、飛び退いた。蒼白の顔に、恐怖を湛えた硝子玉のような黒い目が煌《きら》めいた。黄昏があらゆる色を溶かし、遠くのものの輪郭をぼかしたので、近くのものが一層はっきりと現れたのだった。真っ白な彼女の顔が煌々と輝いていた。

「あ……あ……先生ですか？」

「怖がることはありませんよ」

彼女の手を無理やり握った。

「腕章をつけていないんですか？」――声を潜めた――「なぜです？　とても危険ですよ……」

何をしているのか、両親はどうしたのか、と親身に、やさしく尋ねたので、彼女は全てを話した。父親は朝連れて行かれ……彼女も一緒に連れて行かれたが、トラックから飛び降りたのだという。ドイツ人が発砲し……彼女はゲットーに戻って、一番上等なワンピースに着替え、アーリア人の居住区に出てきたのだと。

「皆言うんです……私、似ていませんよね？　先生？　先生はどう……？」

彼の顔を覗き込んだが、そこには媚《こ》びた様子は微塵もなく、ただ死ぬほどの恐怖だけがあった。

「ああ、そうだね……それで、これからどうするんです？」

「わかりません……こうして歩いているんです……夜までに作戦が終わるかもしれませんし……」

「こんな風に女の子が一人で歩いていたら、怪しまれますよ。うん、危険だ」自分の考えを彼女に明かした――「それにしてもあなたは……こんなに若くて……それに……えー……あれほど優秀な学生だったのに、勿体ない……」

「先生……？」――吐息を洩らした。彼女は救いの可能性を感じ取った。思わず彼の腕に肘を押しつけていた。

彼の心臓がゆっくりと、重々しく鼓動し始めた。唇を舐めた。

「まあ、なるようになるでしょう……家に泊まっていきなさい……」

当直室には、夕食からずっと機嫌を損ねっぱなしのクロポツェクが座っていた。予想通り、クレ

ミンのために解放するはずだったユダヤ人のことでタンホイザーが怒鳴り散らした。手に入るはずだった賄賂《わいろ》をもらいそこなって、怒り、机を鞭で叩きまくるのを見るのは、少なくとも快感ではあった。しかしそこから先は面白くなかった。学校から試用で駆りだされた青い警察〔総督府ポーランド警察〕の予備隊の作戦は成果を上げず、町中で活動するグループを指揮していたウンマーがひっきりなしに増援を要求してきた。衛兵所から絶えず電話を掛けてくるので、まずい状況なのは明らかだった。クロポツェクは、受話器の奥で、近くで響き渡るカービンの乾いた銃声を聞いた。

「Woher soll ich die Leute nehmen?!〔どこから人員を集めろと言うんだ?!〕」と、やはり怒鳴り散らした。大袈裟だな、ウンマーは、前線へ行くのは免れたからな。あっちじゃ銃器で応戦してくるんだ……

　彼が管轄するユダヤ人の「集合場所」の警備を薄くして、街の方に小隊を送ったところ、すぐにまた電話が鳴った。

　数十人のユダヤ人が柵を破り、手薄になった警察の陣を突破し、墓地をめがけて川を歩いて渡ったという。治安警察が発砲して、死者と負傷者が出たとのことだった。

「O, Sapperlot!!〔ああ、クソッたれが!!〕」——クロポツェクは、机上の書類の半分を投げ捨てながら吼え、拳で机を殴りつけたので、上司の機嫌の悪さには馴れっこになっている民族ドイツ人〔Volksdeutshe. ドイツ国外に居住するドイツ国籍を持たないドイツ系住民のこと。ナチ・ドイツの血統主義を反映した呼称〕フィンダーが、自分のデスクで身を竦めるほどだった。「Wie kann ich mit solchen Idioten

arbeiten?!!（こんな馬鹿共とどうやって仕事しろってんだ?!!）」

　しばらくして再び電話が鳴った。ゲシュタポのクリーゲル中尉からで、デンビツキ通りの刑務所を空けたので、囚人たちをユダヤ人と一緒に移送して欲しいとのことだった。

「Ausgeschlossen! Ich habe keine Lastwagen mehr!（ありえん！　もうこれ以上トラックはないんだ！）」と、クロポツェクは叫んだが、結局根負けして、トラックを二台貸してやった。

「Was für eine Bande hab ich, o du Himmelarsch!!（なんて喧《やかま》しい奴らだ、このクソが!!）」——状況を報告しに来たＳＳ隊員に捲《まく》し立てた。彼は上司のタンホイザーを上手く真似ることで、鬱憤を晴らしていた。煙草を箱からトントンと出そうとしたが、中身は空だった。

「Du, Finder, gib mir eine Zigarette（おい、フィンダー、煙草をくれ）」

　電話のベルが静かに鳴り響き、クロポツェクは忌々しそうに一瞥した——

「Na na, du Vieh, schweig doch...（まったく、お前は黙ってろってんだ……）」

　ステファンは六時に当直室に到着したが、これはヘンネベルク軍曹の厚意のおかげでもたらされた奇跡であった。ドクトルが経緯を話し、そこにステファンが絶えず口を挿むのを、太った下士官が最後まで辛抱強く聞きとり、そして最後に金を要求した。ステファンは二〇〇ズウォティしか持っていなかった。

「Was, du hast kein Geld? Na, dann bist du wirklich kein Jude（なに、金がないだと？　つまり、本当にユダヤ人じゃないということだな）」——完全に納得した風のヘンネベルクは、感じ良く答

えた。ステファンは、すぐに解放されるだろうと思ったが、軍曹の言葉でそれが誤りだと気付いた。「そういうものじゃないんだ」――穏やかに説明した――「ここでは秩序が重んじられる。頭数には皆が責任を持っているんだ……親衛隊二等兵から親衛隊中将に至るまで。Ja ja, so ist das（そう、そう、そういうことだから）」

彼はステファンをクロポツェクのところに連れて行き、経緯を説明した。チシニェツキは扉のそばに立っていた。

「Soo... Sie sind also kein Jude（そうか……つまりあなたはユダヤ人ではないわけだ）」――クロポツェクは言いながら、彼を見定めようとぱっと視線をやった。こういうことには熟達していた――キョロキョロ動く眼玉、髭、鼻――明らかにユダヤ人だ。――まずは話をさせよう、それから蹴り飛ばしてやる――クロポツェクは考えた――いやこんな奴のために労力を使うことはない、汚れ仕事はフィンダーにやらせよう……それからヘンネベルクには思い知らせてやる。どんな作り話も信じるんだからな。

彼は、チシニェツキがまだ持っていた書類――ニェチャーヴィの住民登録証と医師会の会員証を確認した。

「Die Kennkarte hat dir ein Schupo genommen? Ja, ja. Natürlich. Ich glaube dir. Ja!（ケンカルテを治安警察官が奪い取ったって？　ああ、ああ。そうだろうよ。信じるとも。もちろん！）」

「Finder, fangen Sie an（フィンダー、始めたまえ）」と、紫がかった蒼白い二匹の芋虫が蠢《うごめ》いて

いるような唇をした、黒髪の民族ドイツ人に向かって言った。デスクの向こうで彼はゆっくりと立ち上がった。

「『信じよう』と言ってください……」

ステファンは思わず祈りの言葉をつぶやき始めた。

「いいぞ……いいぞ……」――フィンダーが褒めた。「Und jetzt die Schwanzvisite（よし、これからチンコの検査だ）」――突然ドイツ語に切り替えた。

「Was?（何だって？）」――理解できなかったステファンに、後ろに立っていたヘンネベルクがはっきりと説明した。ステファンがいくらでもどうぞと言わんばかりに、ズボンのファスナーを下ろし始めたところで、扉が開き、クレミンが爆弾のように飛び込んできた。

「Mensch, was haben Sie mir gemacht!（お前、何をしてくれるんだ！）」――と始めたものの、少し静かになって続けた――

「Wo ist der Tannhäuser?（タンホイザーはどこだ？）」

「ハイル・ヒトラー！」――ベルトを直しながらクロポツェクが言った。彼のお楽しみが始まった。

「Herr Sturmbannführer ist abwesend. Ich vertrete ihn. Was wollen Sie, bitte, Herr Direktor?（親衛隊少佐殿は不在だ。私が彼の代理だ。何がお望みです、所長殿？）」

「Weg mit ihm（お前たちは出ていけ）」――そう言われ、ヘンネベルクはステファンを扉の外へ押しやった。部屋を後にすると、チシニェツキはヘンネベルクに、自分を解放すべきだと説明し始

めたが、相手はこう答えた——

「Ich kann es leider nicht tun, mein Herr...（残念ですが、私にはできないのですよ……）」

「Sie haben ja die Papiere gesehen und... alles...（しかしあなた見たでしょう、書類も……全部……）」

「Ja, aber einen formellen Befehl hat mir der Herr Hauptsturmführer nicht gegeben（ええ、しかし親衛隊大尉殿からの公式な命令がありませんでしたから）」——ヘンネベルクが説明した。きわめてリベラルなドイツ人だったので、彼とは小一時間口論できた。こうしてステファンはまた中庭に戻ってきたが、軍曹が彼を慰めようとして、「Na na, warten Sie noch ein bisserl...（まあまあ、もう少しだけ待ちましょう……）」と言った時には、怒りでほとんど泣き出さんばかりであった。

チシニェツキは壁のそばに立ち、考えた——「こういう『善い』ドイツ人はもっとたちが悪い、こんな奴のせいで殺されるんだな……」

突然、門のそばの衛兵たちが脇に退き、何やら騒がしくなってきたかと思うと、大きくて長い国防軍の車両が入ってきた。クロポツェクがポーチに出てきた。車から背の低い、痩せた、トラクの彫刻のような面長の親衛隊中将ライが降りてきて、その水色の目を群衆に向け、クロポツェクに言った。その後ろでは疲弊したクレミンが鼻息を荒らげていた——

「Mein Junge, machen Sie das schnell... mit einem preussischen Schnitt, was?（早く処理し給え……プロイセン・カット〔サイドを刈り上げたドイツ兵の髪型〕のように、さっさとやれないのか？）」

――人差し指を立てて、皮肉を織り交ぜさえしてみせた――

「Denn alle Räder müssen rollen für den Sieg!（あらゆる車輪は勝利のために回らなくてはならないのだからな！）」

「Zu Befehl, Herr Gruppenführer!（ご命令通りに、親衛隊中将殿！）」

ライは階段に上った。最上段に立って、治安警察官たちが中庭に狭い通路からバックで入って来るトラックにユダヤ人を手際よく詰め込むのを眺めた。そして時折、小さな身振りで合図を送っていた。ステファンは群衆から飛び出て、彼の前へあと一歩のところまで近づいた。

「Herr General, ich bin ein Ar...（すみません、私はアーリ……）」

「Weg mit dem!（こいつを連れ出せ！）」――軽やかに、愉しげにライは叫んだ。ステファンは瞬く間に捕らえられ、腕から腕へと飛ばされて、頭からひっくり返り、腐敗してブヨブヨした臭い板の上に倒れ込んだ。鼻から生温かい血が滴《したた》り、顔中に塗りたくられた。塩っぱい、嫌な味がした。

車が出発した時、彼は突然穏やかな気持ちになった。

おしまいだ、なんて馬鹿げた結末だろう！――彼は思った。シャベルで切り刻まれたミミズのように、思考がバラバラに分裂していった。駅の近くで渋滞に巻き込まれた。幌《ほろ》が骨組みの後部にめくれ上がった、何台もの重たいディーゼル車が、人混みの中で唸り声をあげながら、Uターンしていった。無帽の人々の間をヘルメットを被ったドイツ人たちがゆっくりと流れて行った。ステファンを乗せたトラックは門の前で停まった。車庫入れを始め、まもなく荷台の後部が哨兵線の途切れ

た箇所にすっぽりはまって停車し、それから人々は、駅の建物の間の通り道に集められた。ホームを囲むフェンスに沿ってＳＤ隊員が立っており、通り道は、人々が皆殴られるのを避けようと押し合うので、大変な混雑だった。

「Los! Uhren, Ringe, Goldsachen abgeben, alles abgeben, los!（進め！　時計、指輪、金は置いていけ、全部置いていけ、ほら早くしろ！）」

　そばかすだらけの親衛隊軍曹は、四時からこうやって声を張り上げていたので、完全に声がかれていた。

　道の両側に大きな木樽が置いてあり、通る時にそこへ金や外貨を入れなくてはならなかった。

「Du, und du, und du, weiter, weiter, prenko, los!（お前と、お前も、お前も、行け、行け、ハヤク、出発！）」

　門の向こう側は、そこまで混み合っていなかった。人々は車両の方へ進みながら、扇状に広がっていった。

　ホームの中央では、Heereskraftpark（ＨＫＰ。ドイツ軍管理下の自動車整備工場）の整備士が台車に立ち、ユダヤ人の中から仕事仲間を探し出していた。

「Wer arbeitet in HKP? Du? Du? Wer ist von HKP?!（ＨＫＰで働いているのは誰だ？　お前か？　お前か？　ＨＫＰの人間はいるか?!）」――大きな白いハンカチでしょっちゅう額を拭っては、叫んでいた。太っていたので、すぐに汗を掻くのだった。

「Wo arbeitest du? Wo arbeitest du?（どこで働いてるんだ？　どこで働いてるんだ？）」

彼の舌がもつれた。

「Ich bin kein Ju…（私はユダヤ人では……）」――声にならない声が、ステファンのカサカサに荒れた唇から漏れた。

「Weg!（失せろ！）」

気付けばステファンは、積み降ろし用のスロープに向かって行く人の流れに吸い込まれていた。周囲を、背を曲げ、肩を竦め、項垂《うなだ》れた人々に取り囲まれた。コンクリートの五十センチ上には、家畜車の扉がぱっくりと口を開いて待ち構えていた……彼が乗った車両はすでにほぼ満員だったにもかかわらず、人々は揉み合いを続け、次々に乗り込もうとしていた。

ドイツ人達は、背後から怒号を浴びせ、殴りながら、群衆を押し込んでいた。そうすることで、人々は一刻も早く銃床が届く範囲から逃れようと、他人の胴や背中によじ登るのだった。

トラックの中で横たわり、ガタガタ揺られながら、呻き声をあげる人々と運ばれている時には、すぐに撃ち殺されるのだろうとステファンは思っていて、それほど恐怖は感じていなかったが、今、戸車の付いた巨大な扉が、耳を劈《つんざ》くような音を立てながら、ゆっくりと閉まり、暗闇の中、ハンマーを打ち付けるくぐもった音がガンガンと響き渡るのを目の当たりにすると、吐き気を催して身震いした。

彼の様々な思考は、複数の画像が重ね合わされた写真のようだった――「これは死よりひどい」

――「あとどれくらいこうして苦しむのだろう」――奥底にあったのは――「ユダヤ人に生まれなくて良かった、こんなに酷いんだから」……

列車はほぼ一晩中停車していた。車両の中はむっとしていて、呻き声、ゼイゼイと喉のこすれる音、ぶつぶつという独り言があちこちから聞こえた。人々は、上部にある、微かに空気が吹き込んでくる隙間に群がっていた。彼らを押しのけようとする人々もいて、暗闇では殴り合いの喧嘩が起きていた。誰かが数分おきに、妻が死にそうだ、と叫んでいた。時折静寂を突き破って隣の車両から聞こえてくる叫び声は、くぐもっていて、墓の中から発せられているようだった。

ステファンは人々に四方八方からぎちぎちに体を押されて、浮いているのか立っているのかもわからない状態で、身動きが取れずにいた。暗い車内で、その精巧な鋳物《いもの》と化した人間の塊《かたまり》が、ゆらりと揺れた。電車が発車したのだ。

長い時間走っていた。頭上にはところどころ裂け目があり、それははじめ灰色がかっていたが、やがて淡いピンク色の線に変わった。列車は車輪をガタンゴトンと鳴らしながら、時折速度を弱めたり――板がしっかりと釘打ちされていない窓のそばにいた人たちが知らせるところによると――原野のど真ん中に停車したりした。一時間ほど経ったころ、自分の上にいる人と下にいる人の顔の輪郭がぼんやりと判別できるようになってきたステファンは、尋ねた――

「どこへ行くんでしょうね？」

誰も返事をしなかった。質問を繰り返した。

「イカれてる〔原文はmyszygienerで、イディッシュ語のmeshugener（狂人の意）をポーランド語に音写したもの〕」

――隣にいた誰かが呻くように言った。そこには長くて、白い顎鬚が見えた。

列車は再び停車した。前方から汽笛の音が長く鳴り響き、車両が前の車両にぶつかった。列車はガタンと後ろに下がった。入換《いれかえ》にはかなり時間がかかった。ステファンは時折手や足の感覚を失っていた。空間を埋めつくす、巨大な、生き物のような肉塊の一部と化していくように思われた。それから車両が次々とぶつかり合う音がして、振動の波が稲妻のように駆け巡った。停車した。

ステファンの眼前で、巨大な、熱い塊が我先にと擦り寄って来たので、彼の頬は傷んだ。倒れた人がいて、少し空間に余裕ができた。乱暴に人を押しのけ前進し、窓に飛びついた。明け方だった――広大な、静かな原野の上に、朝日がじっと動かずに、輝いていた。しばらくの間、人が光り輝く点を飽きるまでじっと見つめる時のような、ぼんやりとした麻痺状態にあった。そして今、ようやく外を眺めた。照らし出された空のもと、まだ暗闇の中にある、遠くの木々をざわざわと揺らす風で呼吸をする、その巨大な空間は、彼をナイフのように傷つけた。誰かが下で彼の足を思いきり引っ張り、またどこからか手が伸びて来て彼の背中を叩いた――そうした衝撃やそれに伴う痛みを感じて、彼は嬉しくなった。それが生《せい》だったからだ。生は、酸欠状態の頭の中の血液の脈であり、口の中のその味であった。彼の身体はあらゆる苦しみ、あらゆる苦悩を耐え続けたいと、沈黙の中で叫んでいた。夜明けの最初の風が板の隙間から吹き込み、彼の、汗だくの額に張り付いていた髪をそよがせた。彼に恩恵を授けてくれる自然が、まったく同じような無関心さを持って、まもなく

彼自身が溶け込もうとしている粘液を吸い込むのだ、とふと感じて、経験したことのないような恐怖が彼の内臓を掴んだ。彼は恐ろしい悲鳴を上げながら、隙間から目を背けた。

　遠くから号令が聞こえてきた。しばらくして急き立てるような、不規則なハンマーの音が響いた。騒音が近づいてくると、ユダヤ人はひそひそ言葉を交わし、発作的に泣きじゃくる者もいたが、再び静寂に包まれた。

　ハンマーの鈍い音が徐々に近づいてきた。突然彼らが乗る車両の扉が、奇怪な太鼓のようにゴンゴンと音を立てた。掛け金がギーッと鳴り、戸車が引きずるような軋音《あつおん》を立て、車内に、眼を火傷するのではと思うほどの白い陽の光が、勢いよく差し込んできた。

「Raus! Raus! Raus!（降りろ！　降りろ！　降りろ！）」

　ステファンは、目をぱちぱちさせ、手で顔を覆いながら、地面に飛び降りると、肩と上腕に鞭を食らって、痛みでうずくまり、それから声も上げずに他の人々を追いかけた。風が、アルコールのように、肺を燃やし、麻痺させた。最後尾の車両は、ランプがついた車止めに接触していた。ここで線路は途切れていた。どこか遠く、前方で、汽車がシューシューと白い蒸気を脈打つように噴き出していた。

　群衆は濃緑の硬い生垣の壁に囲まれた長い道を、押し合い、足を踏みつけ合いながら進んでいた。ステファンは走りながら、その生垣がもみの木であり、枝をより密にするために、すでに枯れて茶色くなった、針葉が落ち始めている別の木と針金で結びつけられていることに気が付いた。

息を吐くと雲となって宙に留まるほど、ひんやりした空気の中を、正体のわからない匂いが漂っていた。匂いに意識を集中すると消えたが、しばらくすると一層しつこくなって戻ってきた。吐き気を催す匂いだった。

生垣が途切れた所に、十数棟のバラックで囲まれた平坦な空間があった。遠くに、ゆらゆらと漂う灰色に濁った霧の中、黒い灌木の列が並んでいるのが見えた。一番大きなバラックの背後から、クレーンか跳ね橋のような、何か巨大なものが飛び出ていた。擦り切れた普段着姿のユダヤ人の一団（彼らが皆背が高いことに目を引かれた）が、星も腕章も付けずに、均《なら》された黄色い小道の真ん中で、二輪の手押し車を押していた。守衛所の近くの花壇に、丸太杭が三脚に組まれ、その上に、椰子が植えられた、うわぐすりのかかった大きな鉢が置かれていた。朝の寒さで萎《しお》れた葉は長い髪のように垂れ下がっていた。椰子のそばに三人のドイツ人が立っていた。一番背の高い、光沢のある防水コートを着た男は、手をポケットに突っ込んでいた。彼の顔がキラッと輝いた。眼鏡をかけていた。

「Stillgestanden!（気をつけ！）」——ドイツ人が叫んだ。静寂に包まれ、遠くで機関車が、瀕死の動物のようにゆっくりと喘いでいた。

ドイツ人の眼鏡のレンズに紫色の朝日が映っていた。

「Sie sind in einem Arbeitslager! Wer anständig arbeiten wird, dem passiert nichts. Jetzt werden sie ins Bad gehen, dann in die Baracken. Jeder bekommt eine Bluse, eine Hose, 350 Gramm

Brot und zwomal täglich Suppe. Und jetzt macht, das es schnell geht!（あなたたちは労働収容所にいるのだ！　きちんと仕事をする者には、何も起こらない。これから浴場に、それからバラックへ行ってもらう。あなたたちは皆、シャツとズボン、三五〇グラムのパンと、一日二回スープを与えられる。さあ急ぎ給え！）」

　群衆が歓喜に沸いた。号令を叫ぶ声が響き渡った。それから、立っていた人々は自分の服を脱ぎ始め、数十の人影が、わっと慌てて動き出した。一斉に露わになった肉体が波となって広場を駆け巡り、辺り一面が明るくなるほどだった。ステファンはジャケットとズボンを、苛立ちからボタンを引き千切って、脱ぎ捨てた。彼のそばで若い女性が震える手で乱暴に脱ごうとするものの、厚手のワンピースが黒い三つ編みに絡まって頭がつっかえていた。乳首はほとんど紺色だった。彼女の後ろには、すでに裸の、背の高い、樽のように膨らんだ体をしているが、手は木切れのように細い老人が立っていて、落ち着かない様子で腕を腹の前で交差させていた。小さな男の子が彼に抱きついていた。辺り一帯に、伸びた髭で緑っぽく、土気色の顔がちらついていた。

「Preenko! Weiber nach rechts! Loos!!（ハヤク！　女性は右！　行くんだ!!）」

　ドイツ人が襲い掛かってきて、女性を引き離した。金切り声があちこちからあがり、人波が交差したかと思うと、突然黒い制服姿の隊列が地面から湧き出てきて、早く早くと鞭を打ち付けながら、裸の女性たちを煉瓦造りのバラックへ追い立てた。男性たちは、三メートルはある高い灰色の塀の門の方へ連れて行かれた。ぼそぼそ呟き、身体をぶつけ合いながら、全面が板塀で囲まれた、四角

い小さな広場に押し込まれた。灰色のコンクリート造の平たい建物が東側に立っていて、壁となっていた。その建物には、防水材でできた屋根の上にもう一つ、綱で吊るされた、金網の屋根があって、緑の葉に覆われていた。壁の低い位置に黒い大きな文字が塗られていた。

BADE- UND INHALATIONSRÄUME

（入浴および吸入部屋）

屋根のすぐ下にある細長い、裂け目のような窓には、乳白色の硝子がはめ込まれていた。裸の人々は大きく開け放たれた鉄の扉へ階段を上って入っていった。凍てついたコンクリートで足がひりつくので、無意識に足踏みしていた。ステファンは、痩せこけた剝き出しの背に囲まれて進んでいた。ほんの少し開いた両開き扉のすぐそばに、肩に防水コートをひっかけ、ブーツを履いた背の高いドイツ人が立っていた。煙草に火を点けようとしていたが、ライターは炎を上げず、カチカチと音を立てるばかりだった。彼が立つ場所まであと三歩ほどというところで、ステファンは突然群衆から離れた。ドイツ人の前に裸で立ち、非常にゆっくり、はっきり、きっぱりと説明した。手違いがあったこと、自分はアーリア人で、ドイツ人を含め多くの人が彼を知っていること、酷い偶然だということ……

ドイツ人は彼を肘で押しのけようとするかのような動きをしたが、ライターの替石を留めるねじ

を失くすのを恐れ、思いとどまった。ライターをいじりながら、話を聞かざるを得なかった。チシニェツキは話を終えた。ドイツ人は、この裸の、不思議な生き物が言葉を話すことに驚いたかのように、彼に目を向けた。ステファンの心臓はバクバクして、あばら骨を震わすほどだった。ライターは、今度は一発で火が点いた。ドイツ人は美味《おい》しそうに吸い込んだ。

「Was du nicht sagst!? Du bist kein Jude, was?（へぇ、本当かい!?　ユダヤ人じゃないのかい？）」――尋ねた。

　ステファンはこれまでの話を繰り返し、どこ出身で、なんという名前で、間違えられて捕まって、彼を知っているのは……と説明した。

「Gut, gut（わかった、わかった）」――ドイツ人はライターをしまいながら言った。「Aber wie soll ich dir glauben? Lügst du nicht?（だがどうやって信じろと言うんだ？　嘘じゃないのか？）」

　ステファンは、コンクリートの建物の内部に入っていく裸足が軽く擦れるのを背後に絶えず感じながら、両手を胸に押し付けた――

「Ich gebe Ihnen mein Ehrenwort!（名誉にかけて誓います！）」

「So!（そうだ！）」――ドイツ人は煙を吐き、指でトントン灰を落としながら、言葉を選んで続けた――「Bist du ein Jude, so hast du keine Ehre, bist du aber keiner, dann hast du die Ehre. Na na, was sagst du dazu?（君がユダヤ人なら、名誉はないが、ユダヤ人でないなら、名誉なことだ。ほらほら、なんて答える？）」

彼は面白がっていた。突然、二人の背後で驚くべきことが起きた。誰も声を上げなかった——もしかすると息遣いが荒くなったかもしれない——誰かがヒクヒクと泣く声、「los! los! prrenko!（行け！　行け！　ハヤク！）」と絶え間なく続いていた掛け声のテンポが上がった——歩く人々の間を謎の波が横切った。突如皆が悟った。群衆はビクッとして瞬時に固まった。黒い制服を着た男たちが人々を銃剣で威嚇しながら近づいていた。恐ろしい呻き声が響き渡った。ステファンは振り返る勇気も、横目でちらりと見る勇気もなかった。群衆から三歩離れた所に立っていた。今や、彼の生死を決めるのは、この銃剣であった。それを肌全体で、全身で感じた。

走ってきたうちの一人が銃剣を構えた。刃がきらりと光るのが目に入った。

「Den nicht!（彼はよせ！）」

ステファンが話しかけたドイツ人は咄嗟に腕を上げ、一撃から彼をかばった。次の瞬間、群衆は、血を流し、呻き声を上げながら、進み始めた。内部にコンクリートの四角い柱がぼんやりと見える小さな部屋から、徐々に大きな、低い、かすれた声の慟哭《どうこく》が聞こえてきた。親衛隊員は不味《まず》そうに煙草を捨て、襟首をポリポリとかいた。考え事をするかのように、頭を傾げてステファンに鋭い視線を向けたが、辺りにはすでに人はなく、黒い制服の男たちだけが、ぴったりと閉じられた扉の閂《かんぬき》を掛けようと、入口のそばでせっせと動き回っていた。もう一度扉を開けるのも面倒だな。

「Komm!（来い！）」——彼は言った。回れ右をして、歩き始めた。裸のステファンは彼の一歩後ろをついて行った。小さな窓の木造のバラックの方へ、一直線に進んでいった。亜鉛メッキのトタ

ンで覆われた屋根は、太陽の下、水銀のように輝いていた。親衛隊員はポケットから取り出した鍵で南京錠を開け、木製の扉を靴のかかとで、ステファンが中に入れるだけ引いた。

「Warte hier（ここで待て）」

　ステファンは戸口で立ち止まり、何か言いたかったが、背後で勢いよく閉まった扉に押され、バランスを取ろうとして、前に二歩よろけた。何かにひどくぶつかって、探ってみると板があった――さらにもう一つ――なにやら木製の階段が、暗がりの中でぼんやりと見えた――考える間もなく彼は階段を上がった――そこには、床に無造作に置かれた長い板が、白っぽく浮かび上がっていた。その板から飛び降りると、突如、何か柔らかい、底なしのものに足を取られ、ずぶずぶと沈み込んでいった。板の上に戻りたかったが、戻れなかった。何かふわふわした、その堆積物は、ゆっくりと、気味悪く足の下から退いていき、彼の膝まで飲み込んだ。しばらく動く勇気が持てずに直立しているうちに、ぼんやりした薄明かりに目が慣れていった。彼は屋根の垂木のほぼ真下の、高い所にいた。外気よりも温かな空気を吸い込んだ。かすかだが、しつこい、むかむかするが、心地良さまでもう一息とも言える、酸化して味が落ちた時に感じる、ほろ苦い後味を徐々にはっきりと喉に残すような香りが充満していた。その間にも彼は深みに沈み続け、肌をくすぐる流動的な堆積物に、太ももの真ん中まで入り込んでいた。それは、辛うじて感じられる温気と、喉を締め付けるような匂いを放っていた……

　突然その正体が見えて、彼はビクッと仰け反り、倒れかけた。それは人間の髪の毛、女性の髪の

毛であり、バラックの壁の中程まで埋め尽くす、もじゃもじゃと絡まり合った黒い塊であった。咄嗟にそれに触れないよう手を上げ、呻き、ハッと息を呑んだ。上から流れ落ちてくる仄《ほの》かな光で、表面の髪の毛がそこかしこで煌めいていた。それが視界に入らないよう、埃をかぶった窓ガラスに目を向けた時、遠くから、咆哮のような叫び声が一斉に聞こえてきた。

「何だ……何だ……」――そう呟くと、自分の唇を二つの太い、辛うじて開いた木のめん棒のように感じた。吼え声は遠くで途絶えることなく響き続け、徐々に高音になっていった。そのうちいくつかの声は糸のように途切れていったが、彼は四角く切り取られた空に目を奪われていた。澄んだ空色に囲まれた、冷たく燃える白い雲が、その四角い窓枠にゆっくりと流れ込んでいた。

一九四九年

（木原槙子訳）

＊ドイツ語の箇所は、底本（S. Lem, red. J. Jarzębski, *Lata czterdzieste, Dyktanda*, Kraków 2005）に付けられたポーランド語訳を参考にして翻訳した。

異質

Obcy

六月の後半になると、予定されていた首都からの学童疎開について、一層頻繁に話題に上るようになった。街は昼夜を問わずドイツ軍の砲弾の爆撃に揺れていた。中等学校の高学年の物理・生物の教師であるガリンズ氏は、校長にこの噂が本当であることを確認した上で、クロイドンの飛行場へ遠足を行うことを決めた。帝国空軍が南へ進路をとりながら鋼《はがね》の群をなして空へと飛び立っていく様子を生徒に見せるためで、もしも必要な入場許可証が手に入らなければ、せめて遠くからでもと考えていた。

六月二十九日の日曜日は美しく、暑さもそれほど厳しくない日和だった。二階建てバスがキングストンに停まると、車内はカーキ色のシャツを着た、リュックサックに水筒、毛布、と大荷物の出で立ちの少年たちで埋め尽くされた。三十分も経たぬうちに、一行はサービトンの畑の中を歩いていた。活動的なミスター・ガリンズが徒歩で近道することに決めたのだった。

土地はなだらかに起伏していた。次第に長々と伸びてゆく隊列が進む小道は、ゆるやかに重なり

合う丘を登り、銀色のキャベツ畑を幾度も横断し、カサカサと音を立てるライ麦の二つの波の間に消え、白い花が飛び散ったジャガイモ畑に顔を出したかと思えば、また暗緑の草木のトンネルへ沈んでいった。高い空は寒々しく、曇一つなかったが、ただ地平線の端に、阻塞《そさい》気球が二列ずつ組になって浮かんでいた。遠くではぼんやりと並ぶビーズのようだが、だんだんと、灰色に膨らんだ魚の形を帯びるまでに大きくなる気球の列は、防空部隊がいるサットンの方まで続いていた。四キロにも及ぶ徒歩の移動で一行を覆っていた倦怠は、時折遠くに聞こえるサイレンの音に掻き消された。少年たちは音のする度にキョロキョロ辺りを見回し、注意深く南西の空を目で追った。一時間のうちに二回ほど、遠くで詰まったリズムを刻む爆発音が、次いでミサイルの飛来を知らせる金属音が聞こえた。二機目のミサイルが飛来した際には、鋼の線となって驚異的な速度で空気を断ち切っていく様子まで見ることができた。それは丘の稜線の背後から現れ、ブクブクと立ち上がる榴散弾の黒い煙に消えて再び現れると、ウィンブルドンのあたりに消えていった。まもなくしてそこから圧し殺したような爆発の唸りが風に乗って届いた。

　ガリンズ氏が畑道を提案したのには、そこから二キロ離れたミッドウェイ・ハウスへ寄って、朝礼に来なかったジムを連れ出そうという秘めた目的があった。一行が歩みを進めると、土地は徐々に平坦になっていき、木立もそれに合わせて大きくなり、仕舞いには幻想的な入り組んだシルエットとなって現れた。小道は突然、古い唐松の森を平らな腕で包み込むように伸びる高速道路のアスファルトにぶつかった。唐松は、大きな岩が積み重なってできた壁を優に超える高さだった。ガリ

ンズ氏はもうかなり前から煙草を吸いたくてたまらなかったが、規則により少年たちの前で喫煙することは禁止されていた。かと言って、彷徨《さまよ》う生徒を迎えにひとり列を離れることもできなかったので、数秒思案したのち、ベン・スターリングを遣わせた。ジムを遠足に連れ出すことを委任された彼は、半開きの鉄門の柵を通り抜け、広い並木道の陰に消えていった。自分はこのようにして、自らの権威と周辺で最も裕福な地主の一人が集める敬意との釣り合いを保っているのだな、と教師はふと思った。

　両脇に生い茂る薊《あざみ》を葦《あし》で打ちながら、ベンは小道を突き進んだ。近道をしようと、道を囲う垣根を越え（この時擦り傷を作ってしまった）、よく知る抜け道をかき分けて行った。そして、館の前に広がる大きな花壇を不愉快そうに見遣った。花壇は美しい彩《いろど》りを呈していたものの、その配色は無秩序で混沌としていた。動員後で使用人が少なく、巨大な庭を管理しきれる状況ではなかったのだ。館は古い木々に囲まれており、木立の間から突き出た三つの小さな赤い塔は、どことなく道化師の帽子の角《つの》を思わせた。建物全体は木《き》蔦《づた》で覆われ、辛うじて玄関に続く道の正面にある広い窓面がピカッと光るのが見えた。どこにも人影がなかったので、ベンは辺りを見回して、使用人が使う勝手口の方へ向かった。玄関ポーチの木製の手すりには、唇の形をしたいんげんの花がやっとのことでよじ登ったという風に巻き付いていて、その奥に、白い髭を四方八方に揺らすトロイル爺さんが、枝編みの椅子に座っていた。半分壁に寄りかかって手をだらりとぶら下げ、ごつごつと太くなった指を、呼吸の度に草の中に沈めていた。近づいていく少年の目にはピンク色の禿げ頭が満月の

ように輝いていた。ベンは何度か咳払いをし、仕舞いに老人の縞のシャツを引っ張ってみた——すると大きなくしゃみをして、しわしわの、芥子《けし》殻《がら》のような暗色の瞼をゆっくりと開いた。

「ああ——お坊ちゃんか」トロイルは草の中を手探りしてかき分け、黒くなったパイプのステムを取り上げた。

「こんにちは、ジムと会えますでしょうか？」言葉により重みを持たせるため、ベンは葦を杖のようにして、力を込めた。

　老人は、今しがた火を付けたパイプから出る最初の煙を少したりとも逃すまいとばかりに吸い込んだ。そして芋のような頭をぐっと持ち上げたので、毛がびっしり生えた彼の鼻の穴が目に入り、ベンはその大きさに少しぎょっとした。老人はきっぱりと答えた。

「ジムお坊ちゃんはいませんよ。ジョージお坊ちゃんと出かけました」

「遠くにですか？」

「車庫からバイクを出していたからね、おそらく近くはないでしょうね」

　自らの任務が失敗に終わったことを見てとると、ベンは軍人よろしく指をベレー帽の端へやって敬礼し、回れ右をした。老人は草のカーテン越しにちらちらと光る彼の輪郭を、カサカサと鳴る足音に溶け込んでしまうまで、長い間見つめていた。突然、鞣《なめ》されていない皮のような自分の重たい顔を左右に引っ張り、かん高い咳を数回した。それは愉快な気持ちの表れであった。それから彼の手は草むらへ滑り落ちると、細長い草の間に、指先を規則的に沈め始めた。

垣根は玄関ポーチの方へも伸びており、それを跨《また》いだ反対側の斜面には果樹園が広がっていた。白く塗られた幹の列はカーブを描きながら下っていき、その先には緑色の池が鏡のように反射していた。古い梨の木の下に寝転んでいたジムは、息を潜め、眉間に深く皺を寄せて友人に静かにするよう促しながら、低木の茂みの向こう側で交わされている短い会話を聞いていた。年老いた庭師の巧妙な駆け引きが奏功したことを見てとると、ジムは微笑み、ゆっくりとうつ伏せになって、温まった芝の上に肘をつき注意深く蟻の観察を再開した。と同時に、緑がかったピンク色の細長い何かの草を噛んでいた。口の中に青臭い、つんとくる苦みが広がった。

「今のはベン・スターリングだよ」と、身をかがめながら言った。一匹の蟻が行進の黒い筋からはぐれ、一面銀色の毛で覆われた緑の窪みに入り込むように、草の上を登って行った。

友人は、『物理学』の分厚い一巻をペラペラと機械的にめくりながら、色の抜けた睫毛の奥から横目で見つめていた。草むらに沈むその本は、あたかもそれが属する世界の境界の間で迷子になっているようだった。

「きっとトーストは空港への遠足を計画して、君を捕まえたかったんだろうな」と言い、ジムは小さく頷いて同意した。

「優しいトロイル」とジョージが付け加え、この話はそれっきりになった。ちょうど本題に入ろうという瞬間にベンが訪れ邪魔したのだった。少し間を空けて、思いがけずさざ波の立った水面に釣り竿を飛ばすように、質問を投げかけた。

「ジム、それで、君のその重大な秘密って何なんだい？」

大人びた、素っ気ない調子で尋ねようとしたものの、上手くいかなかった。ジムの耳には入ってこなかった様子で、新たに口に含んだ草を噛む彼の顎の動きが早まっただけだった。

「ジム、頼むから！」

ジムは日に焼けた額に千の皺を寄せ、そして星の吹雪《ふぶき》の中に新しい彗星を観察しようとする天文学者のように目を細めて、ジョージに向き直り、意味ありげな様子でひっそりと話し始めた。

「面白いことに気付いたんだ。草の上のこの黄金虫が見えるかい？　こいつはトロイル爺さんと同じくらいか、それよりもっと君を気に掛けていない。君がこの黄金虫から一メートル離れていようが、一〇〇マイル離れていようが——同じことだ。こいつが君を理解することはないんだ。君もこいつをね」

「僕が黄金虫を？」

「ガリンズ先生でも良いさ」とジムはイライラして言った。「何だって同じことだよ。君は黄金虫を理解したいが、想像してみろよ、それは全て黄金虫に関する君の理解であって、黄金虫の理解ではないんだ。それで思ったんだ、もしかしたらあらゆる物理法則は、ただ僕たち流に、人間流に世界を考えたものに過ぎないのではないかとね——彼らには関係ないんだ」

「彼らって？」

「知るもんか……彼らというのは、石、水、空、空気、星……全てさ。量子力学の黄金律について

ガリンズ先生が話した時だって、彼らは、そのことを知ることができないという状況でなければ、おかしくて笑っているだろう……でももしかしたら、知ることができるのかもしれないね？」

「何を言ってるんだ？　誰ができるって？　ジム、はっきり言えよ、何にもわからない」ジムは肘に重く寄りかかり、吸っていた残りの葉をペッと吐き出して、藁の先っちょを運んでいた蟻をいじめ始めた。

「君たちと言ったらいつだって……しゃべろ、しゃべろ、それで何か言えば、誰も何もわかりゃしない」――ついにまったく嫌気がさした調子で言った。「君は何か失くしものを探したことはないのかい？　その失くしものについてはどうだ？　隠れてるって言うだろう？　あるいはこうだ――昨日僕は一日中二階の自分の部屋で作業をしていた。夕方妹の部屋へ行くと――君も知っての通り、彼女は家にはいないんだ――彼女の机の上に僕のペン軸を見つける。ところが僕は、自分の部屋の二段目の抽斗《ひきだし》にそれを置いたことをはっきりと覚えているんだ。もちろん、ペン軸はそこにはなかった――だって分裂したわけじゃないから。何が起きたかわかるかい？」

「いいや」とジョージは正直に答えた。

「つまり、世界だって言うなれば間違えるということがあるのさ。人間のようにではないとしても、違った風に。これは幽霊とは全く関係ない。ただ単に彼らは――わかるかい？――ペンが抽斗になくてはならないってことを忘れてしまったんだ。それからつい最近、仕事の最中に突然くるっと体の向きを変えてみた――それでどうなったと思う？　夕陽が出ていて、すべてが窓の反対側に影を

映し出していたのに、僕のインク壺の影は斜め横にずれていたんだ。もちろん、僕が近づいたら、影はあるべき位置に戻った。いずれにせよこんなことは滅多に起こらないよ。だが起きるんだ。これはたぶん鏡の中のようなものだと思う。まるであちら側のような。そこを通り抜けたり、侵入したりすることはできない。そこで考えてみたんだ――でも――もしかしたらってことも？」

　ジョージは次第に目を大きく見開き、今や前のめりになって座っていた。もし働いている脳が音を発したら、彼の頭の周りの空気は酷い雑音に満たされていただろう。ジムは講義を続けた。

「さて、ガリンズ先生は永久機関を作ることはできないと言う。それには公式がある。量子力学の黄金律だ」

　ジョージは明らかに満足した様子で唾を飲み込んだ。この箇所は理解したようだった。

「しかし僕の考え方はこうだ」――ジムは肘から体を起こした。「では重力はどうだい？　これにだって公式がある。全ての石は落下し、重力加速度は九・八一メートル毎秒毎秒。それでもし石が落ちたくない気分だったら、どうなる？　人々は違う公式を考えて、常識は違ったものになるだろう……彼ら、つまり学者たちは、少しばかり学問を変え、そしてまた全ての帳尻が合うようにする……僕は」――ジョージの表情が恐怖と笑いの間で揺れ動くのを見て、ジムは急いだ――「君にとってはありえないことだってわかってる……でも、ありえないって――どういう意味さ？」

　この質問を受けてジョージは、よく知っている道を歩いていたのに、それが底なしの深淵によって途切れてしまったのを、突然目の当たりにした人間の状況に陥った。

「どうって？　どういうこと？」こうためらいがちに尋ねた。

「だから、ありえないってどういう意味？」

ジョージは突然自分が馬鹿に思えた。

「ありえないというのは、不可能な――決して起こりえないようなことだ……」

「でもどうやってそれが起こらないってわかるのさ？」

「それは何か状況によって……」

「まさにそういうことだよ」ジムは今や完全に満足していた。「何によるかということだ。外部から正の仕事を受けずに動く機械は存在しえないという公式があるって？　よろしい。しかしそんな機械がすでにあるとしたら？」

「どこにあるんだい？」

「僕の家にある……昨日の朝から動いてるよ」

こう説明して、ジムはゆっくりと立ち上がり、膝と肘に付いた草を丹念に払って（この所作を選んだのは良い考えではあったが、非常に控えめな効果しか挙げなかった）、彼の分厚い『物理学』に手を伸ばした。ジョージは、友人の最後の言葉によって引き起こされたカタレプシー状態から目を覚ました。我慢できなくなり、飛び上がって叫んだ。

「ジム!!!　なんとしてもそれを見せてくれ！」

痩せた、肩幅の狭い、透明なあまりほとんど白く見える眼に、青白い顔をした相手は、額にかか

ったバサバサの髪を払い、気怠《けだる》そうに、ほとんど眠そうに言った。

「じゃあ来いよ」――そして回れ右をして家の方へ向かった。

ゆっくり、急がずに屋根裏へ軋《きし》む階段を昇って行った。一瞬、温まった屋根の下に漂っていた重たいむっとした空気が少年たちを包んだ。骨組みの垂木《たるき》に頭をぶつけないように身を屈めながら屋根裏を進んでいくと、彼らの前に、一筋の日の光に照らされた、板を繋ぎ合わしてできた小さな扉が現れた。ジムは謎めいた操作をしてそれを開いた。彼らの目の前に現れた部屋は、屋根の斜面で二方向が切り取られた立方体の形をしていた。部屋の狭い壁には窓があり、そこから部屋の調度を照らし出すには十分な光が注いでいたが、その謎めいた調度品が持つ意味を解明するには不十分だった。その特徴というのは、それらの品のいずれも（とはいえその量も質も大したものではなかったが）想定された元の用途で用いられていなかったことだった。ベッドには本やガラス管が山のように積み重なり、二つの机の板には、万力、電気ドリル、旋盤、その他さまざまな工具が容赦なく打ち付けられ、結合されていた。洗面所には、桶が取り払われ、重々しい電気エンジンが堂々と置かれていた。戸棚の中には、複数の蓄電器が一式備え付けられていた。突き出た屋根の梁《はり》は、大量のケーブル、針金、飛行機の模型をはじめ、用途が全く不明ないろいろなものがぶら下がるのに役立っているようだった。

壁に取り付けられた棚には化学実験に使われた陶器やガラスの食器が並んでいた。あちこちに焦げ跡がつき、穴が開いて損傷した机を見れば、部屋の調度がただの装飾品ではなく、主《あるじ》のために機

能していることが想像がついた。それも頻繁に、長い期間にわたって。

　この一見すると混沌とした部屋の中にあって、ジムは全てを完璧に把握していた。窓のそばの机に近づき、抽斗から小さな金槌と楔《くさび》のようなものを取り出すと、内側の壁へ近寄って行った。そこには二本の梁の間に楔が打ち込まれていた。一方は軽く裂けていた。盛り上がった木片が飛び出ており、開いた窪みから小さい、規則的な機械音が部屋に流れ出ていた。ジョージは近寄った。きれいにくり抜かれた梁の中には、オレンジほど大きくはない小さな機械が素早い動きでキラキラと輝いていた。それはコオロギの鳴き声を速めたような音を響かせていた。ジョージは長い間くるくると回る部分に見入っていたが、次の瞬間、衝動的に手を出した。しかしジムはそれを制止して機械を取り出し、机に置いた。そして金槌の持ち手を車輪の輻《や》にゆっくりと入れた。

　機械は止まった。すると今度は非常に単純なものに見えた。小さなレバー、口髭のような針金、片側に重りのついた車輪……

　ジムが金槌を抜くやいなや、機械は、強制的な停止を取り戻そうとするかのように、自ら、素早く、一定のリズムで動き始めた。

　ジョージは黙ってじっと見つめていた。ジムは冷静だった。ただ彼の眼だけが光っていたが、それは窓から差し込んだ日の光のせいではなく、メラメラとした内なる炎による輝きであった。まるで彼がそばにいさえすれば機械は動くように思われた。

　ようやくジョージは沈黙を破った。

「ジム、一体どうなっているんだ……ジム、頼むから教えてくれよ」——そして突然訝《いぶか》し気に——「何かトリックがあるに違いない——もしかして、あの自分で歩くガイコツみたいに……？」

　疑念にもジムはまったく怒る様子はなかった。

「違うよ、これはトリックじゃない……どうして動くのか、知りたいかい？　僕自身もわからないんだけど……これはあちら側の世界から解決しなければならないような問題だと気付いたんだ。そして、機械やてこや、物理学について学んだあらゆることを忘れようとしなければならないってことにね。人間が考え出したことすべてさ。これまでに考えてきたこと。一瞬だけでも、忘れるということにすべてがかかっているんだ。そうすればほら——この通り」

「どうして動くんだ？」としばらくして尋ねた。「わからない……実のところ動くはずがないんだ。ガリンズ先生が言うように、物理学的には、動くはずがない」——そして、得意気な声で言った。「それでも動いている！」

　小さな部屋は六月の正午の強い日差しに包まれていた。二人の少年はガタガタと回転する機械をのぞき込んで立っていた。

　窓の外で黒歌鳥がさえずっていた。

＊

水辺の、いつもはよく人が集まる場所に、今は人影がなかった。ジムが作製した奇妙な構造の水車だけが、薄い木板で銀緑色の水の流れを掻きながら、絶えずカタカタと音を響かせていた。ジョージは池のそばに腹ばいになって、岸辺に生える水草の間に身を潜める小さな魚を捕まえようとしていたが、案の定うまくいかなかった。腕時計の風防にハーッと息を吹きかけ、そっと拭い、時間を確認した――「五時二十三分！」と叫ぶと、時間を守らない友人に苛立った様子で、周辺の茂みをぐるりと見渡し、妄想に耽った。

彼が学校で一番太った、一番力持ちのビル・トラフの腹の上に座って――拳を連続で食らわせていたちょうどその時、美しいメロディーの口笛が響き渡った。ジョージはすぐに座り直した。ジムは機嫌の良い時に口笛を吹いたりすることは決してなかった。間もなく姿を現したジムはブラブラした足取りでやって来て無言で近寄り、横になった。ジョージはしばらく黙って見守っていたが、結局好奇心が苛立ちに勝った。

「それでガリンズ先生は何だって？」

ジムは二つの睡蓮の間へきれいに唾を吐き、草を根こそぎ引っこ抜いて黙った。

「ジム、聞いてるのか!?」

「あんまり騒ぐなよ、魚がびっくりして逃げるだろ」とジムは答えた。「ガリンズ先生？　まあ、始めから話すよ。昼食後に彼の家へ行ったんだ――『さて坊や、どうしたかな？』――まったく反吐が出る。彼に見せて、説明した、それで先生は眺めて、眺めて、笑い出すんだ。で、それを解体

して――どんなに簡単か知ってるだろ？――組み立てた、するとまた動き始める。彼は部屋を歩いて、僕の頭を撫でて、まるでチャペルの壁に描かれた父なる神に語りかけるかのような調子で言うんだ――『少年よ、まさか君のような坊ちゃんが、物理学の根底にある法則を揺るがすことができるだなんて考えていないだろうね？』

『いやそれでも動いているじゃありませんか』と僕は言った。

それに対して彼は、『動くさ、止まるまでね』と。だから座って、二人でじっと眺めていたんだけれど、しまいに言うんだ――『ジム君、もうこれ以上時間がないんだ。これはとても興味深いが、君はもっと数学に取り組んだ方が良いだろうね。この場合、一時間や一日という話ではなくて、永久なのだからね……』」

ジョージは怒りを露わにし、鼻息を荒らげた。

「それで君は何て？」

ジムはゆっくりと微笑んだ。

「僕は何も。こうなるだろうってわかってたからね。ガリンズ先生が信じているものといえば、奥さんの言うことくらいだよ、もちろん中等学校の物理の教科書を除いてね。君の勧めさえなかったら、僕は彼のところへは行ってないさ。いずれにせよ、どっちだって同じことじゃないか？　実を言えば、僕はもうあまりこれに興味がないんだ。今はね、ドイツの飛行爆弾について考えているんだ。皆が言うように、無線で爆弾を操っているというのは嘘だよ。昨日一晩中屋根の上で観察して

いて、わかったんだ——奴らは闇雲に飛んでる。よく観察さえすればすぐに感づくことだよ。爆弾には長いシリンダーがあって、中で窪みの付いたピストンが動いているんだと思う」

砂の上に図を描いてみせた。「ここに燃焼室があって、爆発したガスがノズルを通して噴射され、速度を上げる」乱れた髪が額に降り掛かった。

「ジム」——友人は慄《おのの》いた様子で言葉を詰まらせながら言った——「もう永久機関はまったくどうでもよくなったって、まさか本気で言ってるんじゃないだろう？　いや——だってそんなの駄目だよ……政府に手紙を書かないと」——鋭い視線を感じ、「どこにかは分からないけど、でも書かないと」と付け加えた。そして突如飛び上がった。「そうだ、ホワイトヘッド教授のところへ行くべきだよ」

ジムは少し怪訝《けげん》な顔をした。

「行くべきだ」——ジョージは熱を込めて説得した——「彼はとても賢い人物だ。僕の模型がうまく飛ばなかったときに、彼のところへ行くと、全て詳しく説明してくれた。とても礼儀正しくて、丁寧な人だった。何かわからないことがあれば、いつでも来るようにと言ってくれたよ。こんな巨大な書斎があるんだ——王立学会の全会員が壁に掛かっていて——彼もその中にいる」

「そうなの？」ジムは目を丸くして言った。「それは知らなかった」

「そう、そう、僕の視力は凄いんだ、すぐに彼だってわかったよ、二列目に立ってる。そんなのは気にしなくていいさ、彼は優秀な物理学者だ、オックスフォードはもう随分前から夏季休暇だから、

ちょうど良い、君は明日にだって彼の許へ行けるよ」

　ジムは微笑んだ。

「まあ、君がそんなに言うなら……僕はどこにも行きたくはないんだけど。こういうことって、良いことはないからね……」

「どういう意味だい？」

　少し慌てて続けた。「いや何でもないよ、なんとなく言ったんだ。それより見ろよ――爆弾の背に漏斗《ろうと》みたいな形のパイプがついているのをはっきり見たんだ……」――そう言って木の棒で描いてみせた。厳《おごそ》かな沈黙の中、ジョージは草むらに身を屈めた。

*

　ホワイトヘッド教授は中尉を門まで見送った。黄昏があらゆる色を混ぜ合わせ、ところどころにある地平線の窪みに灰色がかった青色が溜まっていった。植物が、腐った低い垣根の板を辛抱強く押さえつけており、そこから緩やかな坂がはっきりとした陰影を描きながら遠くの飛行場へと続いていた。明るい色の軍服に身を包んだ中尉は無意識にベルトを直し、主《あるじ》に向き直って再度説得を試みた。

「とにかく、一時的にでも良いですから、ご自宅を離れるよう忠告いたします。飛行場とその建物

は、特に侵略の際には大きな標的となりますし、あなたのご自宅はこの周辺でも高台にあって危険です……さらにこの丘は大ロンドンへの途上に位置していて二重の危険をはらんでいます」

ホワイトヘッドは繰り返し聞かされた警告にも耳を貸さず、蛇行しながら下る小道を注意深く眺めていた。何やらぼそりと呟いて将校と握手を交わし、彼が暗闇に消えていくまでしばらく立っていた。ザッザッと鋭い砂利の音が遠のいてから再び音がしたので、教授は航空兵が戻ってきたのだと思ったが、新しい足音は先ほどとは異なり、ずっと軽く、リズムもあまり一定ではなかった。

夕陽が作るオレンジ色の境界に照らされた暗闇の奥で、三つに連なる複数の光が、柔らかく輝く赤や緑や白の星からなる星座のように、金属的な唸《うな》り音と共に高度を下げていった。重く首を垂れた向日葵畑の下から、誰だか、すらりと背の高い人物が忍び足で現れ、垣根の反対側で立ち止まった。

「ホワイトヘッド教授ですか？」

それは脇に小さな箱を抱えた少年だった。ホワイトヘッドは後ずさりながら門を開けた。

「私です。どうぞお入りください」

手を差し出した。少年は自分の名を名乗りながら、手をしっかりと握りしめた。

「少し……少し変わった用で先生の許へ参りました。少しだけお時間よろしいでしょうか？」

ホワイトヘッドは頷き、丘の斜面を流れるように続く庭を通って少年を自宅へ案内した。一枚目の硝子《ガラス》の扉、さらに二枚目を開き、黒い紙でできたカーテンの奥の明かりを点け、黄色い光に目を

眩《くら》ます訪問客が書斎へ入るのを待った。部屋は大きく、涼しかった。硝子板がのった机、電気時計、本が天井まで埋め尽くした壁――反対側の壁には――檸檬色に輝く星が散りばめられた北の空の星図が掛かっていた。

　教授は手で座るよう促し、机の上のスイッチを押した。緑色の傘のついたランプが点灯し、少年は安堵して、柔らかなソファに沈み込むように腰を下ろした。今や全てが闇の中にあり、ただ明るく乾いた顔と青い炎に煌《きら》めく眼だけが机の上に覗いていた。

「あのですね先生、ちょっとこんなことが……説明が難しくて、言葉に詰まってしまうかもしれませんので、まずはご覧いただいた方が良いかもしれません……」――紙をガサガサと破いた。

　黒光りする硝子板の上に小さな機械が現れた。丹念に磨かれ艶出《つやだ》しされた木製の土台、林檎の木のピンクがかった年輪、光沢のあるアルミニウム製の滑車、二個の小さな車輪、フック……

　機械は動いていた。チクタクと静かな、落ち着いた音を響かせ、車輪の輻は光を放つ輪となっていた。歯車はチリンチリンと鳴っていた。

「これは――これはこういう機械なんです。永久機関。もう四日間動いています」一瞬の沈黙。

「それで」――気恥ずかしそうに、あるいは申し訳なさそうに続けた。「それで、止まろうとしないんです」

　老人はよく見ようと低く身を屈めた。彼の顔と鼻からずれ落ち気味の眼鏡が組み合わさって、異様な形の影が壁に映し出された。二つの頭――薄い白髪の頭と日に照らされ草の匂いが染み込んだ

砂色の髪の頭が机の上で近寄っていった。機械からカチャカチャという音が速いテンポで粘り強く繰り出されていた。その状態が長く続いた。

　老人は椅子に座り込み、深く溜息をついた。そして機械を覗き込み続ける少年に目を向けた。少年は、褒めてもらうためにか、あるいは助言をもらうためにかやって来たであろうに、彼の存在を忘れてしまったかのようだった。子供のようでもなく、はたまた大人のようにでもなく、自分の作品に見入っていた。見入って——偉大な運動の始まりを告げる繊細な金属音と輝きを身体全体で飲み込んでいるかのように、吸収していた。

「どのような仕組みかわかりますか？」と、ホワイトヘッドは小さな声で尋ねた。まるで何かを邪魔して、目覚めさせてしまうことを恐れるかのように。

　少年は身震いした。彼の眼が相手の疲れた眼と合ったとき、その眼は、遠い星の生物を思わせるような、何か別のものを見ているように、しばらくの間感じられた。

「ああ、いいえ、わからないのです。というのはつまり、これを物理学的に上手く説明できないのです」

「どうやってこれにたどり着いたのですか？」

　ジムはゆっくりと腰を下ろした。小さな喜びを感じながらソファに沈み込み、その冷たい、暗い内部に体をぴったりと押しつけ、安全な隠れ家から発言するかのように、答えた。

「まさに、その話をするために先生のところへ来ました——誰もわかってくれないんです。

つまりこういうことです。どうしてある現象は起こりえて、またあるものは——起こりえないと考えられているのか、ということについて、以前から考えていました。そこでは何かがそのようであって、そのようになる、と——だから何だというんです？　明日はそうではないかもしれないでしょう。どこにそんな必要性があるのです？　人間の眼には、秩序があるように映ります。ではカエルの眼には？　次に、僕が知っている物理学の法則について考えました。それでふと思ったのです——犬を鎖から放すように、それぞれを放してお互いを自由にさせたらどうなるのだろう？　わかりやすく話しているでしょうか？　だから、嫌だろうがなんだろうが——動くしかないようにそれをお互いに調整して組み立てようと思ったのです。まさに動くしかないんです……これ以上うまく説明できません、僕の言っていることがわかりますか？」

　教授は瞼を閉じ、この瞬間、明るい草の香りと暗い——森の香りが自らの奥底にあった孤独へ染み込んで来るのを感じて、微笑んだ。

「ええ、わかりますとも、そもそも理解することが可能だとすればね。君は罠を仕掛けたんだ、君が言う、それをしとめる罠を——そしてそれは罠に引っ掛かったんだ」——突然話をやめ、眼をきらりと光らせた。

「知っているかい……聞いたことがありますか」——言い直した——「分子運動のマイクロメカニクスに応用される確率論、統計論について何か？」

「いいえ……聞いたことがありません」

「プランク定数やシュレーディンガー方程式や、それにかかわる——古典物理学の意味での、異常なことが起こる可能性についても？」

「いいえ、それも……すみません、それは、物理学が奇跡を認めているということですか？」

教授は再び微笑んだ。心が、麗《うら》らかで、温かな流れによって洗い清められるように感じた。

「さあ……認めているかどうかはわからないが、それを排除することができないんだ。シュレーディンガー方程式……いや、今君を数学の話で退屈はさせるまい。要は、あらゆる異常現象はありうる、と今日では言われているんだ。さすがに可能性は限りなく低いがね」

「なるほど、すると奇跡ですが」と、厳かな様子で頷いたジムは、突然首を傾げ、ひねくれた笑いを浮かべた。「牧師は僕のこの最近の実験にひどく怒ったんですよ、僕が自分の先生、ガリンズ先生のところへ行ったとき、彼はすべてを牧師に話したんですが、牧師は僕が神にたてついていると言って怒鳴ったんです……」

教授は回転する車輪に再び見入っていたので、最後の言葉は耳に入らなかったようだった。

「永久機関が神を称える〔予期せぬ客への驚きを表すポーランド語の慣用句《あらゆる魂が神を称える》を捩ったもの〕」という文句が彼の口をついた。

「何でしょう？」

「いや、何でもない……ちょっとした私の口癖だよ。ただ、君の牧師が神の御業についてそんなによく知っているとは驚くね」彼の頭を別の考えがかすめた——*spiritus flat, ubi vult*〔風は思いのままに

吹く（ヨハネによる福音書、三章八節より）」。落ち着いた眼差しで少年の顔を見つめた。

「それで、どのようにこれにたどり着いたんだい？」

「えっと、重力に、ニュートンの法則——作用・反作用についてのあれです——を抗わせることができたなら、そこから何か起こるのか、と考えてみたんです——そして何とかうまくいきました」と言って、突如黙った。

残りは機械が全てを物語っていた。それはゆっくりと動き、鏡の奥から機械に向かって流れてきているかのような、きらきらとした自らの輝きに微かに震えていた。

「わかりました。この機械を置いていってもらえませんか？　喜んで研究しましょう……それから、王立学会に手紙を書こうと思います……ロンドンのね」

青い眼が輝いた。

「それで今日はもう十分でしょう——それに、嵐も近づいてきています、ミッドウェイ・ハウスは結構遠いですから、急いで走って帰らなくてはいけませんよ」

確かに、隙間風に揺れる薄いカーテンの向こうから遠雷が聞こえてきていた。

彼の言葉に従い、ジムは立ち上がり、会釈した。教授は少年を玄関まで見送ると、扉を力強く閉め——扉と枠の間から風が激しく吹き込み、隙間からヒューヒュー音を立てていた——自分の部屋へ戻った。そしてロールスクリーンの一つを上げ、少しばかり身を引いて、大きなパラディアン・ウィンドウを開けた。地平線はキラキラと輝く目に似ていて、黒い瞼を繰り返しパチパチさせてい

るようだった。もくもくと膨らんだ雲から、稲妻が水銀の筋となって流れ落ち、沢山の真珠のような閃光が幾重にも重なる水蒸気の層を貫いていた。木々の枝先は、四方八方から近づいてくる雷の唸りに耳を傾けているかのようにしなり、砂利道を繰り返し掃いていた。教授は窓の外へ身を乗り出した。降り始めたばかりの生温かい夕立の滴《しずく》が風に吹かれて飛び散り、空気を震わせていた。教授は脈打つようなバルサムの香りを吸い込みながら、遠ざかっていく小さな人影を注意深く見守った。

小道の至る所で枝木が鞭のように跳ね、木の葉が旋回し、固定された砂時計のように砂の渦が立ち上がっていて、少年はそれらをかき分けるように何とか前へ進んでいた。チカチカと白く割れるような閃光が走る中、ホワイトヘッドは暗闇から一瞬少年の背中が浮かび上がるのを見た。胸いっぱいに空気を吸い込んだ。いかなる代価を払ってでも停止させたいと願う瞬間というものがある。そういうとき、時間はあたかも止まったように思われ、内なる静けさはいかなる激しい嵐をも凌ぐ。老人を捉えたのはまさにこのような感覚であった。雨風に打たれ轟音を響かせる家の屋根は、不気味なハープを思わせ、雲の間を走る閃光はチカチカと徐々に頻度を上げて明滅し、岩石が崩落するような音を立てながら落ちていった。渾然とした庭の闇に目を奪われ、呟いた――

「あなたは偉大だ」

そのとき彼が考えていたのは、万物の未だ知られざる一角、幻視によって輝く眼、溶けて煌めく柱に変貌した天地の波、このような来客をもてなすことができるひととき、これらすべてを引き裂

いた、コツコツと滑稽な音を立てる機械についてだった。

　そして再び呟いた——

「あなたは偉大だ」

　これは、必要なもの、不必要なものが存在するのではなく、すでに分かっていること、未だ理解されていないことが存在する世界を意味していた。その世界においては、形は、体や、光——視力ではなく、粒子の無作為な動きを、良しとされる持続状態に変化させる、言語化不能なものを始動させるのだ。

　そして三度目の呟き——

「あなたは偉大だ」

　この言葉の根底には、様々な色彩の瞬間の、雑多な寄せ集めではなく、一人の人間の胸には収まりきらない、全てを包括する総体への直観、目標と達成、欲求と実現、結果と原因が存在しない、全体性への直観があった。

　泡立つような雨を勢いよく降らす雲の間に、突然、周囲とは異質の閃光が差し込んだ。暗黒の空を炎の玉が、真っ直ぐ連なる鎖を描くように乱れ咲いた。その光景に見入っていたホワイトヘッドは、噴射口から黄色い炎を放っている不気味な影を目にした。

　未だ彼の理解は追いついていなかったが、持てる全ての力で木製の窓台を握りしめた。続いて眼が眩《くら》むほど鋭い、鋼鉄の葉巻の先端が、目の前で、緩やかな下向きの曲線を描くように傾いた。老

人は窓台の板を引き剝がそうとするかのように激しく揺さぶり、叫んだ——

「君、逃げるんだ！　逃げろ！」

警告の叫びと共に、燃え立つような死の爆音が老人を包んだ。

一九四六年

（木原槙子訳）

ヒロシマの男

Człowiek z Hiroshimy

I

「グレアム、それで、実のところそのトルーマンというのは何者なんです？」

柔らかな布張りの椅子に横向きに腰掛けた私の客は、油の涙を流すニシンをアルミ缶から掬《すく》い出していたところで、ちょうどそこに私からの邪魔が入った。私を見つめ――ニシンの尻尾がテーブルクロスに油の染みをつけたので、顔をしかめ、急いで飲み込むと、肩をすくめた。

「知らないのかい？　何者でもないですよ」

「彼については今まで聞いたことがありませんよ、それなのにどうして彼が……」

「何者でもない」――グレアムは耳を取った柔らかなパンを缶に押し込みながら、繰り返した。缶のキラキラした中身に素早くパンを滑らせると、チュパッと音を立てて飲み込み、満足気にソーダサイフォンを引き寄せた。

「あれはね、若い友人よ、好きなもので膨らまして、同じく好きなように表面に描くことができる、風船みたいなものなんだよ。彼はね、まさしくちょうど良いんだ――今の状況にふさわしい姿なん

だ」

　グレアムはすでに私の家に一週間以上住んでいた。彼は、アメリカ人の慣習通りに、アメリカからロンドンまで直接飛んできた。到着して数日後に、彼の自動車、冷え固まった、つやのない銀の雫のような、とても美しいクライスラーもやって来た。太っちょのグレアムは私の家に住み着いた――実際は、どこか別の住処《すみか》も見つけられたのだが、彼が「家庭の温かさ」を求めたのだった。それに、ロンドンのホテルの居心地はひどく悪くなっていた。侵攻がドイツ戦列を突破し、フランス内陸部まで攻め入ってから、ロンドンは再び人で溢れ、加えて、大小さまざまな指揮機関が中心部を占有していた。毎日陸軍省の前に車を停めている、グレアムの秘密を突き止めようと、私は度々試みたが、無駄に終わった。一度仕事中に、彼が立派な禿頭を輝かせながら、廊下を走って私の上司の部屋へ消えるのが、私の仕事場から見えたことがあった。しかし、昔私たちが協力して行った仕事についてそれとなく尋ねてみても、ただひたすらに、固く口を閉ざしていた。

　口を噤《つぐ》んで、偉ぶってやがる、と私は思った。彼は毎晩アメリカのラジオ番組を流して、黒人ジャズをガタガタ響かせながら、慎ましい僕の食事を平らげてしまった。やや小さな短靴でこっそりリズムを取り、腹に違和感を覚えると、禿げた、脂《あぶら》でギラつく太っちょは、ようやくソファに腰をおろすのだった。

「ああ、心臓が押し上げられるようだ」とこぼしながら、ぼんやりした目つきで「二倍の効果がある」重曹が入った自分の小箱を探していた。

「そんなに食べなさるな」――私はいつものように答えた。

「何だ、これくらい」――グレアムは怒って、胃の中が「全て落ち着く」ように、何度も部屋を行ったり来たりし、そしてまた食べ物を探し始めた。

時勢は徐々に不穏になっていった。何年もじわじわとゆっくり進んでいった戦争が、失われた時をいたずらに取り戻そうとするかのように、四方八方からどっと押し寄せてきた。

毎晩、映画館やハイド・パークから帰る頃に、ドイツに向かう数千の爆撃機が街の上を飛んでいったが――イギリスの基地から飛び立つのも、一部に過ぎなかった。カラスの鳴き声を思わせる鉄のエンジン音で大気が震えた。他省は繁忙を極め、請願書を持った人たちがそこら中を行進しており、占領に向けての本格的な準備のため、必要な書類や不必要な書類（そういう場合もあった）を印刷したり、楽で給与の良い職を得ようとしていたが、何より強みとなるのは、ドイツ語の会話と筆記の能力だった。グロースドイッチュラント（大ドイツ。一九三八年のオーストリア併合以降用いられたナチ・ドイツの通称）は、異国の地に版図を拡大するプロセスを、映画の逆再生で繰り返すかのように、ばらばらと瓦解していった。装甲部隊がドイツの生きた体を深く鋤《す》き返す中、未だその手の及ばない土地は、最近大量に生産された八トン爆弾によって、夜な夜な砕かれていた。私がこういったものを見たのは、全てニュース映画や雑誌の表紙写真といった私生活においてだった。というのも、私たちの部署は、完全なる平穏、欠伸《あくび》で充たされていたからだ。事務員は恭《うやうや》しく皆にお茶を運び、上司は職場に、次々とヘミングウェイを持ち込んでいた。

ドイツはもう完全に倒れていたし、上司の了承を得ている私の退職願も、すでに四週間も省に置きっぱなしになっていた。戦場からの通信は、ひっきりなしにあちこちで打ち合わせをするグレアムの謎めいた役割という、私の一縷《いちる》の興味さえ失うほどのものだった。私たちが最後に会ったのは、ニューメキシコ州のアラモゴード（一九四五年七月、人類初の核実験である「トリニティ実験」が行われた）だった。羊飼いらに放置された、悪臭漂う小屋で過ごした、あの寒い、山麓での一夜を、昨日のことのように覚えている。マサチューセッツ工科大学の老ベインブリッジがボタンを押して、鉄塔から吊るされたウランが十五キロの距離で爆発した時――一帯の闇が、凄まじい光を放って破裂した。暗闇から剝ぎ取られた、化石化した地平線が、奥、中央にある銀色の炎とともにはっきりと見えた。その時私たちは小屋の隅石の裏に――そこにいた専門家たちが命じたように、足を爆発の方向に向けて、仰向けに寝そべっていた。黒い梁《はり》が、白くなった空に浮かび上がったのを覚えている。その時、私の隣にはグレアムがいた――何か小さく呟き、私が尋ねると返事をしたが、同時に、誰かが顔のそばに目に見えない炎を近づけたかのように、轟音と熱の波が押し寄せた。それから全てが消えて――私たちが立ち上がると、灰色の空に、虹色の雲に囲まれた巨大な植物のように、にょきにょきと伸びる白い柱が膨らんでいるだけだった。

「なんて言ったんです？」と、私はグレアムに尋ねた。

「二十億ドルが灰になった」――大きなハンカチで拭いながら、答えた――「その価値はあったがな」

グレアムがロンドンに来たのは、原子爆弾の試用が間もなくだということを意味しているとはじめは思っていた。というのは、いつだかの私の言葉を使えば、彼がオーク・リッジ〔アメリカ主導の原子爆弾開発計画「マンハッタン計画」の拠点となったテネシー州の都市〕で「原子のたまごを抱卵」していて、ちょうど、老いた、善良なる雌鳥のように、ドイツのスパイから守っていたからだ。ところが、技術専門家チーム（少なくとも私はロンドンに彼らが滞在しているなんて聞いたことがなかった）が来ておらず、またドイツの没落が近づいた今、その考えは打ち消された。原子はもう必要なくなったのだ。

五月六日は、いつもより長く事務所にいた。ベルリンはすでに占拠され、北からソ連軍と英米の戦線が、ぴったりと手のようにはまって閉じていったが、ところどころ、蛇の輪切りのように、分裂した大ドイツの幾つかの断片が、鉄網の中でビチビチ跳ね回っていた。事務所で小さな会議が開かれると、上司はにこやかで、全てが平和に向かっていた。困難なことが何一つなく、ようやく穏やかな日常の始まりが感じられる、戦争が終わる前の最も美しい時だった。

グレアムは家にいなかった。ラジオをつけ——白いダイヤルの針をヨーロッパ中の放送局に合わせてみると、ほとんどがすでに現地の言語になっていた。長い時間ワルシャワで手を止め、その後プラハにすると軍隊行進曲が大音量で流れていて、それから〔ナチ・〕ドイツの最後の番組と思われる、『兵隊通信』が、何か喉に痞《つか》えるような方言でデタラメを言っているのを見つけた——風前の灯火となったその怒りの残滓《ざんし》に、私は興味深く聞き入っていた。

ごく最近まで抱いていた心配事を思い出して、ふと頬が緩んだ。連合国側の破壊工作のための爆薬の大量輸送の尻尾を掴まれた件だ。それは、見事に石炭に姿を変えたトリニトロトルエンで——十数トンのその「石炭」は、素晴らしいイミテーションだった。しかしその後、戦線は動き、崩れ、内側からの助けはもはや必要なくなり——仲間の諜報員たちとの繋がりはほとんど完全に失われてしまった。

夕闇に包まれても、私は椅子から立ち上がる気が起きなかった。ラジオのダイヤルがピンクや緑に光った。つまりは、本当に終わりなのだ、これからどうなるのだろう？　仲間が戻ってくるが——もちろん全員ではない。諜報員はやはり「文民」にはならない——一部はナチを追跡するだろうが、それはもう別の話で、私には関心がない。連合国側での諜報活動もずっと増えるだろう。つまり、フランス、アメリカ、東ヨーロッパでの目立たない仕事。ああ、通常ならこれは口に出さないことだが、ファンファーレ、パレード、無名戦士の墓への花輪の献花といったものは、国家間のやりとりのうち、一番街中で目につきやすいレベルのものでしかない。

その夜、全ては馬鹿げていて不必要なものに私は思えた——もしも全員が一度に……もう「二度と戦争はしない」ということになったら？　でもやっぱり、戦争をしてきたし、しているのだから、これからもそうなのだろう。

私は今、短波放送を聴いていた——マジックアイ〔ラジオに搭載された真空管。ラジオの受信強度を扇形の光の動きによって表示した〕の奥から、緑色の蝶がパタパタと動き、羽を軽く広げた。スピーカーから、

女性の低いしゃがれ声が流れてきた。

「テイシン、キョウト――トウキョウ……」

日本。サトウ・ウィットンは今どうしているだろう、とふと思った。彼の父親のところに行かなければ――ずいぶん長い間彼を訪ねていなかった。戦争は終わろうとしていて、日本は一国でそう長くは持たないだろう。ドイツと戦いながら、哀れな〔アメリカの〕実業家らは、両国を結ぶ繊細な神経を尖らせなくてはならなかったに違いない――ハンブルクやケルンでのアメリカの投資がおじゃんになった時、彼らの胸は痛まなかっただろうか？　日本に対しては、そういった躊躇《ためら》いがなかった――実際は、あちらにも少しアメリカ資本があったが、ゴム、マレー――こういったものが攻撃の力を強めたのだ。アメリカが始め、アメリカが終わらせる――日本人は勇敢な人々だが、ただそれだけなので、尚のことだ。「桜の花に包まれた鉄の拳。」この世の事物よりもあの世の事物に近い宗教、つまり個人の品性を高めはするが、民族にとって大きな害となる世界観。アメリカの巡洋艦に自らが乗る飛行機や魚雷をぶつけ、「ジバク」――武装自殺によって天皇のために美しい犠牲となることができたが、人間というものは、自分の死を、活動力として計上してはならないはずだ。日本人は理性よりも勇敢さを信じていたが、ロスアラモスやプリンストンの研究室で研究が前進していた状況を前にしては、死ぬほどの勇敢さというのは、あまりにも無力だった。

再びサトウ・ウィットンのことを考えた。彼からいつ最後の報告が来たか、明日尋ねなくては。彼の報告書は紫外線にあたると美しい蛍光を発するキニーネを染み込ませた吸取紙がほとんどで、

時折、適切に工夫が施された、ポルトガル経由の葉書ということもあったが、それはとても長い道程を要した。彼の離職は認められるだろうか——イデオロギーを持って仕事をする、信頼のおける日本人諜報員は貴重なのだ。

ドアの鍵がガチャガチャ鳴る音がした。グレアムがまた二つ目のかんぬきのことを忘れて、力尽くで鍵を開けようとしていた。

Ⅱ

ウィットンと知り合ったのはハイデルベルクで、機械工学を専攻していた時だった。当時工科大学にはアジア人が三、四人いたが、サトウは一度も彼らとつるまないので、あれっと思っていた。アジア人たちは一緒に行動して、一緒に講義を聞いていたが、やや三角の、レモン色の顔を私たちの方に向ける度、目に見えない抵抗に打ち勝つようにしているようだった。彼とは、製図室で親しくなった。私は、清書し始めた製図を一発で提出したことが、おそらく一度もなかった。インクがこぼれたり、ペンから滲みたりして、最初からやり直しになることが常だった。一、二度サトウが助けてくれて、私が彼に本を貸し——少しずつ彼の奇妙な話を知るようになった。

彼は、エゾのアサマヤマで、イギリス人の父と日本人の母のもとに生まれた。子供時代は母の故郷で暮らした。母が亡くなった時、彼は十六歳で——建築技術者の父が彼をイギリスに連れて来た。

日本の中等学校に入学して、イギリスで卒業し、黄色い肌を持つということがどういうことかを知った。彼の中の性質の乖離《かいり》は甚しかった。外見は日本人で、小柄で、干からびたように小さく、ほとんど髭がなく、ニッケルの眼鏡を掛けて、黒い滑らかな髪の毛が頭蓋骨にぺったりくっついていて、その丸っこい骨格を隠すことなく強調していた。しかし、彼は自分がイギリス人だと感じていた。英語は母語だった――それでも遺伝で受け継いだ生のメカニズムが、表面上混ざり合うことなく、絶えず存在していた。ただ、彼を外国人とみなす国で生きることがどれほどしんどいことか、私が察せられる場面は少なかった。だが、それは環境のせいだけではなかった。なぜなら、彼の内には、理解できない東洋の精神性の特質も、深く隠されてはいるが存在していて、その土壌から、ヨーロッパの模範に近い、合理的で冷静な知性が伸びていた。彼の考え方は実際、ヨーロッパ流だが、情緒は違っていたと思う。彼の秘密主義は動じない性格とは無関係だった。というのも、通常衝撃的な体験の影は冷静さを突き破り得るが、彼の場合、それはありえないように思われた。ある酒宴の話をよく覚えている。

　それは謝肉祭の時期だった。イギリス人五人とドイツ人三人で、夜の十一時頃まで、行きつけの、足の悪いゼトレルの店で、ハイデルベルクの学生流に遊んでいた。空中には紙吹雪、酔っぱらいの戯《ざ》れ言、叫び声が飛び交っていて――周囲では人々が窮屈そうに、煙草の濃い煙の中、レスラーでいっぱいのリングか、激しく揺れる船の甲板かのように、ダンスフロアでよたよた踊っていた。ゼトレルの店のホールは狭く、羽目板の金の装飾は黒くなっていたが、私たちはその様式に気品を感

じていて、自分たちの学生組合の帽子にぴったりだと思っていた。私が誘ったウィットンが、十二時頃に私たちに断って、帰ろうとした。もちろん皆、彼を帰したくなかった——誰も特別彼にいて欲しかったわけではないだろうが、引き止めるのが、すでに遊びの「流れ」、雰囲気と化しており、それに、「悪い例」を作りたくなかった。それだから、太ったメドウスにがっしり捕まえられて、戻ってくると約束するしかなかった。

　彼が出て行ってから、誰かが写真一式を、シミのついたテーブルクロスにバラバラと出した。こういう時に写真を眺め品評するのがどんなものなのか、もちろんお察しの通りだろう。私たちの（角の）テーブルのそばを踊りながら通り過ぎて行く人たちが、幾度となく魔法にかかったような輪から離れて、私たちの笑い声や叫び声に混ざった。一度興が醒めたような気がして——自分でもどういうわけかわからないが——突然、ウィットンを冗談のネタにしようと決めた。その数日前、彼は婚約者の写真を私に見せてくれていた。黄色っぽい、つやつやの四角い紙の中に、透き通った髪と目をした、一点を見つめる、痩せた女の子が写っていた。

「少し肺を病んでいるんだ」——私が彼に写真を返した時、そう付け加え、何度も折りたたまれた柔らかい青い紙のシートに大切そうに仕舞っていた。

「君たち、知ってるか？　サトウはイギリスに婚約者がいるんだぞ！」と、私は叫んだ。

「黄色っぽい？」と、メドウスが尋ねた。彼からはアラック〔中東や北アフリカで造られる蒸留酒〕の強い臭いがして、目にホール全体が映り込み、滲んでいた。

「いいや、まさか、名前はエレンって言うんだ」
「納得いかないな」と、誰かが言った。
「彼はイギリス人だからな！」――私はサトウを庇った。日頃ウィットンと親しくしていると、彼の「本当の」イギリス人の同級生たちが、彼と距離をもって接するのを、一度ならず感じていたので、それ
「かもね」――不満そうな答えが帰ってきた。
以上この件には触れなかった。

ホールに続く階段にサトウが現れると、汗をかいた、太ったメドウスは、ユラユラしながら近づき、彼を持ち上げた。時折野蛮な叫び声をあげながら、サトウをテーブルに連れて来た。そこで、ウィットンと、その婚約者もいるかのように、二人の名前を呼びながら、何やら狂った披露宴のスピーチを始めた。私たちは笑い転げた。いっときの馬鹿話が皆を抱腹絶倒させても、あとから、酔いの醒めた頭でそれを話そうとすると、ただ驚きだけが残るというのは、誰もが知るおかしな事実だ。

ウィットンは終始、落ち着いた、凍って張り付いたような微笑みを浮かべて、微動だにせず立っていた。

その二か月後、ウィットンの家の机に黒い縁取りの封筒があるのに気付いて、つい手に取ってしまった。

彼は私の動きを見ていた。その時は何も言わなかったが、帰り際にエレンが死んだと言った。

「本当か、なんてことだ。それはいつ？」

「ゼトレルの店にいた時、謝肉祭の時だよ」

「何だって、あの、メドウスが……」――私は言葉に詰まった。

「そう」――彼は言った。「あの時、電話で外に出たのを覚えてるかい？」

「電話で……」

「そう、もう容態が悪くて、お父さんが電話をかけてくるはずだったんだ」

「それで……まさにあの時……知ったのか？」

頷いた。

「どうして何も言わなかったんだよ！」

「楽しい雰囲気を壊したくなかったんだ」――そう言ったきり、それについて私たちはもう話すことはなかった。二度目にウィットンに会ったのは、一九三九年、もうロンドンにいた頃だった。ちょうど私が特別部での仕事を始める際の手続きをしていたら、彼が道を歩いているのが目に入ったのだ。自分で思っていたよりもはっきりと、彼のことが記憶に残っていたようだった――私は動き始めたバスから飛び降りた。


私たちはとても温かく挨拶を交わした。彼の横を歩きながら、ふと、彼なら日本の諜報員にぴったりだと思った。その道に入ったばかりの若者によくあるように、私は神聖な情熱に溢れていて、新しい才能の発見や諜報員の拡充も自分の任務だと疑わなかった。もちろん、自分の「見る目」と

心理的直感に自信があったのだ。その日のうちに、例に漏れず絵に描いたような冷静な懐疑主義者の上司と話をした。実際、適切な外見の、日本の諜報員はかなり不足していたので、サトウと担当者との一、二回の面談、彼の家族関係の念入りな調査が行われ、これらを経てようやく、私自らの口で彼に仕事の話を伝えた。

今は、彼がその職について六年目になる。日本で私たちの諜報員が「バレる」件が、一九四〇年、一九四二年、一九四三年と、三度あったが、幸いウィットンはどれもくぐり抜けた。軍のために働く大企業ハセガワの技術検査官として、兵役が免除され（もちろん日本人として活動した）、全国を自由に移動できた。彼からの報告は、時にとても貴重だった——私自身はその報告に関わることはなかったが、東方部門の同僚からあれやこれやと何となく聞いていた。ただ、強調しておかなければならないのは、諜報員からの最も警戒度の高い報告は、たとえ説得力のある資料や分析に基づいていたとしても、参謀によってしばしば軽視されてしまうということだ。例えば、サトウの部下の一人が、パールハーバーの攻撃が近づいていると報告し——その直後に突然音信不通となり、姿を消し、こちらとの通信が完全に途絶えるということがあった。この情報はアメリカに送られたが、周知のような結果となった。邪気、鈍さ、無視、というこの三拍子は、すでに昔からの習わしとなっていた。軍の指導部ほどの凝り固まった保守主義は、どこにもないだろう。

五月七日は、朝から書類の入った、薄紫や黒やピンクのファイルを封印し、硬い紐で紙の束を縛り、心からの満足を感じながら、公文書館に持って行った。そうして歩き回っている間に、スタロ

ーに会いに行く時間ができた。

最近日本からまったく便りがないので、何か起きたら教えて欲しいと彼に頼んで、戻ってきた。上司の部屋に入る時、私を見て軽く眉を上げ微笑むグレアムが目に入った。彼は近頃秘密めいた振る舞いを好んでいた。

Ⅲ

二か月後、自宅のデスクを整理していた時、一番下の引き出しに、アメリカのＦＢＩの協力のおかげで捕まった、ドイツの八人の「コマンド」に関する何やら古い書類があるのを見つけて、驚いた。自分たちのお屋敷の床下に立派な火薬工場を建て始めようとしていたところを、その場で捕らえられたのだった。どうして書類が私のところへ紛れ込んだのか、思い出すことができず、少し残念な気がした――そのような文書を自宅で保管することは、もちろん厳禁だった。だが、もう戦争は終わったのだし、私の退職願はもうじき通るので、すでに重要でない書類は役所へ持って行くことにした。まもなくこの事務所ともお別れする予定だった――六年働いた私の部屋に感慨に浸りながら入った。私は、血まみれの戦場を、布張りの椅子から、概観的に眺めていた幸せ者の一人で、最も勇敢に戦う兵士よりさえも、その運命に強く影響を与えることが一度ならずできた。

公文書館から戻る際に、スタローのところに寄った。

「ちょうど良かった」――彼は私を見ると、立ち上がって叫んだ――「君に渡すものがあるよ」

「ＵＴＵから知らせが？」

これはウィットンのコードネームだった。

「ああ、しかもポルトガルじゃなくて、なんと、デンマーク経由だぜ、それもとても早く届いているよ。七月十九日に出されている」

「どこからか分かるか？」

スタローは一瞬動きを止め、それから笑い出し、私の背中をバシッと叩いた。

「まあ、君なら大丈夫か、我々の妨害はするまい」と言い、自分の冗談に満足してまたしばらく笑った。「ヒロシマからだ。彼は今そこにいて、マオモト・ニェシャカの工場で働いているんだ。ほら、あの飛行機のロケットエンジンを作っているところだよ」

「ヒロシマ？」――どうにか思い出そうとした――「それはどこだ？」

「わからないが、ホンドだと思うよ。港町だ」

「どうもありがとう」

彼に暇を告げ、扉へ向かいながら、老ウィットンが息子の知らせを聞いたら、喜ぶだろうと考えた。サトウは公式には、ドイツによるザ・ブリッツ〔一九四〇～四一年のロンドン大空襲〕の戦略爆撃の犠牲者として、美しい墓に埋葬されていることになっていた。

家にはすでにグレアムがいた。私が設計技師として働く予定の、ライト・アンド・キャレル株式

会社との最初の雇用契約書にサインをしたので、いつもより豪華なディナーに彼を招待していた。太っちょは、今日はいつもより一段とギラギラしていた。ピンク色の地球儀に嵌め込まれた宝石のような彼の目は、満足気な輝きに満ち溢れて、クルクル回っていた。デザートを終えて、砂糖入れを引き寄せながら、話し始めた。

「君、よく聞いてくれたまえ」

私は彼の芝居じみた言動が好きではなかった。

「名誉なことですよ」――一層胸を張って言った。

突然息を吐いて、じっくりとコーヒーを混ぜて、言った。

「明後日、新しい時代の最初の日を迎えます。原子力の時代の」

「なんですって？」

「明後日、八月六日、古い時代は終わる」――カップを持ち上げながら、彼は繰り返した。ここでコーヒーを飲み、話を中断した。湯気が立ちのぼるカップを置いて、続けた――「すでに決定し……準備が整い……もう後戻りはできないことなんだ。私の原子たちは、日本の空に昇る」

「本当か?!」――叫び声に近かった――「東京に？」

「いや――ヒロシマに」

「なんだって???」

グレアムは私の顔を見て喜んでいた。重々しい態度で席から離れ、パンパンに膨らんだ財布を取

り出し、折り重ねられた緑色のカードを見つけ出し、それにサインして、私に手渡した。

「これがあなたの観劇チケットですよ」

「なんだと――〔日本へ〕行くのか？」

「どこにも行きませんよ。全て、ここロンドンで、飛行機からの映像をテレビ画面で見るんだ」

私は冷静になろうとした。

「それはあり得ない。断じて駄目だ」――私は言った。

「何があり得ないんだ？」

「ヒロシマに投下してはならない、そうすれば……」

「おお、そうなのかい、それはどうして？　あなたは菜食主義者になったのかな？」

――グレアムはますます上機嫌になった。

「そこにはこちら側の人間がいるんだ」――私は怒って言った。

「こちら側だって？」

「我々の諜報員だ、ちょうど今日連絡があった、なんとか彼に知らせなくては」

「ちょっと待て、どうかしちゃったか？　日本人たちに知らせたいと？」

「日本人にじゃない」――私はただただ、この満ち足りた幸せ顔と話をしたくなかったので、立ち上がった――「それで、それはいつですって？」

「明後日、十二時頃だ、十一時前にはいなくちゃいけない、そこに住所があるから」

「私の大佐もそれをご存知で？　彼もそこに？」

「ええ。だって、何度も私が彼のところにいるのを見たでしょう」——ほらね、と私にウィンクした。

私は部屋から飛び出した。

バスはあまりにも遅かったので、飛び降りてタクシーを捕まえた。私はまるでトランス状態だった——内面では変に興奮しており、外面では見事に落ち着き払っていた。大佐はもう事務所にいなかった——タクシーを待たせておいて良かった。

レイトンの彼の自宅へ向かった。

すでに遠くから、生垣の上に彼の頭が出ているのが見えた。大きな鋏《はさみ》で、枝を砂の上に切り落としていた。

私はタクシーの支払いを済ませ、砂利の敷かれた小道を歩いていった。

「こんばんは、大佐」——話し始めた。「事務所に伺ったのですが、すでにご帰宅されたとのことでしたので」

「ご覧の通り、平和奉仕に方針転換しているところです」

彼の頭は、緑が生い茂った館の壁を背景にすると、妙に明るく、不釣り合いに思われた。髪は、いぶし銀に輝くグレーの金属で鋳造されたかのように滑らかだった。

「大佐……」

「どうぞ、こちらに」――帆のように葉が上からぶら下がった、ベランダの開いた硝子《ガラス》の扉の方へ私を案内した。

　良い香りが立ち籠める日陰に私たちは腰をおろした。

「大佐、私の家に住んでいるグレアムが、このことをご存知ですよね？　ようやく自分の重大な秘密を打ち明けたのです。大佐も、このことはすでにご存知だったと伺っています。原子爆弾をヒロシマに投下するという話ですが、そこには我々の諜報員がいるのです、誰のことかご存知でしょう、サトウ・ウィットン＝ＵＴＵです」

「はい、知っています」――大佐は私に煙草を勧め、火をつけた。

「ですから……大佐……私はもう全て申し上げました。何かしなくてはなりません、このような状況では、一人の人間など何の意味もなさないので、投下を取りやめることができないことは分かっていますが、これは私にとって義務なのです」

「あなたは私と同じくらいきちんと理解しているはずです。残り四十時間を切っていますね？」

「はい、その通りです、なんとか作戦を立てようとしましたが、大きな困難があります。彼は無線を持っておらず、というのはつまり携帯しておらず、正体が発覚するのを恐れて、滅多に使いません。もはや、無線電信で知らせるしかないだろうと思うのですが」

「特定の電波で、何か一方向の接続ができたように思うが？」

「はい、スタローの話では、ひと月に二度ですが、暦の関係で日にちは変わるそうで、次の通信は

八月六日の朝だと……」

「そう、そうだが、すみません、ちょっと失礼しますよ」

大佐は家の奥へ入っていった。長い間、筒状の煙草の灰が伸びていくのを見つめながら、私は一人で待っていた。足音が響くのが聞こえると、燃え切らない煙草を手すりの外へ捨ててしまった。

「無線は、使用できないようです」――腰をおろしながら言った。

再び私にシガレットケースを差し出した。

「日本には一切無線を送ることはできないんだ――指令が解除されるまでは……」

「やはり、そうなのですか……」

「はい」

「もちろん、そこに人を遣ることは、つまりパラシュートで降下させることはできませんよね？」

「実際には公的に禁じられているわけではないが、あなた自身お分かりになるでしょう……」

「つまり任務としては？……」

「中尉――ああ、わかりました」

長い沈黙が流れた。

「あなたがその……ウィットンを見つけたのでしたか？」

「はい。それに……昨日ウィットンの父親を訪ねたのです」

大佐は籐の椅子に深く座り込んだ。

「グレアムは六日の入構証をあなたに渡したのですか？」

「はい」

　またしばらく押し黙った。

「あなたもご存知の通り、私たちは仕事をしながら、自らの信念に従って行動しているように思えることがよくある。あなたは私より幸運で、一定の数の犠牲者を伴う決断を……計画の戦術面を確固としたものにするため、即座に下すようなことをしなくても良かったでしょう。しかし突き詰めて考えてみると、私たちが守らなければならない、動かし難い規則があるという結論に辿り着くでしょう。多くの人々のひとつひとつの行動から、とりわけ戦時中は、ゆっくりと動く巨大な機械とも言うべき何かが出来上がる。機械が加速すると、それはもう個人の力では止められないし、それに、変に聞こえるかもしれないが、全員の力をもってしても、止められないことだってある。ヒロシマについて、私がどう思っているか、話しましょう。これは、アメリカの計画の一部です。しかし、戦術としての計画、つまり日本との戦争における計画ではありません、たとえ原子爆弾が間違いなくこの対立の終焉を早めるとしても、ここでの問題はそういうことではありません。これは単なる日本の都市への攻撃ではなく、すでに進行し始めている戦後の戦略の一部をなす実験なのです。これは第三者への脅威となるはずであり、そういうわけでアメリカにとっては、この一撃を実行することに二重の必要性があるのです。私たちはただの観察者です。それがひとつ。また第二に……これは一つの大きな都市の破壊だということです。あなたはアメリカであのような爆弾の威力を見

たのですから、きっと私よりよく想像できるでしょう。二十五万人の都市が殺されるのです。だから、この災害にもう一つの不公平な死が加わることは……」

「でも、これは数学の問題ではありません」――私は言った――「それに、これは私たちの爆弾で、彼はその爆弾によって殺されようとしていて、その上なにもせずに二日間待ち、その様子を眺めていようだなんて――いや、それはほとんど……」

「あなたの言うことはよくわかります。あなたがウィットンをこの道に導いたのですから、ご自身に責任があると考えている。でもそれは違う。それは想像上の責任です。あなたにも誰にも、何もできません。変えられません。それをよく考えてください、あなたが私に同意してくれると、私は確信しています。私たちの爆弾がどれだけの私たちの兵士を殺したか、あなたはよく知っているし、諜報員について言えば、例の八人の件を覚えているでしょう……」

「はい」――私は言った――「しかし私はその時、それは不当だと申し上げました。ドイツで人命を犠牲にしたのです。しかしそれは、上からの命令でした」

「あなたはそう言ったが、私はそれを受け入れなかった。それが命令だった。では今、あなたの上官として」――大佐は立ち上がった――「この件について冷静に熟考し、どんな行動であれ……私との合意なしに取らぬよう命じます」

　私は立ち上がりながら、頷いた。

「はい、大佐、残念ながら、お言葉が毅然としているほど、状況は悪いということですね……私に

とっても、皆にとっても」

彼は出口まで私を見送った。

「そうそう」――門扉のところで私を引き留めて言った――「あなたに、とても興味深い話を提案したいのですが……ドイツではこれから、真面目な、最高の専門家が必要になります――占領が始まった、まさに今」

私は首を振った。

「私がこのことから離れたいということが、あなた自身もおわかりになるでしょう」

彼は黙って、私の手をしっかりと握った。

Ⅳ

建物の前には、すでに数十台の自動車が止まっていて――ひと目見れば、最も洗練された選りすぐりの車が並んでいることに誰もが気づいた。アメリカの車――最新のビュイックやシボレーがほとんどだった。私が乗って来たグレアムのクライスラーは、鉄鋼とガラスでできた、マジョルカ焼きのようにピカピカの、これらの立派な車の中では、一番平凡に見えた。私の通行証は、丁寧に、しかし念入りに確認された。薄紫色のニードルフェルトが敷かれた廊下を、グレアムに続いて進んだ。曲がり角の先に、大きな白い扉があり、その前を顎の大きな数人のジェントルマンが警備して

いた。少しの間待つよう言われた。何やら慌てた様子の白衣を着た技術者が、フラスコを手に、カーテンの奥へ駆け込んでいった。そしてようやく、入場がゆるされた。

小さな会場は、蹄鉄の形に並べられた椅子のせいか、灰色のスクリーンに向かって、吸い込まれていくように見えた。つやの無い長方形のスクリーンが壁全体を覆っていた。私たちの後ろから、数人の上級士官が入ってきた——勲章や正肩章で目がチカチカするほどだった。最前列に座る大臣たちに目を向けると、どこかの将軍に身を傾ける太ったチャーチルらしい姿を見た気がした。が、すぐに私たちは、内装に張り巡らされているのと同じ素材である、赤いフラシ天が張られた席に座るよう、丁重に案内された。照明が消えると、緑色のネオン管だけが頭上でぼんやりと光っており、スクリーンの上には赤い三角形が灯っていた。皆が急いで席に着いたので、椅子がガタガタと激しく音を立てた。すると、士官がスクリーン下の演壇に出てきた。

「みなさま、ご静聴願います」と、彼は言った。「爆弾を落とす爆撃機は、十数秒遅れて、二つのパラシュートが取り付けられた放送用テレビジョン・カメラ機器を投下します。ですから、カメラがパラシュートで地面に向かって降りていくにつれて、爆発を細部まで詳しく観察できるでしょう。ただ、カメラは遠隔操作できませんので、爆発ですぐに壊れてしまう可能性があります。その場合はもちろん、通信は実現しません」

腕時計を確認し、後ろへ下がった。スクリーンの上の最後の赤い電球が鈍く灯り、消えた。会場は張り詰めた静寂に包まれた。直後に画面は、野原に残る春の雪のような、青白い、菫色《すみれいろ》の光で明

るくなった。細い線がまばらに後ろへ流れていった。それからその流れは枝分かれし始め、はじめのうちは散り散りに分かれたが、それらの下に新しい、蒸気の層――高く高く折り重なった、ゆっくりと形を変える雨雲が現れてきた。突然、視野が後退して、くるくると回転し、雲が切れた。下に、斑岩《まだらいわ》の板のように平滑な、黒い海があった。風で引き伸ばされた小さな雲が、海の上を低く、おかしな花の房のように進んでいた。

　画面上部の角に、白っぽい輪郭に囲まれた、黄色がかった灰色の細切れの海岸線と陸が現れた。映像が一瞬ぐらっと揺れ、海岸線が画面を二つに分けながら、中央を流れていった。ここまで、静まり返っていた。どこか近くに座る人のしつこい咳払いが聞こえ、彼の息が私の首の後ろを温めていた。その時、巨大なコンセントが繋がれたかのような、ガチャンという音が響き渡り、目に見えないスピーカーから流れ出る、優しい、くぐもったエンジン音がホール全体を満たした。音が強まったかと思うと、弱まり――町が現れた。

　海の黒い水面に、広がった鍵盤のような、三つの長い長方形の、くすんだ白色の半島が伸びていた。陸のさらに奥に、くねくねとうねる白い太線で密に区切られた平坦な町が広がっていた。細い通りが、建物が並ぶ灰色の蜂の巣を、密集した巣穴に分けているようだった。ところどころで、屋根に影を作る小さな雲がかなり高くを通り過ぎていたが、それでも飛行機よりは低い位置を流れていた。すると、映像が回り始めた。桟橋が飛び出た港が緩やかに方向を変え、飛行機の下で町が次第に大きくなっていった。建物の単色の色合いの中に、両側から白っぽいコンクリートの唇に挟ま

れた、うねった黒い蛇のような港が深く入り込んでいた。ホールを満たす轟音が強さを増し、高音に変わった。突然、ガチャンという強い音が響き、まるでスクリーンの前で起きているかのように鮮明に、黒い、丸々とした物体が飛び出し、何度も宙返りしながら、瞬く間に落下する様子が見えたが——その物体がふんわりした雲のそばで割れ、風で真っ白に膨らむと、見失った。それは、爆弾についたパラシュートだった。

　今度は、町は急激に向きを変え、地面が揺れ、視野が横向きになるにつれ、フレームから消えると、代わりに黄色っぽい、雲の広い腹面が映った。直後にカメラが切り離されると——映像は震え、前方へ落下した。しばらくの間、縦方向に落ちていたが、あまりの速さで、背後から誰かが不安げにハッと息を飲む声が聞こえた。それから、地面と空が、狂ったようにぐるぐる回転して混ざり合い——こもった、かちりという音がゆっくりと響いた——パラシュートが開いたのだな、と思った。再び町が映し出されたが、今回はさらに大きく、より暗かった。画面中央には、港によって二つに分けられた、曲がった長い葉のような形の、町の中心部が映っていた。

　水上には、カビのような茶褐色の長い桟橋が見え、家の間に密に並んでいた道路、多角形の緑地、物を映さない鏡の破片のような小さな池——全てが太陽に照らされていた。私は、その光景から爆弾のパラシュートである白い点を探し出そうとしていた。S字に曲がった一番広い通りの上に、それを見たような気がした、その時だった。

　下方で毬栗《いがぐり》のような閃光が走った。それから、光の玉が膨張し、白色の恐ろしい波が目に飛び込

んできた。マイクが揺れ、その中で何かが痙攣するように音を立てたかと思うと、完全な静寂が訪れた。画面全体が、点火された閃光器のように燃え上がり、巨大な蜘蛛を思わせる染みが、インク容器が溢れたかのように、中央から外側へ、這っていった。

「あの黒い染みは実際には存在しない。あれは太陽より強い光が光電管に作用した結果に過ぎないよ」——スクリーンの方から誰かが落ち着いた大きな声で言った。

染みは白くなりはじめ、仕舞いには消失した。視野が広がり、カメラは降下した。町は、緑がかった、ところどころ赤茶色に濃くなった霧に覆われ、中心部の大きな建物群のみが、霧を通して透けて見えた。噴火口から膨らむ溶岩の泡のように、球体に膨張する白い円盤が、中央で燃えていた。その円盤から、直径数キロほどもある途轍もなく大きな幾つもの白い煙の輪がゆっくりと切り離れてゆき、煙草の煙の輪っかのように、微かに震え、雲散しながら、横や上方へ流れていた。一番大きな輪は、画面を通り越していた。

四方八方へ広がった炎のこぶは、頂上で突然割れ、ぱっくりと開いた青い口から、黒い幹のような柱が上へと噴き出した。雲を突き抜け、異様な速さで跳び上がり、弦《げん》のように振動しながら、蛇の形に膨らんだり縮んだりしていて、根元に目を戻すと、相変わらず白い煙の凄まじい輪があちこちに伸びていた。中央から爆発して出てきたものは、人類にとって未知の生き物のようで、それは、内部から身体中に繰り出される打撃に身を捩《よじ》らせつつ、割れた地殻から、燃える鉄鋼の内臓が溢れ出るように、脈動に突き動かされながら上昇していった。縦に伸びる煙の尖塔のへりが巻き上がり、

太く膨らみ始めた。てっぺんは、広げられた青白い扇、あるいは、稲妻に満たされ、燃え盛る紫色の枕、または、じゅくじゅくしたきのこのように、膨らんだ。それに突き抜かれた周辺の雲はくるくると舞い、手で払われた綿の塊《かたまり》のようによろよろとあたりへ広がり、きのこのようなこぶが作る影は、徐々に大きくなっていた。

　その間にも、カメラ機器は下へ下へと落ちていった。

　何キロメートルもの高さの煙の柱の基盤が、黒や茶褐色の埃の雲に覆われて消え、何やら火のついたゴミ屑が、チカチカと荒々しく点滅していた。視界は痙攣するように震え、くるくると回り、時折、凄まじい下からのアングルで、静止した空を背景にして、海月《くらげ》のような傘を乗せた、今なお膨張し続ける煙の列柱を映し出した。

　その後、全てがインクのような漆黒の中に沈んだが、時折閃光が暗闇を切り裂き、それと同時にマイクがガーガーと掠れた音を立てた。熱い空気の流れが今一度カメラを横へ流すと、突然、絡まり合った煙の筋が解けた。私は町の西の端を見た。数百メートル下に、二方面を港の滑らかな黒い水に挟まれた、長方形の陸地があった。黒や金色や、黄褐色のパノラマの中央が渦を巻き、どこかその内部から、打ち寄せる波のように、急勾配の堤防が走り出て、後ろへ下がって行くカメラを恐ろしい速度で追いかけていた。その波の端が、通りに沿って石の紐のように伸びた家々に触れる場所で、オレンジ色と緑色の光、泡立つ煙の噴水の、稲妻のような閃光が、チカチカと短く明滅していた。それから、黒い巨大な塊があたり一面に崩れ落ち、火事の微かな光に覆い被さりながら、前

方へ疾走していた。

それから、驚くべき光景が現れた——爆発の突風が、カメラを潰れた家屋の屋根の上に、それから港の海の方へ吹き飛ばした。そのまだ動きのない水面に映り込んだカメラの像——凸レンズが付いた銀色につやめくカメラと、その上に背景のような、蛇腹状に広がった扇形のパラシュートが一時光った。それは一瞬だった——映像は急激に接近し、それからスクリーンの半分が閃光に包まれ、黒い煙の流れが中央から飛び出し、最後にマイクの雑音がしたかと思うと、真っ暗になった。

緑と白のネオン管の光が灯るまで、私たちは長い間何も言わずに座っていた。

V

私が企てた日本への渡航の試みは、すべて水泡に帰した。大佐の力添えさえ、あまり役に立たなかった。道はアメリカ人によって「塞がれて」いた。ヒロシマから、最初の救護団が大阪（爆発を生き延びた犠牲者が、帝国大学病院に収容されていた）に戻ったことを、私は降伏の翌日になって知った。私に懇願されたグレアムは、自身の全能のイメージを保つために、ようやくその重い腰を上げ、適切な手続きを始めた——再び特別部の支持書類が必要になった。幸運にも私には、オーク・リッジで働いていた時に知り合った、ＦＢＩにいる友人がいて、彼のおかげでようやく、書類と四発ジェット機の座席を手に入れることができた。慇懃な空軍将校が、モスクワで行われる戦勝

式典にイギリス大使と参加できるようにと、ロシア経由での飛行を提案してくれたが、私は一刻も早く、ホンドに行くことを切望していた。

八月二十二日の夜四時、私たちはロンドンを出発し、まだその日のうちに、カイロに着陸した。町は、タールの釜のような熱気に浸かっていた。「専門家たち」の忠告を聞いて、私は制服を着ていた——というのも、私のアメリカ人の友人が、「《文官》の格好で行ったら、すぐに何処かの収容施設に入れられるだろうね」と、請け合ったからだ。そのため、旅行に任務として同行している軍人たちと私とでは、ほとんど違いがなかった。空港でのエンジン確認と軽い朝食を終えると、午後四時に出発した。

飛行時間中はずっと良い天気で、暑かった。二日目の朝、霧に覆われた山々が大阪の周囲に現れた。

私たちは、軍用飛行場に降り立った。幸運なことに、私の飛行機は、可能な限り詳細なヒロシマの情報を入手できる場所に着陸した。始めのうちは、誰も私を一人だけで空港から出したがらなかった。丘を人工的に平らにしたその敷地は、太い筒に巻き付いた有刺鉄線で張り巡らされていた。スタッフや番兵はみな目つきの悪いアメリカの空挺兵だった。マレーで四年間戦っていた（「ワニの上で寝ていた」と、語っていた）、ならず者で呑んだくれの指揮官は、その間ずっとアラックやジンでマラリアの治療をしていたらしい（日本軍の師団のほか、ペストにも打ち勝ったと言っていた）。再び私は「特使の」書類を出さなくてはならなかったが、まったく気が進まなかった。なぜ

なら、戦線の軍隊は私たちの任務を不公平にも「ずるけ」だと見做していることが知られていたからだ。ドイツ占領下の自分の国で、パルチザンに参加して敵と戦わなければならなかった人なら、敵国で、警戒心が高まっている人たちの中で、諜報活動を行うには、大変な勇気を要することだと理解するのは容易《たやす》いだろう――情報の収集や伝達、破壊工作だけでなく、ほんの些細な欠陥や愚行、平静を失うことでさえ、「身元が割れる」のと同義なのだから。

そういう訳で、飛行場では、任務とは別の理由を並べなくてはならなかった――私は、ベルモット〔ニガヨモギなどのハーブで香り付けされたワイン〕の入った平たいポケット瓶を持っていた。この液体の上に古都ロンドンの空気も入っていた事実が、峻厳な飛行場長の心を動かした。小さなジープと、軽機関銃用のベルトで着飾ったやけに重装備な運転手をあてがわれた。心に留めておかなくてはならなかったのは、ほんの十数日前までは、この兵士たちは皆、ガダルカナルの茂みやツルに隠れていた身であり、自身の新たな社会的地位の高さに慣れていなかったということだ。大阪までの道は蛇行していた――港と、日本人が降伏してから「図らずも」爆破されたどこかの工場の、煙をあげる焼け跡が遠くから見えた。

道中、現地の人を見かけることはなく――遠くでちらほらと家が白っぽく見えた。代わりに、立派なコンクリートの高速道路から、海岸に近づくアメリカの船舶や上陸用舟艇が見えた。彼らは日本列島への侵入に本気で備えていたことは疑いなく、ノルマンディーよりも規模の大きな侵略となるはずだったのだろう。それだけの数の証拠があった。私の運転手は、おしゃべりなニューヨーカ

ーで、アメリカの慈悲深い慣習とは、要するに敵対者を木端微塵にすることで、その後はもう、「よそ行きの制服で」敵地に着陸できるのだと語った。私の遠征における最初の障害は、私たちを通そうとしなかった、港の番兵だった。占領の初期ではたいていそうであるように、皆がとにかく「形式を守って」いて、叩き起こされ疲労困憊の歩哨長の中尉が連れて来られるまで三十分以上、私は木箱でできた二つの壁の間で、武器の積み下ろしを観察することができた。下ろし立てのようにピカピカのシャーマン（アメリカで製造された戦車。Ｍ４中戦車）やグラント（アメリカで製造された戦車。Ｍ３中戦車）がクレーンで大量に陸に下ろされていた。またロシアのものを見本にしているのだが、装甲車に十二本の砲身が取り付けられたものなので、それよりさらに大きく設計された、太平洋戦争で用いられたロケット砲も初めて見た。ようやく「茹で卵たち」（丸っこいヘルメットをかぶったアメリカ軍の憲兵）に通されると、私たちは道幅の広い、素晴らしい建物が建ち並ぶ道路を走って、真っ直ぐ町の司令部へ向かった。

　門の前が車で混雑する中、私は車内に運転手を置いて行った。彼が、日本人女性狩りを始めるつもりであることは疑いなかった。町へは入れてもらえないので、この機会を利用したいのだと打ち明けていた。私はその頃、慌ただしく行き来する兵士たちに衛生課のことを尋ねながら、大きな階段を進んだ。そこは、混乱を極めていた。そんな課のことは誰も知らず、別の場所にあるということがようやく明らかになっても、住所を知る者は誰もいなかった。

　廊下を歩きまわっている時に、たまたま、特別任務（原子力による負傷者の研究）で帝国大学病

院にいる医療部隊長のケラー大佐のところへ行く将校に出会った。

そこで私たちは、海沿いの郊外にある大きな公園の中の病院へジープで向かった。

ここでは日本の衛生・医療スタッフは皆通常通り働いていて、全てが静かに手際良く行われるので、廊下で背の低い白衣を着た日本人とすれ違いながらも、この数日の間に戦争が町に与えた急激な変化を忘れそうだった。

もちろん、ウィットンについて何かしら具体的な情報が得られるという大きな希望を持っていた訳ではなく、むしろヒロシマへ行く方法を知りたかった。ヒロシマの土地は退避命令が出ていて、軍隊でさえ立ち入りが禁止されており、唯一学術調査隊だけが、船ではなく、直接アメリカの基地から航空機を手配されていた。長い待ち時間の末、ようやくP・ケラー大佐の前に通された。

私は再び証明書類を引っ張り出し、どのような方法でヒロシマに行くことができるか、助言を求めた。

「それは不可能です」——彼は微笑んだ。「あそこは立ち入り禁止ですし、そもそも土壌が放射線で汚染されていて、そこにいたら命の危険があります。ですが、まだ降服前に日本人が町から退避させた患者が、ここにもまだ二百人ほどおりますから、もし彼らをご覧になりたいなら、マカタワ〔ママ〕医師に案内してもらってください」

了解し、小さな日本人医師とそこへ向かったが、私は攻める方向を変えることに決めた。衛生の管轄機関はあまりに脆弱なので、研究者たちの営舎を探さなくては、と思った。幸運にも、オー

ク・リッジの優秀な物理学者「原子力の専門家」を知っていた。

　サトウとの再会の望みは、新聞で読んだ内容から、既に失っていたが、それでも最後までやり遂げなくてはならなかった。

　すぐ最初の病室で、この災害の犠牲者の比較的「正常な」外見に私は驚いた。

「遠い郊外にいた人たちでしょうか？」――私は同行する医師に尋ねた。彼は英語を話した。

「いいえ」――彼は答えた――「これはほとんど町の中心部にいた人たちです」

「なんですって、だって読んだところでは……」

　彼は頷いた。

「ここには、爆心地から一六〇〇ヤードの距離にある建物で爆発に遭遇したのに、生存した人が二人いるのです」

「まさかそんな、熱線が鉄を溶かしたと読みましたが……」

「わかりません」――相変わらず静かに、礼儀正しく答えた――「しかし生きています。一人はキリスト教の司祭です。窓のそばに横になっている方、クラインゾルゲ神父です〔レムは本作を執筆するにあたり、ジョン・ハーシーの『ヒロシマ』（一九四六年）を参考にしたとされる。このルポルタージュに登場する六人の証言者の一人に、イエズス会神父のヴィルヘルム・クラインゾルゲ（一九〇六―七七年）がいる〕」

　それはすでに年配の白人男性で、頭に包帯を巻かれ、顎まで毛布が掛けられていた。目は閉じていた。

「意識はありますか？　正常ですか？　何か話していますか？」——私は尋ねた。

「ほとんどの人は話をします。例えばこの司祭は、ドーンという音がして、巨大な、緑色の光を見たと言っています」

「防空壕にいたのですか？」

「いいえ、誰も——何も警報が出ていませんでしたから。彼がいた石造の建物は倒壊し」——そこで、医師は言い終える前に、しばらく適当な言葉を探した——「そして住民をみな砕き潰しました。彼一人が、自分で言うように、奇跡的に助かりました。硝子で軽傷を負っただけでした」

「つまりすぐに退院するのですね、それで他の人は？」——尋ねた。爆弾は誇大宣伝だったのだと、突然思えた——いや、でも、自分の目でこの爆発の恐ろしさを見たはずなのに……。

　医師は首を振った。二列のベッドの間を進んでいると、人々は黒い、冷たい視線を上げた。病人たちは、私を目で運ぶように、沈黙した視線で私の制服を見送っていた。何か白いものが張られている二つ目の扉を開けながら、医師は立ち止まり、初めて私の顔を、まるで硝子でできているかのように、見つめた。

「いいえ」——彼は言った——「彼も、誰も、退院しません。皆死にます」

「何ですって？」

「体は見かけだけ、助かったのです」——説明した——「しかしすべての内臓、とりわけ肝臓、血を作る骨髄、その他重要な器官の損傷はあまりに激しく、遅かれ早かれ死にます。これは放射線の

影響なのです」

「放射線？　それで、死ぬんですか？」

「死にます」——彼は答えた。

私は彼の顔を見られなかった。

「ここから出るんですか？」——扉のところで立ちっぱなしだったので、尋ねた。

「いいえ、もう一つ部屋があります」——医師はそう言って、私を前にして、先に通した。

その大きな、硝子のテラスのように明るい病室の二番目のベッドに、ウィットンが寝ていた。

すぐに彼だとわかり、ベッドに駆け寄った——その時、彼はとてもゆっくり目を開け、視線が鋭くなった。

「サトウ、僕だ」——彼の方に屈みながら、静かに言った——「体調はどうだい？」

眉毛で返事をした。

「ありがとう、大丈夫だ」——一瞬息を吸って、強い、いつも通りの声で言った——

「出張かい？」

私は驚いた。

「まさに私が探していた人です」——振り向いて医師に伝えると、彼は同様に軽く眉を上げ、妙に恭しく、深くお辞儀すると下がっていった……

椅子を引き寄せて、これまでにないほど日本的なサトウの顔を見つめながら、枕元に座った。右

にも左にも――あちこちにある、真っ白なシーツや包帯に包まれた、他の数十の顔と全く違いがなかった。彼は――皆と同じように――とても蒼白く、肌にはやや蠟のような輝きがあった。

「出張ではないよ」――私は言った――「今日の朝来たんだ、君を見つけ出したかったんだよ」

久しぶりで、その間特殊な出来事が立て続けに起きた後の会話にはよくあるように、かなりぎこちなく響いた。

「イギリスから……来たのか？」

「そうだよ。体調はどうだい？」――私は繰り返しながら、『皆死にます』という医師の言葉を思い出した――戸惑ったが、彼らはきっとわかっていないのではないだろうか？　医師の守秘義務は日本にだってあるだろう？

「ありがとう」と、彼は繰り返した。「時折吐き気やそれ以外にも調子が悪い時はあるが、特別弱ったようには感じないよ」

「どこにいたんだい……その時？」――私はとても小さな声で尋ねた。

「ああ……」――しばらく黙った。ようやくベッドの上で身を起こしたが、私は少しぞっとした。私の目には、ここにいる人々が、ちょっとした不注意な動きで粉々になってしまいそうなミイラか何かのように映っていた。しかしサトウはベッドに座り、私の顔を見つめた。

「天満町〔原文は ulica Kwitnącego Nieba で、直訳すると「空咲く通り」。ポーランド語で頻繁に用いられる「日本」の換喩表現「桜咲く国（kraj kwitnącej wiśni）」を思わせる〕に住んでいたんだ」と、言った。

そして、微笑んだ。

「天満」——私はモゴモゴと言った——「それは……遠かったのか……？」

彼は理解した。

「僕の家から、三〇〇ヤードくらいだったんだが、もっと遠くにいたんだ——ちょうど店で肉を買っていた……それが起きた時は」

「怪我はなかったかい？」

「怪我はしたが、すぐに治ったよ」と、言った。何か別のことを考えながら、そう言った。ゆっくりと病室を見渡し、それから、白いシーツの上で動かない、平らで、黄色い自分の手のひらに視線を戻した。

「緑色の光を目にして、それから何かが僕にぶつかって意識を失った。でもその後に目が覚めると——そこはあたり一面硝子、木、肉——店だったからね。ちょうど板が燃え始めて、煙が充満していて。それで、通りに出たんだ——どこも痛くなくて、妙に身体が軽く感じた。外に出るとちょうど、町が死んでいく様子を見ることができたよ。中央に黒い煙が、空に浮かぶ拳を握った干からびた手のように立っていた。木は燃え、塀は灼熱し、パチパチと音を立てていた——全面に炎が燃え盛る屋根は、空を飛ぶ竜のように空中を浮いていた。あちこちに人々が倒れていた——地面に——歩道に——女性たちが仰向けになっていて——ぺちゃんこに潰れた路面電車の中に——燃えた車や乳母車に——家々の下に裸の人や焼け焦げた人がいて、木造の家は、徐々に大きな赤い光を上げる

んだ、君は知らないかもしれないが、あそこには沢山の木造家屋があったから……その後は静まり返って、空から、真っ黒な雨が降って来た。雨となって、爆発で空中に飛ばされた人々が皆帰って来たんだよ――炎を除いて、すべてが真っ黒になるほど、長い時間降っていた。どこかへ行こうとして、焼け焦げた人々や犬を見た、何度か、燃える家の周りを走って、仕舞いに炎の中へ駆け込んで行く人々に出くわしたよ――それで戻ってこないんだ。でも気が触れていたわけじゃない……それから夜が来た。一晩中町は燃え、水がなかった――炎で覆われた道を歩き続けた――暑さで髪の毛が縮れ、上から降って来た大量の瓦礫が道を塞ぎ、灼熱した塀が崩れ……煉瓦や屋根が落ちて……塀が割れていた」

　背筋を伸ばし、掛け布団の上でぎゅっと手を握った。

「生き延びた人々は――手も足も失い、子供も失い――老人も小さな女の子も、自宅の前や大きな広場で腰を下ろし、周囲には火や煙や埃の輪が浮かんでいて――皆沈黙していた。叫び声も、うめき声のひとつも聞こえなかった。うめき声さえもだよ」――繰り返した。「一晩中町は燃え、家々や通りは熱風や火の壁で区切られていた。水も、医者も、屈強な男もいなかった。そしてその次の夜も一晩中、その次の日も、人々は窒息したり、焼けてたり、生き埋めになったり、熱風で命を落としたりしていたよ。すべての井戸は灰をかぶっていた。港の水は石油に覆われ、同じく燃えていた。公園か神社があった場所には、ザルで漉《こ》されたように細かな瓦礫が、三人分くらいの高さに積み上がっていた。爆弾が落ちたところは――石畳がターコイズに変わっていた……」

しばらくして付け足した――「そういうものを見たんだ――それから、飛んでいた人々――そう、飛んでいたんだ、とても遠くに飛ばされていたが、彼らは死ななかった。他にも、木でできているみたいな、硬くなって、カラカラに乾涸《ひから》びた人々を見た。沢山の鼠が港から出てきて、死体をバラバラに引き裂いたが、その後、鼠たちは死んだ――日本人が何をしていたか、わかるかい？」――彼はしばらくして尋ねた。「ずっと、昼も夜も、昼も夜も、沈黙していた。天満……強い桜……青い花、と言った名前の通りを歩き回っていた――瓦礫の下から、人々を助け出して、長い通り道を掘っていた――夜は昼間のように赤く、光は必要なかった。それから、黒い雨が降ったんだ――救護団が来るまで……」

「考えないようにしよう」――私は静かに言った――「君をできるだけ早く家に、お父さんのところへ連れて帰れるようにする。すぐに元気になるよ」

「家に？」――彼は驚いて言った。「何を言ってるんだい？　ここに僕の家があるんだ。僕のところへ来てくれて、君には感謝しているよ。しかし、僕はよくわかっている、そしてここに寝ている人たちもみんな知っている……」

彼は背筋を伸ばし、手を挙げて、何か日本語で言った。病室は一瞬生気が蘇り、何かをしっかりと口にする低い声が一斉に響き渡った。

「ほらね、みんな知ってるよ――一人一人が死を抱えているんだ」――サトウが言った。「――もう会うこともないだろうから、君に言っておこう――これは都市の問題じゃないんだ。爆弾を発明

して、飛行機にそれを搭載するのを手伝った、アメリカ最大の学者は、それだけの大きな知性を持っていたにもかかわらず——僕がここで見たことを見ることも、理解することもできなかった。一人の人間が一瞬で都市をまるまる滅ぼしたんだ。この四千年のうちに、石が石の上に積み重なり、やっとの思いでゆっくりと神社が起こった。その一つ一つにある壁画の数だけ、芸術の巨匠がいるんだよ。数知れない仕事や愛、これらすべてを、一人の人間の人生のうちに経験できるか？　枝のように、通りからさらに伸びていた通り。自分の理性が把握できるよりも百万倍大きなことを、その一人の人間が、一瞬のうちにやってしまった。アメリカやイギリスの新聞は、新しい時代について書いている——その最初の日がヒロシマだったってわけかい？　誰が地図でこの町を探し出したんだ？　誰が赤い十字架を紙の上に置いたんだ、誰が『ここだ』と、言うような度胸があったんだ？　君たちの飛行士たちはここへ来て言ったんだ——『すごいスクランブルエッグを作っちまったな！』ドイツ人をこんな風には殺せなかっただろう、人間だからな。俺たちは——何だと思う？　黄身だよ」

「サトウ、お願いだ、落ち着いてくれ。わかるよ、長い間ここで生活して、人々に馴染んだんだ。あれは恐ろしいことだったよ。君もわかってくれるだろう、僕は——一人間として——何もできなかったんだ、むしろ知らなくて……」

「待て、じゃあ君の手のうちにあったとしたら——君はヒロシマに爆弾を落とすよう命じなかったかい？」

「だって君がそこにいると知っていたんだから——もちろん……」

「僕のことは関係ない。どうして、君が知っている一人の人間が、二十五万人の知らない人間より、君にとって重要なんだ？」

「君は興奮している」——私は言った——「君がさっきからずっと自分を日本人と同一視していることに驚くよ。彼らのことはとても気の毒に思うが、敵だったんだ——戦争は……」

「僕は興奮していない」——彼は言った——「僕は死んだんだ。僕の中には、ますます強まっていく、僕の死だけが生きている。町にいた人たちは、誰も生き延びないし、近郊にいた女性たちは化け物や障害児を産むことになる。もうアメリカ兵たちは妊娠中の女性を探し回っている」

「もう行くよ、サトウ、疲れさせちゃったんじゃないかな？　よく考えて、お父さんのいるイギリスへ僕と帰ろう。明日会いに来るよ、朝……」

「いや、その必要はない」——答えた——「もう二度と会わないほうが良いよ。君が僕の日本行きを手伝ってくれたのは有り難かったし、そのことについて君に礼を言いたかった。いや、これはまったく真面目に言っていて、皮肉ではないよ。僕はもう死んだから、君に言おう。知っておくといいさ——僕は君たちのために働いていたんじゃない、だって、君たちは何者さ？　君たちは日本人みたいに死ねるか？　僕がしてきたことすべては、少しではあったけれども、僕の母のためにやったんだ、君にはとても感謝しているよ」

「何を言ってるんだ、サトウ?!」

「日本のために働いていた」――繰り返した。――「それじゃあ、もう行ってくれ」

他のベッドの病人たちは、まるで私たちの会話を理解しているかのように、重く、暗い視線を私に向けたが、サトウは目を閉じて横たわり、ゆっくりと深く呼吸をしながら、じっと動かなくなった。それからようやく私は立ち上がって、そうっと、犯罪者のように部屋を出た。

廊下で、ケラー大佐が、私を大学病院に連れてきた中尉と歩いていた。白衣の下に軍服のジャケットが見えた。

「忌々しい話だ」――彼は言った――「何て人でなしの国なんだ。しかし、ああ、お探しの人物を見つけたそうですね？」

「はい」――私は言った。――「彼らが皆死ぬというのは本当でしょうか？」

「恐らくそうでしょう。今しがた、どんな知らせが届いたと思いますか？　広島近郊にいた妊婦、特に、出産が間近という女性たちを集めていたんです。子供は通常通り生まれるが、放射線の影響で、変異のような変形児が出てくる可能性があるのです――これは学術的に並外れて意義深いこととなるはずでした。しかし女性たちは――信じられますかな――出産の際に自分の子供を殺すのです。すべての子を。日本の医者が入知恵をしたに違いありません、だって、無学の女性たちがどこから知り得るのです？」

「ええ、それは並外れていますね」――私は言った。「お元気で、大佐」

「おや、一緒に昼食に行くのでは？」

「残念ながら、行けません——四時に飛行機が出るのです。今日中にロンドンに発ちますから」

一九四七年

（木原槙子訳）

ドクトル・チシニェツキの当直

Dyżur doktora Trzynieckiego

廊下は、青色のタイルの上に散り散りになった陽の光に満たされていた。開け放たれた窓から、名残《なごり》のライラックの強い香りが漂っていた。白衣を着た下働きの女性数人が乾拭《からぶ》きしている濡れた床には、扉の列が映っており、奥に行くほど小さくなった。部屋から丈の長い病衣を纏《まと》った女性たちが出てきて、ゆったりとした足取りでテラスへ向かっていった。どこか遠くで、電話が単調に鳴っていた。ステファンはエレベーターから降りた。磨《す》り硝子《ガラス》の奥から、電球の紅茶色の灯が滲み出ていた。狭い小部屋は、未だ夜の闇とヨードホルムの匂いで満たされていた。

――夜中に手術があったのだろう――後ろ手に扉をぴしゃりと閉めながら、彼は思った。無意識にポケットを探り、その中身――左側には聴診器、右側にはゴム手袋があるのを確認した。新生児室のそばを歩いていると、ほぎゃあほぎゃあと合唱が聞こえてきた。菫色《すみれいろ》の縞模様が入ったオレンジ色のタイルで覆われた曲がり角の先に、ニッケルのドア枠にはまった曇り硝子が煌々と輝いていた。手術室を衛《まも》る硝子だった。その先には長い廊下が続いていた。一番手前の扉を開けた。煮沸《しゃふつ》消

毒器が、シューッと小さく音を立てていた。一階なので、樹々の梢《こずえ》が窓に射すはずの光を遮っていた。深い緑色をした一番奥の暗がりで、ベッドの周りに人が集まっていた。低い呻き声が響き渡った。二人の助産婦が丸く縮こまった裸体を高いベッドの上で押さえつけていた。横になっている女性の顔は土気色をしていて、血が上ってはち切れんばかりだった。助産婦がもう一人、ベッドの反対側に立っていた。滅菌ガーゼを握っていた。ドクトル・ゴムカは手すりに寄りかかって、あくびをどうにか押し殺していた。彼の当直は終わった。ステファンがいるのに気付いて、頷いた。むっとした空気に甘い香りが充満していた。

　くぐもった、ゆっくりとした呻き声。

「叫ばないで、息を深く吸って、いきんで、そうしないと陣痛が弱まっちゃうよ」――厳しく鋭い声で助産婦が言った。彼女のナースキャップのビロードの線が赤く光った。

　ステファンは近づいた。

「心拍がよくありません、振れ幅が大きくて、下は八十まで」――助産婦はつま先立ちになってステファンの耳に囁いた。

「長いの？」

「陣痛は十時からです」

　電気時計に目を遣った。

「十二時間？　それで？　頭は見えてきた？」

妊婦の体が震えた。

「来てる、来てる」——歯の隙間から息を漏らした。瞼をギュッと閉じた。脂《あぶら》っぽく、汚れた髪はいくつもの黒い束になって額にかかっていた。顎を胸に押し付けながら、陣痛の痛みにブルブルと震えた。ステファンは、お腹に当てた手のひらの下で子宮筋が石のように硬くなっていくのを感じた。丸まった身体は、ピンと反っては、震え、腱は鳴り、陣痛はますます強まっていた。

「ほらほら、いきんで、息を吐かないで、いいよ、あともうひと踏ん張り！」

妊婦の体からぐたっと力が抜けた。手がベッドから滑り落ちた。乾燥した唇が白い歯に引っ掛かった。ドクトル・ゴムカは今回は頭は出てこないとみて、窓に目を遣った。小旅行に出かけるつもりだったので、枝の間から天気を見定めようとしていた。

ステファンは、汗ばんだ女性の太ももを支えると、彼女が最後の力を振り絞れる限界に近づいているのを手に感じ取って、思わず自分自身も筋肉に力が入った。

血まみれの、広がった骨産道に挟まった赤ん坊の頭は、最大限の圧で押されたその体が通るための道を切り開きながら、筋肉を破いていった。暗色の、ベタベタした髪の毛が、もう見えたかと思うと、再び止まった。妊婦の頭は右に左に暴れ、歯はガタガタ鳴っていた。激しく鼻を鳴らしながら、空気を吸い込んだ。

「もう……ダ、メ……」

「できますよ！」——ステファンは厳しく言った。「私たちの言うことをよく聞いてください、そ

うすれば、すぐ終わりますから。どちらがいいですか」――ありきたりな質問を投げかけた――「男の子、女の子？」

　真っ赤に血走った女性の目に、一瞬思案する色が浮かんだ。

「男の子……」

「陣痛、来ました？」――体を震わせたので、ステファンは尋ねた。

　首を振って否定した。

「女の子だとしても……としても……生きていてくれれば」――ヒューヒューという喘鳴《ぜんめい》の合間に囁いた。

　ステファンは頷き、大きなお腹に漏斗《ろうと》型《がた》の聴診器を当てた。胎児の鼓動――遠くでぴこぴこ鳴り響く二つの音、つまり旅立ちの時を迎えた小さな心臓の声。彼の頭の下で、筋肉が膨らみ、動いた。ステファンは顔を上げた。妊婦は苦渋に顔を歪め、その口角はへの字に曲がっていた。破傷風による首の筋肉の痙攣と分かった。

「ゆっくり、ゆっくり、息を吐いて。何やってるんだ！　息を吐いてって言ってるんだ。叫んで！叫ぶんだ!!」

　助産婦がガーゼを持って屈んだ。皆が場を入れ替わりながら、一丸となって慌ただしく揺れ動いている間、ニッケルの反射板の光が、丸まった皆の背中に黄色い輪を落としていた。妊婦の動きが、四人を統率するように支配した。今までになく甲高い叫び声をあげた。もじゃもじゃの濡れた髪、

青白い額、ぺしゃんとした小さな鼻、無防備な首が黒々と現れた。助産婦がすぐに頭を回旋させ、肩が一方、また一方とにゅるりと出てきた。

羊水がパシャッと撥ね、粘液にまみれた、青白い、手足を闇雲にばたつかせる赤ん坊が、手の中に飛び込んできたかと思うと、すぐさま敷いてあったガーゼの上に置かれた。ペアン鉗子《かんし》で臍帯《さいたい》を挟んだ。ひと裁《た》ちすると、助産婦が、鈍い動きの赤ん坊を手に、机へ走っていった。蛇口から一斉にゴッゴッゴッと低音が鳴り響き、洗面器に水がジャーッと溜まっていく音が聞こえた。助産婦は赤ん坊の足首を握って逆さまにぶら下げながら、お尻を一回、二回と叩いた。赤ん坊は、他のいかなる声とも異なる、か弱い産声をあげた。

「目薬を差して」とステファンは助産婦らに言い、妊婦に声をかけた――

「男の子ですよ」

彼女の肩をぎこちなく撫で、ゴムカに目を向けた。昨晩の当直は、太った年上の医師で、彼は自分の禿げ頭を、こめかみから大事に伸ばした赤毛の束で隠していた。毛穴が目立つ、脂っぽい顔で、小さな目をしていた。若い学生たちは彼を嫌って、産科を専門に選ぶのを避けていた。噂によると、彼は診療受付時間帯に、息を切らした男性の手を引いて待合室にやって来て、診療待ちの患者に向かって、「みなさん、こちらは弁護士のF氏で、私が彼の奥様を死から救ったことにお礼を言いにやってきました」と言ったとか。彼はリスクのある手術を避けるのが常で、重大な症状の場合は、まさに匠《たくみ》の業《わざ》とでも言うべき保守的な治療しか行わずに、その解決を次の当直に押し付けていた。

今は、ステファンのどこか背後を見つめながら、鵞鳥の羽でできた爪楊枝で歯をほじくっていた。

「胎盤が出ますよ」――落ち着いた声で助産婦が言った。

ランプの光が、たらたらと流れる血液を照らし出した。今や力を失い、柔らかくなった女性のお腹を、ステファンはやさしくマッサージした。突然呻《うめ》き声をあげたかと思うと、血まみれの傷口から、奇妙な腫瘍のような、青白く光る、膜で覆われた塊《かたまり》が現れた。

「膿盆《のうぼん》を」

胎盤が娩出された。助産婦らが女性の体を手早く拭き、シーツを取り換えた。ゴムカは爪楊枝を黒い楊枝入れにしまい、金の腕時計を一瞥し、ステファンと軽く握手した。

「じゃあ、いくよ。頑張りたまえ」

電話が鳴った。

「先生を呼んでいます……」

入口のところで、助産婦がとびきりの笑顔でチシニェツキの方へ前のめりになって立っていた。

「三号室に妊婦さんがいます」

「彼女を眠らせないで」――ステファンは言い、扉へ向かった。

エレベーターに乗った。上階の、磁器タイルで張り巡らされた部屋は、陽の光で一面がギラギラと輝いていた。入口で二人の看護婦が彼に挨拶した。机の上の小鍋にさされた、ほっそりしたニワトコの枝に思わず頬を緩めた。薄緑色のタイルで覆われた壁から、白い四角い洗面器が、小さなバ

ルコニーのように飛び出ていた。それぞれの分娩台は青磁色のタイルが張られた高い壁で仕切られていた。

「新しい患者はどこ？　奥？」――煙草の火を消し、バケツに捨てながら、ステファンは尋ねた。

仕切りの奥は一層明るかった。チェスボードのように緑が点々と繋った街は、低地にあり、大学病院からその全体が見下ろせた。灰色がかった青色の筋となって、地平線と溶け合う五月の空から、日光が燦々《さんさん》と降りそそいでいた。

空白のカルテがのった机とコンパスを引き寄せ、大きな聴診器を端に置きながら、機械的に書き始めた――一九四七年五月十八日。

五月が終わるというのに――彼はふと思った――街から一度も離れなかったな。

「お父さんはご存命ですか？　生きてらっしゃらない？　何で亡くなられたんです？」

「蜂起で」

結核でしたか、というお決まりの質問を投げかけるところだが、それはしなかった。

「お母さんは？」

「同じく……蜂起で」

「御兄弟はいらっしゃいます？」

「兄が……いましたが……彼も……」

「そうですか、蜂起で」――静かに言葉を引き継いだ。

「今回が初めての妊娠ですか？」

「いいえ、一度流産しました……プルシュクフ〈ワルシャワ近郊の町〉で」

「そうでしたか」

それ以上は尋ねなかった。蛇口へ向かい、足でペダルを踏み、勢いよく噴きだす水に手を伸ばした。

診察を始めた。触診していると、時折、内側から赤ん坊の足でお腹が押され、震えるのを感じた。鮮やかな青色のタイルに、ぼんやりと目を向けた。高さのあるベッドと、輝く長方形を背にした窓の十字が映り込んでいた。視線を外し、妊婦の顔に目を向けた。彼女は若くもあり、老けてもいた。信頼の念に満ちた、非常に明るい色をした目は、注意深く彼の手の動きを追っており、彼女の意思や考えに関係なく動いている腹に向けられた視線は、どこか驚きさえも湛えていた。彼女はほっそりとした指を白いシーツの上に置いた。布より少しばかり暗い色だった。こめかみと頬は、小さなそばかすで覆われていた。ぎこちなく、はたまた遠慮がちに紅が引かれた唇。

「良いですね」――胎児の心音を聞いた――「問題ありません」

再び彼女のワルシャワでの出来事について考えた。机につき、男の子と女の子、どちらがいいか尋ねた。男の子を望んでいた。

「そうですか……お仕事は何を？」

「お針子です……」

「仕事はいつから休んでいるんですか？」

「昨日から……」

ステファンは顔をしかめた。

「なんと、医者は縫い仕事をとめていたはずでしょう。ミシンで縫うんですか？」

彼女の瞼が震えた。

「ですが……夫が病気なので。お金がかかるんです……」

「健康保険には入っているんでしょう？」

「いいえ……もう蜂起の時から臥せていて……肺の病で……」

「そうですか」

　ポケットからこんがらがった聴診器を取り出し、彼女の心音を聞き始めた。目を閉じた。暗闇の中で、二つの音、絶え間なく続く、聞きなれた二重唱が聞こえてきた。一つは――筋肉が収縮する音、そしてもう一つは――血管壁を打ち付ける血液の波の反響。すぐさま聴診器を静寂が包み、しばらくして、通常よりもゆっくりで、静かで、遅れてきた収縮が胸を打ち、震わせた。まるで走っている人が時折躓《つまず》いているかのように、タン、タタ、と不規則なリズムで鼓動していた。心音を聞きながら、目を瞑ったまま顔を女性の方に向けた。彼の黒く日焼けした額、はっきりと窪んだこめかみ、ぴくぴくと震える薄い瞼、ニッケルの漏斗型聴診器を持つ手が、彼女の目からよく見えた。白い袖から伸びる前腕に、五つの数字が青黒く浮かんでいた。

彼は目を開け、眩しそうに瞬きした。

「何かあるんでしょう、先生？」

「まさか、何も問題ないですよ、何も」――繰り返すと、顔よりも声の方が操りやすいので、すぐに背を向けた。

「お子さんを強く望まれていますか？」――そう尋ねてすぐに、これは言うべきではなかったと感じた。

鋭い視線で彼を見つめながら、身を起こした彼女は、突然年老いたように見えた。

「いえ、ただ尋ねただけですよ」――煙たそうに呟き、仕切りから出た。

「看護婦が内診したの？」

「はい……五ズウォティ硬貨ほどしか開いていません」

「では、血漿を準備しておいて、それから、注射も、看護婦は知ってる？　カフェインはある？　エルゴタミンは？　ウアバインは？」

「ウアバインはありません……」

「それなら、あるようにしておいて。じゃあ、もう上に行くよ。何かあったら呼んでください……」

「先生……」

「何？」

「心の準備をしてもらった方が良いんじゃないでしょうか、お子さんはもしかしたら……」

「馬鹿なことを言うな！」――自分でも驚くほどの鋭い声で、叫んだ。「何も言わないでくれたまえ、すべてうまくいくから、心臓はそこまで悪くない」

彼は走り去った。

病院研修中の学生の指導は彼の仕事だった。すでに四階の廊下で、ガヤガヤとした話声が聞こえてきた。部屋に入ると、煙草の煙がくゆる中に、ぼさぼさ頭が並んでいるのが目に入った。一番手前のベッドに、ドミニコ会出身のスムテクが座っていた。彼は、背が高く、痩せ型で、明るいピンク色の顔に砂糖をまぶしたような金色のひげをはやしていた。彼はウォッカが好きだった――ほろ酔いになって、「独身の聖職者たち」をめぐる様々な秘密を、その高音の声でうっかり打ち明けてくれるので、同級生らは進んで彼を呑ませた。産科のカテキスタ、神父の早産児と呼ばれていた。

また別の学生は、蛇口のそばで鼻をかみながら顔を洗っていた。アバコフスキが大股で歩いていた。彼は、陽が差してチェリー色に輝くコーヒーが入ったコップを、ポンポン持ち替えていた。ステファンはたちまち不愉快な気分になった。彼は、まるで使い込んで摩り切れてしまったかのようなユーモアを持つ、この脂っぽい黒髪の男が我慢ならなかった。いつでもアバコフスキは、背筋をいやにピンと伸ばし、体型にぴったり合った手織りの格子柄ジャケットを着て、小さなつばの付いた帽子をちょこんと被り、張りのある袖に大きなシルバーのカフスボタンを付けていた。冗談を言わない時（ジョークを言うたびにゲラゲラ笑うその様は、求愛中の大雷鳥が視覚と聴覚を失ってし

まったかのようだった）、つまり話す時も普通ではなくて、靴下のアイロンがけについてであれ、ポーランドの運命についてであれ、如何なることでも啓示を受けた預言者のように宣《の》べ伝えるのだった。如何なるテーマについても、この世にやって来る時にはすでに身に携えていたかのように、準備された、自身の最終的な考えを持っていた。また誰に対しても、不信を抱き、疑い深かった。馬鹿な奴で、物腰の柔らかいところは少しもない、頭の固い「博識の愚か者」だった。ステファンは、彼のこの鉄壁の自信が何人の患者を殺すことになるのかと考えると、空恐ろしくなった。彼の頭の中では、人類が到達した最高の思想と底抜けにくだらない与太話が、薄い硝子の下に収められた博物館の展示物のように、隣同士に並べられていたのだった。ステファンが部屋に入った時、アバコフスキはちょうど演説を終えたところだった。

「……それで、第一学年には、根っからの野育ちばかりを入学させているんだ」

　チシニェツキに気が付いた彼は、機転を利かせて続けた。

「じゃあ聞かせてくれよ、スムテクちゃん。その〔正教会の〕神父の奥さんはどうなったんだい？先生、何か御用ですか」

　ステファンは部屋の真ん中でじっと立っていた。彼は、自分の人となりを学生たちがまだ摑みきれていないことを知っていた。彼らが聞いていたのは、彼が収容所にいたことだ。彼を「赤」と呼ぶ者もいた。

「みなさん、何について議論していたんです？」と、尋ねた。

「それぞれ、自分の初恋について話しているんです」——アバコフスキはニヤリと笑った——「産科医には必要なことですよね、先生？」

失礼な態度に呆気にとられるステファンを、彼は澄ました顔で見つめた。聴診器のチューブを弄《いじ》っていた。

「それじゃあ、何か歌をうたおうか？　菩提樹に座ってー……」と、また別の医学生が、ふわふわのタオルから顔をあげて歌いだした。

「歌いたまえ、しかし静かに、窓が開いているから」とステファンは言った。扉の方へ向き直った。

「ただし品位は保って」と、出しなに一言付け加え、部屋を去った。

一号室では、今朝方産院にやってきて、自分はもうすぐここで産むんだ、と笑いながら言っていた十七歳の女の子が出産していた。最初の陣痛が始まると機嫌は一転、痛みが本格化する頃には、三人の看護婦とステファンと四人がかりで、彼女をベッドの上に押さえ込むのがやっとだった。

分娩病棟を指揮していたのは、小柄で、身のこなしは軽やか、身にぴったり合った白衣を着て、黒髪に黒い眼の、唇の上に産毛が生えているシヴィク嬢だった。一見暢気でぼんやりした様子の彼女は、困難な状況に遭遇した時にこそ、その本領を発揮した。そんな時には、看護婦や助産婦を指揮するだけでなく、どうしてよいか戸惑う医師にも、指示を出すことが一度ならずあったが、非常に巧く立ち振る舞うので、どんなに怒りっぽい医師も不愉快に感じることがなかった。

しかし医学生たちの部屋から漠然とした怒りの感情を引きずって来ていたステファンは、逃げ出

そうと暴れる女の子を、力の限り押さえ付けたので、今回はその必要はなかった——彼の手に噛みつこうとした時には、あんまり強く怒鳴りつけたために、彼女は泣き出してしまった。

シヴィク嬢は、彼女の熟練の助手たちが、それぞれの立ち位置でどのように立ち振る舞っているか瞬時に把握し、誇らしげに、口許だけでステファンに笑いかけた。女の子は叫ぶのをやめたので、そのおかげで陣痛がかなり強まっていた。分娩、というよりもむしろ、裸足がバタバタ、叫び声がキャーキャーと飛び交う中での、絶え間ない揉み合いは、二時間続いた。赤ん坊（太ったピンク色の女の子で、全身が血液と粘液でまみれていた）が、大きな泣き声と共にシーツの上に飛び出すとすぐに、若い母親はホッとして、明日はサッカーをしに行くと宣言し、ウトウトし始めた。ステファンは彼女の濡れた髪の毛を撫で、額を拭い、眠らないようにと伝えると、廊下に出た。腕時計を確認すると、一時になっていた。まだ何も食べていなかったと自分でも驚きながら気が付いて、上階へ向かうことにした。

ステファンは、産院の食堂が相も変わらず医者たちに振る舞っている、硬い茹で卵を飲み込むのに閉口しながら、巨大な窓から見える街のパノラマを眺めていた。キェルマワ准教授が通りがかりに食堂を覗きに来た。彼から、夜の当直はガウェンツキの代わりにジェミフが入ることを知らされた。そのせいで彼は完全に機嫌を損ねてしまった。怒りに喉を詰まらせながら、パサパサした卵を飲み込んだ。

ジェミフはステファンと同じ年に医学部を卒業した。彼は入学時に、最低ラインと最高ラインの

目標をそれぞれ設定していた。最低ラインの目標は、餓死せず卒業することだった。映画館に通わず、専門の書籍以外はまったく読まず、食事代、煙草代を切り詰め、交友関係さえも狭めていた。また女性を避けていた。試験は毎回、まるで敵との一騎打ちのように臨んだ。あらゆる医学知識をラテン語で頭に叩き込み、押し込み、刻み込み、講義から講義へ狂ったように駆け回り、街で注射を打ったり、講師として働き、夜になると頭にタオルを巻いて、講義テクストの上で体をユラユラさせていた。彼は極限まで自らを追い込んだ。痩せて、喉仏が浮き出て、歯はボロボロになり、ニキビに悩まされ、視力は悪化したが、全て——治療も含め——後回しにしていた。卒業してすぐ、勤務先が決まると、彼は自分の望みに正直に生き始めた。月日を重ねるごとに状況は良くなっていった。顎と頬の骨に張り付いていた皮膚の下には肉がついた。上品なお菓子屋で一人、山のようなケーキを前にして、ボロボロこぼれた砂糖衣のくずを、小さな指で、昔の癖の名残か、慌てて口に押し込めているのを見かけるようになった。仕立て屋で背広を次から次へと購入し、患者を、新しいラジオだ、ベッドだ、食器一式だ、と数えていたが、最近はシャフハウゼンの金の時計の頭金を支払ったとかで、今は金持ちの患者を心待ちにしているらしかった。それを隠そうともしていなかった。他の医師が挨拶代わりに健康のことを尋ねるところで彼は、「で、仕事はどうだい……？」と尋ね、すぐさま最近自分がどれだけ稼いだかを語った。「あいつ、儲かってるな！」——医師たちは言い合った。教室を教授が訪れる時には、ジェミフは、チュマ・プシェミェニェツキの言うことをよく聞くために、首を伸ばしながら、彼の二歩後ろをついて歩いた。目が後ろについているか

のように、うっかりトシェスノフスキにぶつかったりしないように、横へピョンピョン飛び退き、巨漢の准教授と談笑し——すでに金歯も混ざった暗色の歯をのぞかせながら——意見交換もしていた。

蒼白い顔のトシェスノフスキは、汗かきで、色のない唇の上にはカエサルのような鼻がのっていた。巨大な、毛むくじゃらの手をしていて、女性たちは怖がっていた。彼は、ジェミフを、都合の良い踏み台のように思っていたが、ステファンのことは全く気にも留めていなかった。

ステファンは、空腹感があるにもかかわらず、三つ目の茹で卵が食べられず、ベルを鳴らして給仕係の看護婦を呼んだが、誰も来なかったので、台所の方へ暗い廊下を歩いて行った。小さな台所は空っぽだった。自分でファイアンス焼きのコップに水を汲み、ガスコンロの上の鍋の蓋を持ち上げた。

「昼食はまたクルスキ〔小麦粉やジャガイモの生地を茹でたもの〕か」——ステファンは思った。——「仕事は惨めだし、食事は質素」

冷たい水の圧を、胃に、はっきりと感じながら、食堂へ戻った。

「こんな食生活、誰にも勧められないな」——そう思って、フッと笑った。——「それに、どうして大学病院を目指したんだろう。大学附属とは、大層なもんだな！」

チュマ・プシェミエニェツキの治世ももう終わりが近づいていると言われていたが、ステファン

はまだもう少しの間、大学の講堂に、金文字で刻まれた記念プレートや大理石の胸像が設置されるような、「古株」の教授と仕事がしたいと思っていた。チュマは、お腹が邪魔をしたので、横向きにならないと手術台に近づけなくなっていたが、彼はその声によって、相変わらず人々を支配していた。いかがわしい冗談で講義に彩《いろど》りを添える時には、彼の低い大音声が、周囲にとどろく笑い声の段瀑《だんばく》となってあふれ出たものだった。また手術時には、周囲の者を発汗させる作用を持つことでもよく知られていた。彼自身が手術中に非常によく汗を掻くだけではなく、人を馬鹿にする物言いをしたり、地団駄を踏んだり、器具を投げたり、罵倒したりするので、手術チーム全員、冷や汗が噴き出てへとへとになった。講義室では陽気だが（例えばX公妃の出産といった何か歴史的事実を描写するのに、彼の後ろに立っている助産婦に向かって、「そうではありませんでしたか、リフテローヴァ夫人？」と声をかけるといった具合）、手術室では我を忘れて興奮し、わなわなと震え、激昂し、ようやく汗でぐっしょり濡れたマスクを外しても、べちゃべちゃになった巨大な顔は、充実感のある安心した表情にはなかなか戻らなかった。彼を恐れなかった唯一の人物、オイチコーヴァさんは、二十年以上、手術室看護婦長の座を一人で守り続けていた。彼女は、教授から轟々と流れ出る怒りを堰き止め、自分にとって都合の良い所へ向けて流すのが得意だった。ある若い医師は大胆にも彼女に歯向かって、まもなく彼はその地位を追われる羽目になった。

　ステファンは、プシェミニェツキに次第に落胆していった。彼の陽気さはわざとらしく、毎年いつも、講義の同じ箇所で繰り返される、一番出来の良い冗談でさえつまらなく感じた。そもそも、

チュマは、巨大な劇の張りぼて、近くから見てはいけない、何やら大きな森、そこにそびえる城のようなものを想起させた。弁舌が上手いのは確かだった。まだ新米の医学生たちに向けた彼の最初の講義は、三十分遅れで始まった。円形講義室の下方の入口から、白衣に身を包んだ医学生たちが長い列をなして入って来て、席をとると、チュマが扉から姿を現すまで、立ったまま待っていた。講義室を、春の土砂降りのように、短い拍手の嵐が駆け巡った。教授は、銀粉をふんだんに撒《ま》いたような、漆黒の髪が生えた大きな頭を振り上げると、赤い大きな手を後ろに組んで、教壇の上を歩き始めた。そして語った――「他の学科では、人間の地上での生についてや、自らの体、バクテリア、つまりあの悪魔の植物との冒険や戦いについて諸君に教えるが、私が話すことは、まったく別のものだ。それはもっとも重要なことだ！　私がこれから話すのは、水の中の生物としての人間だ。そう、そうだ」――学生たちの驚きを、大きな鼻孔から吸い込むようにして、大声で言った――「水中の人間の生について、水の中で生きる生物についてだ、なぜなら人間はその人生の九か月を、まさに潜水士、まさに潜水士のように」――言い回しを気に入ったのか言葉を繰り返した――「へその緒という命を育むためのホースで母親とつながって、羊水の中で過ごすのだからな」

　ステファンはエレベーターの前に立った。一日で最も静かな時間である、午後の、成熟した琥珀色の光が、廊下を満たしていた。

「道化が」――忌々しい気持ちで教授のことを考えながら、彼は硝子の扉を開いた。

　気がかりのワルシャワっ子のところへ、彼女の心臓をもう一度よく聞くために、やって来た。や

はり良くなかった。不整脈は少し治まっていたが、心音が酷く鈍かった……ブドウ糖を注射した。病院は静寂に包まれていた。ただ時折、陽の光の中で羽をパタつかせることしかなすすべのなくなった、フワフワの毛が生えた蛾が、部屋を横切るだけだった。別の分娩室に向かった。途中、出入口のそばで足を止め、血まみれの胎盤がのったトレーをぼんやりと眺めた。床の上に幾重にも重ねられていた。すでにここ数日間の疲れが彼の身に蓄積していて、筋肉でそれが感じられた。

「こんな風に老いは始まるのだろうか？」――まだ二十九歳であるにもかかわらず、表情を緩めることもなく考えた。「収容所の期間は四倍にして数えるらしい。夜が来れば、頭は重くなり、どんなに強い光を浴びたところで、楽にならないだろう」容易に想像できた。

「うう……うう……うう……」――仕切りの奥から、重たい呻き声が絶えず漏れ聞こえていた。

「……水玉模様のシフォン生地を二メートル買って、素敵なスカートを縫ったの……」

「いつか持ってきてくれません？」――甲高い、しゃがれた声が尋ねた。

「おお……おお……なんて痛み……」

「フリルがついていて、こんな風に、横幅は狭くて、下の方がふわっと広がっているの、今の流行《はや》りなのよ」

「ああ……助産婦さん……ああ……」

ステファンは疲れを忘れ、爆弾のように飛び込んだので、窓のそばに立っていた助産婦は、二人とも少し怯《おび》えた様子だった。

「パドヴァの聖アントニオ、どうしてそんなに急いで入ってこられたんです？　息が止まるかと思いましたよ」――ジェンティッカが言った。

「どこが痛みますか？」――二人を咎めることはできないとわかっているのに、苛立ちながら妊婦に尋ねた。彼女たちはベッドのそばに立っていても、呻き声を気にも留めない……聞き慣れた、いつもの声なのだ。

　ノボカインを子宮傍組織に打つべきかと、少しの間思案した。長時間だが、間隔のあいた陣痛に、すでに十四時間耐えていた。

　しかし、教授の渋い表情を思い出した。

　その時すぐさま、ジェミフが「チシニェツキ君は心が優しすぎるからなぁ」と続けたのだ。

「ハッハ、君君」――チュマが鼻を鳴らしていった――「ハッ……女性は十万年前から出産をしていて、痛みを感じているんだからなぁ。もういい加減慣れたころだろうよ、フフ！　新しい処置など何になる？　そのせいで感染がおこるかもしれないんだからな、知ってるだろう」

　ステファンは知っていた。

「何とかなりませんか、先生？　いたた、ああ、ああ、もう二度と、二度と……」

「みんなそうやって言うけど、一年後にはまた大きなお腹をしてるのよ」――もう一人の助産婦が横槍を入れた。彼女は焚き木のように痩せていて、肌はカサカサで、黄色味がかっており、鼻には、太い黒縁眼鏡がのっていた。

「君、そうっとしておいてあげて」

ステファンは他の医師とは違って、距離を感じさせる、特徴的なイントネーションで「助産婦」と呼びかけることはしなかった。

「もう少しの間、苦しいですよ。子宮口は?」——二人に尋ねた。

「小さい手のひらほどです」

「ほら……もうすぐ全開になって、お産になりますよ」——注意して診るように言い残して、外に出た。手術室の近くの曲がり角で、シヴィクヴナ〔シヴィク嬢のこと。父親の名字シヴィクSiwikに「ウヴナ(-ówna)」をつけると、娘の名字になる。現在ではほとんど使われない形〕と出会った。

「あの若い妊婦さん、どうですか?」

「順調ですけど……」——鋭い、黒い視線を、上へ向け、彼の顔を見た——「でも、先生はあんまり……どうぞ上へ行って、仮眠してきてください」

「まさか、僕は……」

「先生の数時間の睡眠が、重要な判断を下さなくてはならない瞬間に、影響するかもしれませんよ」——シヴィクヴナが厳しく言った。彼を肩に担いでしまうのではないかと思われた。彼女の手は小さかったが、握力は折り紙付きで、どんなに激しく暴れる患者も手なずけることができた。そういうわけで、二人は階段の方へ歩き始めた。小さな帽子をかぶった彼女の頭は、彼の肩に届くかどうかという高さだった。ステファンを軽く押したが、彼はそれを無視して、少しばかり丸々しす

ぎた彼女の顔、暗色の唇、フサフサの長い睫毛に挟まれた黒い眼を、心地良い気分で、しばらく見つめた。美人、とさえ言えるかもしれない――今まで一度も思ったことがなかったことに驚いた。シヴィクヴナは随分前から病院にいる。どれくらい前から？　二十八、九より年上ということはおそらくないだろう。彼と同じくらいだ。彼女は、世界から切り離された、磁器タイルで張り巡らされたこの島の頂上に住んでいた。別の翼棟の四階にある彼の部屋は、彼女の部屋から数十メートルほどしか離れていなかったのだが、仕事以外で彼女に会うことはめったになかった。シヴィクヴナというんだから、未婚だ。それなのに、こんなに孤独なのか？　彼女を不憫に思った。

「あなたは……」――言いかけた。

「何でしょう、先生」

　こんなに聡明で、礼儀正しく、賢い人。

「踊れますか？」――自分でも思いがけない質問だった。

　彼女は微笑んだが、いつもとは違った笑みだった。右の頬には、子供のようなえくぼがはっきりと浮かび、もう一つ、それより小さな、というよりむしろえくぼになりかかったような窪みが――顎の下に現れていた。

「なんて質問ですか！　踊れますよ」

　彼は恥ずかしくなった。

「それは良い」――そう言って、エレベーターまではあと二歩という距離だったが、階段を駆け上

がった。踊り場で曲がりかけると、彼が置いてきぼりにした場所に彼女がまだ立っているのが目に入った。

ベッドの上で長い間寝返りを打っていた。夕日が、オレンジ色の陽だまりとなって、壁を伝い降りていき、空には、幾筋かの、何やら紫色の煙がゆらゆらと立ちのぼっていた。どこかでこんな風景を見たことがあった。じりじりと空を降りていく太陽、赤い光……どこだろう？　高い青空に見入ったまま、眠りについた。これまでで一番恐ろしい夢を見た。彼は、裂け目と見間違えるほど細長い窓がある密室に閉じ込められ、裸体たちの熱を感じた。すると、機械のずるずるした唸り声が響き渡った。人々が次第に大きな、恐ろしい声で叫びだし、やがてそれはか細くなっていった。重く伸し掛かってくる死体から逃れようと必死にもがき、あまりのおぞましさと恐怖に全身をよじっていると、ようやく夢を突き破った。何かがしつこく鳴り続けていた——電話だ。ぴょんと駆け寄ればすぐの距離だったが、白衣を引っ張りながらよろよろとふらつき、聴診器を掴んだ。電話はまだ鳴っていた。斜めに差し込む柔らかい光で、窓枠がピンク色に染まっていた。

「もしもし？　外来診療所？　すぐ行く！」

『考えてみればジェミフが行っても良いはずじゃないか……あいつどこに行ったんだ……？』と腹立たしく思いながら、急いでいるので中央階段を駆け降りた。窓のステンドグラスを通り抜ける、蜂蜜色の陽射しが、一帯にキラキラと溢れていた。

救急隊が街から運んできたのは、子《し》癇《かん》発作を起こした女性だった。彼女をゴム製のマットレスに

無理やり押し付けなければならなかった。ステファンは痙攣で開かなくなった口を開けるのに閉口しながら、注射を一回、二回と打ち、瀉血を施した。発作が治まると、病人は深い眠りについた。もう一度脈を調べ、上にあがった。施設は隅々まで空っぽだった。当直室の入口で、ちょうどそこから出てきた守衛とぶつかった。

「それ、先生に持ってきましたよ」——暗い部屋の内部を適当に指した。

「何を？」

　机の上に、細長い白いもの——薄葉紙に包まれた瓶が置かれていた。振ってみると、ゴボゴボと音がした。紙が滑り落ち、床にふわりと着地した。リキュールだった。

「これは何ですか？」

「それは……ある人が持って来たんです。あの、先生が救った子供の父親ですよ」

「受け取らなくて良かったのに」——ステファンは顔をしかめた。

「だってそんなこと分かりませんし。くれる時には、もらっとかないと」——ステファンが戸惑うのを見て、守衛は砕けた調子で付け加えた。

　彼は出て行った。ステファンは握っていた瓶を机に置き、窓に近づいた。深い、澄んだ黄昏が始まっていた。木や花はすでに色を失っていた。

　くだらない話だった。一週間前、彼が当直だった時、三番の分娩室で、二人の女性が出産していた。一人は、医学部の最終学年の学生だった。大学病院に到着してから、医師も看護婦も、進んで

彼女の世話を焼いた。なかなかスムーズな出産だったのに、皆が興味を持って見守っていた理由は、彼女の美しさと、気まぐれな立ち振る舞いだった。それと、ほぼ街中から集められた花を、引っ切り無しに、病院へどっさり運んでくる、彼女の夫のベンツも、皆の興味を惹いた一因だろう。そういうわけで、彼女はライラックに取り囲まれたベッドに横になっていた。ステファンは花を片付けようとしたが、空しい努力だった。彼女は陣痛のさなか、大多数の女性たちとは違って、神の名を呼ぶことはなく、小さな声で呻きながら、看護婦の手の中に額を埋めていた。その呻きには、歌うような泣き声を思わせる何かがあった。最初の強い陣痛で、彼女は自分がこれまでに学んできた医学を完全に忘れて、無力な幼い子供となっていた。なんとおかしなことが彼女の身体に起きているのかと、彼女は驚嘆をもって目の当たりにし、これが、まぎれもない彼女自身の息子なのだと、男の子を見せられても、信じることができなかった。一方、分娩室の前でせわしなく歩き回っていた父親は、分娩室に入れないので、そばにいて、彼女を想っていることを伝えるために、中庭に出て車のクラクションを鳴らした。ジェミフでさえ、花が咲いたライラックの枝を持ってきた。彼女は涙を浮かべて、彼に笑いかけた。同じ時に、別のベッドで、電球工場で働く労働者が出産していた。手は黒く、仕事で使い潰されていて、顔と額はシミで覆われていた。彼女のベッドの周りは空っぽだった。彼女は呻き声をあげずに、ステファンの目を注意深く見つめながら、ただ歯を食いしばり、手を握りしめるだけだった。緑色のタイルの壁の向こう側の会話や笑い声が、彼女と同じくらい彼の耳にもよく届いたので、彼女を診察しながら、怒りで顔が赤くなっていた。ステファンは、でき

ることなら彼女のところにも花を持ってきてやりたいところだったが、気恥ずかしく、そのことが一層彼の怒りを膨らませた。助産婦たちには何も言えなかったので、この女性のベッドのそばに二人配置しただけで、自分でも度々様子を見に行った。もう片方のベッドでは足を止めることはなかったが、そちらには医師たちが、当直でない者さえ、入れ代わり立ち代わりやって来ていたので、いずれにせよその必要はなかった。彼は、工場で働く女性と話を始めた。初産で、夫は街の郊外で働いていて、その日は来ることができなかった。彼女はとても苦しんでいたが、それを表には出さないようにしていた。会話の途中、彼女は時折沈黙し、目の下に影が広がった。夜に分娩が本格的に始まった。助産婦が、こういう場合は医学生で十分だと考えて、スムテクを呼んだ。出生後、赤ん坊が生命兆候を示さないとなって、そこで初めてステファンが引っ張り出された。

彼はパジャマに白衣をひっかけて現場に駆け付け、そこにいた者たちを罵倒し、赤ん坊に一時間人工呼吸を施した。それが奏功して、子供は息を吹き返した。

汗だくになった彼が、羊水で濡れた床面に足を滑らせながら、髪の毛が顔に掛かった状態で、遠くから子供を見せると、色を失って乾ききった女性の唇は、最初の微笑みに震えた。

贈り物を見つめながら、考えた――こういうリキュールはどれくらいするものなのだろうか？だいたい六〇〇ズウォティだ。散財したんじゃないか、馬鹿だな。

心臓が悪い女性を診に、エレベーターで二階に向かった。顔はとても蒼白く、緑がかった薄闇から彼を見つめる目は、まるで夜を飲んでいるかのように、大きくなっていった。彼女の沈黙が、彼

を不安にした。

「すべてうまくいきますよ……痛んだら、シロップをあげますからね……これだけ大きな大学病院ですから、必ず対応できますよ」――子供に向かって言うように言った。

「母が夢に出てきました」――小さく、しかしはっきりと言った――「子供は死ぬんですよね……」

「ばかげたことを。出鱈目だ！　そんなの迷信だよ」

　ワルシャワっ子の肩を叩き、彼女の濡れた額を拭って、扉へ向かった。電気時計は十時を指していた。出口のそばで、彼を追いかけてきた助産婦が言った。

「先生、少しコーヒーを召し上がってください」

　熱くてほろ苦い液体を、三口、ごくごくと飲むと、何かボソッと口にし、その場を離れた。

　廊下に出ると、彼はひんやりとした暗闇に包まれた。しばらく行き先を決めかねて立っていたが、階段へ向かった。緊張が解けて、疲労が再び表に出てきた。小さな一人掛けソファに座り、丸い窓に切り取られた暗闇の風景に目を向けた。寂しく光っている乳白色のランプの背景に、何か黒いものがちらついた。瞬きをした。そうだ、廊下で蝙蝠が飛んでいたんだ。出産を終えた女性たちが休んでいる部屋に向かわなければ！　すぐさま立ち上がり、廊下を進みながら、扉を次々に閉めていった。最後の扉を閉める時に、遠くで電話が鳴ったような気がして、足をとめた。違う、あれは下の階の水道管の音だ。煙草を点け、吸い込むと、煙が肺の奥深くへ入り込み、やさしくくすぐるの

を感じた。エレベーターの向かいに置かれた痰壺に吸殻を捨てようとした瞬間、彼は身震いした。廊下に沿って並んだ赤いランプが、一斉に光っては消えてを繰り返した。同時に当直室のブザーも鳴っていた。医師たち全員が呼ばれていた。

このような警報は稀だった。彼は体が熱くなるのを感じた。本当についてるな！――そう思って、煙草を踏みつけ、壁に掛かった電話機に駆け寄った。一番の分娩室からだった。あのワルシャワっ子だ！

エレベーターは使わず、階段を三段跳びで駆けあがった。扉を開けると、強い光に目が眩んだ。助産婦らがベッドの足元に反射板を設置していた。

「どうしたんですか？」――腕まくりをし、鉗子で差し出された消毒済みブラシを受け取りながら、尋ねた。石鹸で手を洗うステファンに、助産婦が熱のこもった声で耳打ちした――

「出血です、酷い出血……」

「早期剥離？」――悪態をつくのを我慢して、ブラシを投げベッドに駆け付けようとしたところで、汗だくで息を切らしたジェミフが勢いよく部屋に入ってきた。

「マスクとエーテルをください！」

ステファンはもう一つのブラシを握って、痛みを感じるほど手をゴシゴシ擦った――「それから……」手から泡が滴《したた》り落ちた。水道や看護婦たちが駆け回る音に負けないよう、声を張り上げて叫んだ――

「……ニケタミドと、ロベリン、血漿を準備して……それから輸血用の器具も！」

「提供者がいません！」

「保存血は？」

「ありません」

「じゃあ血漿だけでいい。脈は？」

「胎児の方は良いですが、彼女はかなり不整です」

「脈は触れるが弱い」と、ジェミフがあくびを押し殺しながら言った。ベッドのそばに立ち、妊婦に注射した。


　時計は十二時を指していた。床面で、血液が塩素の刺激臭がする嘔吐物と混ざり合っていた。医師たちが、入れ代わり立ち代わり、白くぼんやりと照らす反射板の前へ駆け寄り、壁に、傾斜した巨大な影を作った。器具がガチャガチャと音を立てた。

「麻酔を打ってください」

　眠気で涙が滲む目を細めながら、スムテクは屈んで、そばかすが広がる妊婦の鼻をマスクで覆った。ガーゼの下から、くぐもった声が聞こえてきた――

「子供を助け……て……」

　ジェミフは鉗子を挿入しようとしていた。彼の身体からは汗が流れ、唇を裏返して野蛮人のよう

な顔をしていた。右の鉗子匙が二度、接合部から滑り落ちた。鉗子柄を動かすことができず、金属の先端を母体に強くぶつけた。女はマスクの下で呻き声をあげた。ステファンは、自分がしているわけでもないのに、目を背けた。タイル張りの壁の後ろに下がった。

「先生、彼女、良くないの？」——隣のベッドで分娩を待つ別の女性が、寝ぼけたような間延びした声で尋ねた。その暗闇からの予期せぬ声に彼は戦慄し、身体が震えるほどだった。恥ずかしくなった彼は手を振って言った。

「いえ、順調です」——そして持ち場に戻った。

ジェミフは力の限り足を踏ん張り、血走った眼をカッと開いて、肩を縮こませて引っ張った。空気を取り込むように、呻き声が大きく膨らんでいった。ベッドが揺れた。

「もっとゆっくり!!」——ステファンが声を荒らげた。

三人の看護婦が白くなっていく身体を押さえつけると、血まみれのニッケルの鉗子に続いて、黒い頭が現れた。それから、勢いよく流れ出る血液と羊水とともに出てきた、蠟でできたような体が、ゴム製のマットで受け止められた。

「先生は、子供を……お願いします、私が……もう残りは」——ジェミフが、肘で額と瞼を拭いながら、ふうふう息を切らして言った。涎《よだれ》をあごにたらして、白衣は全体が赤く染まっていた。

チシニェツキは、赤ん坊の口と喉からチューブで粘液を取り除いている助産婦の方へ駆け寄った。

「心拍は？」

「弱いです」

　助産婦は、熱い湯と冷たい水に、子供を交互に浸した。水がバシャバシャと高く跳ね上がり、タイルの床面が輝いた。ステファンは注射器を持ち上げて空気を抜き、狙いを定め、針を刺した。押《おし》子《こ》が、紫色の目盛りに沿って軽やかに進んだ。四肢を投げ出し、ぐったりとした体を覗き込んだ。寛骨《かんこつ》の間の弾力に富む産道を通り抜けてきた、マヤ人のミイラを思わせる細長い頭には、鉗子による、青紫色の楕円形の痕ができていた。拳ほどの大きさの小さな胸は、動いていなかった。

　白衣を着た女性たちを押しのけた。このような時にいつも、彼は、ガス室に送られる時の、あの夢の中にいるかのような、妙な落ち着きを感じた。迷いのない手つきでチューブを取り、酸素ボンべを引っ張った。

「バルブをひねって、早く！」

　ゴム製の呼吸バッグにガスが満たされた。突如、空気が流れる音が途切れた。虚《うつ》ろな目で圧力計を見た。ボトルは空だった。ただ単に針が一五〇アトムのところで止まったままだったのだ。焼け付くような怒りを感じた。背をピンと伸ばし、管を投げ捨て、唇を子供の口に付けた。体に自らの息を吹き込んだ。粘液でぬるぬると滑る感触、手のひらの下で小さな胸が膨らむ感触。指先の力を緩めた。指の腹の下で、か細い肋骨がそっと動き、どこかで内臓が震えていた——まだ完全には消えていない、命だ。

「どうせ無駄骨だろ……」——誰かが背後で囁いた。彼は振り返ることなく、咆えた——

「出てけ！」
アンプルの首を折らずに、金属製の机の端に容器の角を直接打ち付けた。細かいガラスの破片が飛び散った。針を差し込み、液体を吸い取り、空気を抜くと、蒼白い体の上に注射器を構え、刺した。押子が下がっていった。血走った眼で見つめ、息を呑んだ。もし今……

穀粒の皮のような爪がついている小さな指が動いた。死んだ魚の口のように丸く開いた口から、苦しそうな、か細い声が震え出た。子供は咳き込み、息を吹き返した。

「出血はどう？」――顔をあげ、そばにいた助産婦に尋ねた。彼女は、彼の眼の中にあるものに怯えたのか、すぐに返事が出てこなかった。

「胎盤は出ました……子宮は収縮しています……氷は……」――具体的な説明を始めた。

「意識はある？　寝てない？」

「いいえ」

「生きていると……言ってください……」――かすれた声で言い、ガーゼで額を拭うと、湿布を手渡すよう指示した。

ステファンは冷たいシャワーを浴びたあと、ガサガサのタオルで全身を拭い、最高の気分を噛み締めた。浴室から出ると、暗闇の中遠くで、鋭角を作って光が落ちているのが見えた。そちらへ歩いていった。個室には意識がない女性がいた。子癇を患《わずら》っていて、すでに分娩を終えていた。シー

ツの左右が持ち上げられ、包みこむようにベッドの手すりに結び付けられていて、布の両端の隙間は数センチしか開いておらず、そこから患者の顔が観察できた。口には歯を食いしばるのを防ぐ器具が入れられていた。瞼はうっすらと開いており、白眼は細い線となって輝き、胸からはぜーぜーと呼吸音が、ゆっくりと、規則正しく流れていた。両足を痙攣の波が走っていた。小さな机のそばに、非常に均整の取れた、乳白色の顔をした若い看護婦が肘を付いて座っていた。ナースキャップの下から、金色がかった焦げ茶色の毛髪の重たい結び目が覗いていた。ステファンは彼女の菫色の瞳を目にして、彼女の美貌はここでは全く不要だと思った。患者の容態を尋ねた。

「それにしても、どうして扉を閉めないんですか？　このままでいいんですか？」

　彼女は意識のない患者を少し怖がっているということが分かった。いや、怖いというわけではないようだが……

「何だか不思議で。意識がある時は、ごく普通の娘さんなのに、今は何だかおかしな感じ。彼女は今、どこにいるんでしょう？」

「魂ってこと？」――ステファンは尋ねた。笑いそうになった。「あなたになにか哲学の教科書を貸しますよ」――真面目に言った――「この件については、意見が割れていますからね……」

　帰り道、新生児室に立ち寄った。壁のコーティング剤で輝く白い部屋に、長い脚の付いた檻のような小さなベッドが三列に並んでいた。仕切りを隔てた別の場所に、保育器があり、綿にくるまれた未熟児たちがか細く泣き声をあげていた。途切れ途切れにあがる擦れ声やキーキー声が空気を満

たしていた。少女のような容貌の、口元をキュッと結んだ細身の看護婦が、素早い手つきでぽっちゃりした赤ん坊のおむつを取り替えていた。

ステファンは、ベッドの間の通り道に立つもう一人の看護婦に視線を向けた。

「子供の様子はどうですか、あの……」――ワルシャワっ子の名字は何だったか、記憶を手繰り寄せようとしたが、思い出せなかった――「先ほど生まれた、鉗子の痕がある、あの子」

「ああ……ちょうど先生をお呼びしようと思っていたところです……」

「え？　どうかしたの？」――彼は一歩近づいた。

「痙攣しているんです」

「そう。ここに残るよ」――そう言った。看護婦がその子のベッドの位置を伝えると、彼はおくるみから飛び出た青白い小さな顔をじっと見て、椅子を引き寄せて座り、冷たい、真鍮《しんちゅう》の棒に頭を凭《もた》せ掛けた。

明け方の三時に、ステファンは一階の廊下を通って、当直室に戻った。部屋に着く直前は、完全な暗闇の中を歩いた。方向感覚を失って、ドアノブを手探りで探しながら、しばらくどこかの隅で立ち往生していた。ようやく正しい方向を把握して、当直室に飛び込んだ。リノリウムの床に躓き、机に腰をぶつけ、咄嗟に両手を前に出したので、瓶を落としてしまった。瓶はゴトンと音を立て、床の上を転がった。彼はハッと我に返った。暗いままの部屋で、ポケットからハンカチを取り出し、

瓶の底に巻いて、床にぶつけた。コルクが飛び出し、液体が彼の白衣と手に跳ねた。顔を上に向け、貪るようにゴクゴクと飲むと、焼け付くような熱が胸全体に流れ、広がった。それから瓶を机に置き、部屋を出たが、扉は閉めなかった。出口の門に行き着いた。夜の冷気が彼を包んだ。辺りは闇に覆われていて、芝生と小道の区別もつかなかった。樹々の黒々とした梢の上に、街の残光がぼんやりと浮かんでいた。俯き加減でゆっくり歩を進めた。それから振り返った。大学病院の建物は、別の方向を向いた二つの棟が中央で繋がる形で建っていた。大きな窓はみな暗く、産科の窓にだけ夜の青い光が煌々としていた。上階には、星の瞬きを反射する、手術室の張り出した窓が闇に沈んでいた。

　入口の上に、電灯の弱い光がちらちらと斑《まだら》にあたる、波打つローブに身を包む石像が、上方のまぐさ石についた女性の頭のレリーフを見上げて、跪《ひざまず》いていた。落ち着きはらって、謎めいた表情をしたいつものよく知る顔が、今は嘲りの笑みでゆがんでいるように見えた。夜の冷気を感じて、何度も手を擦った。建物の中に入った。入口のそばで、守衛室の明かりに気が付いた。しばらくドア枠に寄りかかってから、扉を開けた。

　部屋の奥の壁一面に、ヒューズの分電盤が並び、そこから天井のすぐ下に掛けられた複数の時計に向かってケーブルが伸びていた。窓際に電話が二台置いてあり、その上に、光る数字が並んだボード型のナースコールと鍵の保管箱が壁に掛かっていた。事務机のそばのオイルクロス生地のソファに、夜間の守衛が座って新聞を読んでいた。扉が開く音がしたので、彼は顔をあげ、ステファン

をじっと見つめた。

そこにいたのは老人で、歯が生えておらず、口を閉じると、灰鷹のような上下の顎がほとんど鼻に届きそうだった。頭はツルツルに剃られ、光っていた。丸めた紙を鼻あてにして留められた大きな眼鏡が、顔の中央を横切るように、斜めに掛かっていた。

アヌシュコさん、今日はあなたでしたか――そう言おうとしたが、声が出てこなかった。

老人は立ち上がった。ステファンより背が低かった。古めかしい、変に長いコートを着て、膝の部分が伸びた平織の白いズボンを穿いていた。頭の跡が残ったままになっているソファの背もたれに、新聞を置き、ステファンを見つめた。

「先生……？」――ゆっくりと囁いた。

ステファンはずっと扉のそばに立っていた。守衛は眼鏡を外しながら、まず数枚紙を抜き取り、ブリキの入れ物に入れた。そして戸棚を隔てた奥へのそのそ歩いていき、湯気が立つ紅茶の入ったマグカップを手に戻ってきた。チシニェツキの手前にある事務机に置いた。ステファンは何も考えず、数口ゴクゴクと飲んだ。喉を火傷した。

「朝、解剖学科に電話しないといけない」――マグカップを置きながら言った――「子供が死んだんだ」

アヌシュコは、目を開けて立ったまま、眠っているかのようにじっとして、黙っていた。

ステファンは出て行った。エレベーターはヴーンと微かな音を響かせながら彼を上階まで運んだ。

硝子の扉が閉まり、ルビー色の小さな光が消えた。廊下には誰もいなかった。窓硝子は荘厳な、深い紫色に染まっていた。大きく開け放たれた窓から、新鮮な空気が流れていた。分娩室を順番に見て回った。助産婦は皆寝ており、当直までも、金属製の椅子に座って、冷たいタイルにもたれかかって居眠りしていて、頬杖をついている者もいれば、足の方のベッドの上に頭を乗せている者もいた。静寂が、寝息で波打っていた。彼は忍び足で分娩室を後にし、静かに、階段を下りて当直室へ向かった。白衣を羽織ったそのままの格好で、ベッドに身を投げ、目を覚ました小鳥たちのさえずりの中、泥のような眠りに落ちた。

一九五〇年

（木原槙子訳）

＊看護婦、助産婦の表記について。ポーランド語原文が英語のシスターにあたるやや古風な呼称 siostra を用いていることから、訳文でも作品執筆当時の時代を反映した名称を用いた。

青春詩集

Wiersze młodzieńcze

ぼくが指とこぶしを握り締めると
存在の凝集が突然形を取り、持続する。
盲人の手のひらやカタツムリの触角も物を包み込むときは
同じように感じるのだろうか。

原子のどのような回転と飛行が
神経組織の縄によって鐘を加速させるのか――
星々と、鳥の飛翔と、鋼鉄と、憧れと、そして大いなる安らぎから
鋳造されたこの鐘を。ぼくこそがその鐘の心臓なのだ。

一九四八年

ベートーヴェン、交響曲第五番

アレグロ・コン・ブリオ（陽気に速く）

最も優しい星よ、高みの稲妻の中から
不意に近くに現れるほほえみよ、メロディよ、
君の中には色とりどりの弦と、鳴り響くかがり火と、
火事に曲げられた鋼鉄の骸骨がある。
君はぼくを現《うつつ》から目覚めさせた。君の声が叫ぶとき、
巨石は喘《あえ》ぎ、深淵は石の口で語る
そして罪は贖《あがな》われ、大地は明るい。
君が沈黙するとき、静けさは天使の墓のようだ。
君はぼくを現《うつつ》から目覚めさせた。君は額の闇。

見よ、曇った天空が脇にどかされ
昼と夜が両手でわれらの地球を
抱きしめ、その黒い球体には詩が刻まれている
まるで名付け得ない地平線に満たされた骨壺のように。

一九四八年

ラヴレター

夕暮れどき。赤みを帯びた金色の
腹のようにふくれた
ガラス瓶に風が地平線を吹き込む。
窓の外のマロニエが
新芽を甘い結び目に束ねる
春ということを記憶するために。
黒い睫毛を生やしたように見える昆虫が
一枚の紙の上を駆け抜けた。
誰かが壁の向こうでバイオリンを弾いている
まるでもう夜だ、と言っているように。
そして誰かが三階で

孤独な、待ち続ける星のように
窓に灯をともす
そして誰かが手のひらで蝶ネクタイを覆うように
言葉で世界を覆おうとする
私たちも一度はそんな蝶ネクタイを持っていた。
しかし何よりも身近なのは
最後の壁のすぐ向こうのように、こめかみで
私が忘れないように打つ
血のざわめき。
一番星はすでに溶けて
銀色の斑点となっていく
あまりにじっと見つめると、見失うものだ。
ここに小さな、子供のためのような
夢があり
その中に一つの言葉がある
それが死なのか愛なのか、分からない
単に暗闇なのかもしれない

血はもう歌わないのかもしれない
手のひらは押し殺された呼吸なのかもしれない——
ぼくは君の目の色をした夢を見た。

一九四八年

小さな詩二編

I

夕べが寝入った子供たちの瞼の下に
できるだけ薔薇色に染めた夢を差し入れ
養蜂箱を共通の音調に調律し
空っぽの貝殻の中で渦巻き、ざわめいた。

夜は空から星を一つ取り外し
それを甘い声のナイチンゲールに変え
夢は森に行き、歌い
バイオリン記号〔ト音記号のこと〕をぐるぐる回した。

Ⅱ

藤色の目を持った月が
大きく目を開けてひっそりとした現世を眺めているうちに
ふと大地を見て
自分の天辺に雲を斜めに押し込んだ。
そして見渡す限りの世界の支配者である風が
立腹し、頬を銀で膨らませ
木々の葉を荒らし回った
運命が宣告を書き留めた書物のように。
そして暗闇の中、曲がりくねった歩道を転がって行き
星の装飾を彫刻した。

風は最後に樫の木の温かい洞《ほら》に
空気の小さなお腹を押し込み
頭を下にした蝙蝠《こうもり》のように

悲しく藤色の眠りに就いた。

一九四八年

VALSE TRISTE（悲しいワルツ）

音の響きが白い指のように
優しい静けさを押し開く。
僕は黒鍵を押す
銀《しろがね》で手紙を書くように。
音色がますますはっきりと描き出す
君を、わが想像力の光を、
風に運ばれる君の目の明るい跡を。
小さな姿たちが合唱団《コーラス》で踊り
低音《バス》が鍵盤でつっかえ
鈴たちが宙を飛ぶ。
僕は演奏する、軽やかな風景の飛行を

森の中の墓の立麝香草《タイム》を
そして野の道からのように、メロディの中から
君の顔の白い輪郭が見えてくる。
時折君の声さえ聞こえるだろう。
夕方が窓の中で空の青を捕まえ
大きな星を音楽と混ぜ合わせる。
僕は庭を通るように音の響きの中を通りぬけてきた、
君と静寂に会うために。

一九四八年

連作『昆虫』より

Ⅰ　蛾

蛾は紫と恐怖の翅《はね》を持っている。
翅の下にはふわふわした風がある。
世界とは、甘い光の玉を数珠つなぎにした闇。
藤色の空気の山。

Ⅱ　蝶

蝶は空気の明るい茎の上で咲く。
その翅のステンドグラスにはモザイクのように

若者たち、天の女王、聖者たち、そして最も赤い心臓が
織り込まれている。これこそ記憶のほほ笑み。

Ⅲ　青虫

ゆっくりと緑の葉の敷布の上を流れていき、
旅の軌跡の輪《ループ》を銀色のゆるい唾液で描き出す。
頭から絹が吐き出される。繭《まゆ》を夢見る前に
周りの世界が縮んだり、長くなったりするのを感ずる。

結び《コーダ》

空が黒い大地に突き刺さっている。そうして空色の浮き袋は
溶岩の塊《かたまり》の中でただそこに存在しないことでしかない。
そうして大いなる輝きの板に境界を定められた世界の中で
闇は太陽の不足、生は苦痛の不足。

（今年の八月にタトラ山地で悲劇的な死を遂げたヴェスワフ・オルウォフスキを偲んで）

鷲の細道で不首尾な飛行の険しい結び目が
岩によって真っ二つに断ち切られ
稲妻が叩き落とされた鳥たちのごとく
銀色の草の渦巻きとなって突き刺さった。

霧が様々なしるしを並べた。夜が明けた。
山々の頂の輪郭が軽やかな菫色《すみれいろ》の彫刻を作り
昼の谷間から半ば盲《めし》いた体のほうに
石の雄牛が持ち上げられた。

水の腱が翼の生えた壁の中で震え
玄武岩が空気の井戸を鉤《かぎ》によってつなぎ合わせた。
下は黒い。　彼は雲のように
深淵を下に落ちていく。

そして静けさが目から赤い光景を奪い取る
冷たい髪は人気《ひとけ》のない森のようだ。
母はいない。　夜は良い
夜は大きな岩のようだ。

樅《もみ》の山は谷間を流れ
雲は時折煙のように下に落ちていく
まるで神が石の箱に
黒いニワトコの茂みを投げ込んだように。

ザコパネ、一九四七年

鳩たちが深紅の空に狂ったメルカトル〔十六世紀オランダの地理学者。地図投影法を考案した〕の網の目を
書き込んだ。地図の中で君は
氷に覆われた球体の上に少女たちの夢と、
雲雀《ひばり》たちの群島と、自分自身を見つけた。

大地は寒い風景を空に返した。
まなざしは闇から巣に帰る鳥のように
高みから、体の中に叩き落とされ、閉ざされ
心臓だけが消えた星のように監視を続けていた。

一九四七年

野の墓地

落ちた星の軌跡のような白樺の木々。白い十字架の鋲《びょう》を打ち込まれた
半円形の闇。森は闇の中へ最も強力な翼ではばたいて際限なく走っていき
視線を壁のように閉ざす雲の固さに背中を打ち付ける。
目覚めたコウライウグイスの声だけが降りてきて太陽を思い出させる。

炎に打ち負かされた合唱《コーラス》。消えた唇の地下の形を
粘土だけが覚えているだろう。墓の上に銅とハッカが昇る。
花々がもはや誰のものでもない外被の上に空虚なまなざしを上げ
どちらに足を向けても死。そして闇。何のために生きているのか、僕には分からない。

三連詩

パヴェウは家を建てた
花々から燕の巣のところまで。
屋根は飛行に覆われ
窓は歌に満たされている。
夕方
彼は星のようにとげのある栗の実を集め
鳥たちの雲を
木々の雲に説明した
小さな言葉たちが成長し
小さな雲のように変化した――
薔薇色に、菫色に、より悲しく。

彼はそれらの言葉を寝かしつけるように
並べてお伽話にした　そして詩で揺すりあやした。

彼の国の空には鉄の帆があった。

ヤンには家がなかった。
島に住むように、ほほ笑みに住んだ。
鳥のいなくなった楡《にれ》の木のように
少女たちに見捨てられ
愛を瞼の下に隠し
眠っているときも愛を見せなかった
木々と蟻たちに
道を教え
決して十分に孤独ではなく
言葉たちを導いた
瑠璃色の軽やかな線によって
薔薇色の腕によって

弦によって。

夜、彼に迎えが来た。

ピョトルは勿忘草《わすれなぐさ》を信じた。
彼の父
銀色の生きている老人は
全体が炎と煉瓦からできた
墓を持っていた。
ピョトルは父から沈黙を学んだ。
彼が愛した
空気よりも明るい目をした娘は
胸で球〔「球」kulaには「砲弾」の意味もある〕をつかんだ——
金色の睫毛の中で
二つの小さな空が消えた。
ピョトルは
死んだ恋人から学んだ。

五番線〔路面電車またはバスの路線〕でクラクフを横切って

塔たちが動き出し、金色に染まって揺れる。
空はあまりに青く、優しい鳩たちの模様の
描かれた静寂でしかない。
西の空が藤色の水彩絵の具を視界に据える。
陶器と漆《うるし》でできた彫像たち、深みには
銀色の刃の切っ先、太陽にピン止めされた雲。
聖堂のガラスの薔薇が燃え上がった、
空が水の中に上って行き、ヴィスワ川の肩には
何も描かれていない褐色の煉瓦。
暗くなっていく天頂が
共同住宅の黄金の目をした十字路で帰ってくる。

遠くでは四つの壁を持つ塔の大きな円盤で
黒い黄金の切片の中、時が数字の上に横たわり
数々の教会に囲まれた空を並木道のように回転させる大地の
太陽への長い道を示す。

星のように小さい、消えた星のような記憶は
黄昏《たそが》れていく色を大地に囚われた翼のない天使たちのように
少女たちと絡み合わせる。

赤い夕陽と女の微笑を悲しみ
星をちりばめた闇に茫然と言葉を失う者は
とても孤独で詩人に近い。

愛

両手に押し広げられた世界、
まなざしに支えられた空、
そして外から聞こえるメロディが
来る日も来る日も僕を締め付けた。

子供が葉脈をむしり取ってしまう
血の網の目が通っていない
大きな木の葉のように
風と光が皺だらけになって衰弱した。

夜が僕の中に入ってきた——

暗い国の光景が
空気の響きと花々の
白い息を拭い去った。

言葉が僕の詩からこぼれ落ちていった。

僕の本の中に連《スタンザ》がびっしりと生えた。

空色と緑色の

花は動物との間で自分の形を共有した
鳥は高みで盲目になった
木は森の織物から引き裂かれ
先行する空間の柱だけが残った
樹木もなく悲しく。
空気は巣や貝殻から逃げ出した
鳥の赤い喉では

トリルが粉々に砕け散った。

菫色と黒檀色の

空から星が流れ出した
天窓は太陽のように消えていった
月の鰓《えら》が死にたえ
最後の雲が溶けていった
水は大地と混じり
光は闇と混じって
光以前の闇の中に降りてきた。

僕の夢の中で、人々の顔がしおれていった

名もなき詩と女たちの
藍緑色《アクアマリン》と黄土色が
塵と化した。

風景が目の奥で死んでいった。
俳優たちが小さな劇場を後にし
重い幕が
死のように空っぽな舞台に下りた。

想像力の倉庫が空になり
夢想の透明な曲がり角にあるのは——
シルク、プラシ天〔ビロードの一種で長いけばがある〕、モアレ〔波形の模様をつけた織物〕、ベルベット
金襴《ブロケード》、銀ラメ〔金銀糸や金属箔を織り込んだ織物〕。

僕の鏡は沈黙した
影が樫の木に戻ってきた
葉が息の跡を覆った
地球は太陽の中を循環していない
血液は血管の中を循環していない。

炎の中をくぐり抜け

君だけが生き残った——
黒焦げになった想像力の中の
少女の白い横顔。
それは炭で焼き鍛えられた羊歯《しだ》の
黒い封印のように固定され
海によってなぎ倒された
炭素の森が滅びても生き延びるだろう。

（沼野充義訳）

解説　レムは最初からレムだった
——最初期レムのＳＦ、非ＳＦ小説、そして詩

沼野充義

本巻には、スタニスワフ・レムの本当の意味での最初のＳＦ小説『火星からの来訪者』の他、初期の非ＳＦ短篇から四篇、そして若き日に書かれた詩十二編を収めた。レムがＳＦ作家としてデビューしたのは、一九五一年に刊行された長篇『金星応答なし』によってだったとするのが普通だが、ここに収められたのはすべてレムがまだ二十歳代だった一九四〇年代から一九五〇年にかけて書かれたものだ。いずれもレムの本格的デビュー以前の、これまで本邦未訳のままだった初期作品である。これらを集めて日本版オリジナルの作品集『火星からの来訪者——知られざるレム初期作品集』としてお届けする。このような初期の「若書き」の作品を集めたと言えば、まだ未熟な若者による習作程度のものかと想像する向きもあるだろう。しかし、これらの作品を通読すればわかるように、ここにはレムの独創的な才能がすでに認められ、それが若くみずみずしい感受性とあいまってやはりレムならではの作品世界を作っている。レムは最初からレムだったのだ。

『火星からの来訪者』

『火星からの来訪者』（一九四六）は、『金星応答なし』に五年ほど先立つ本格的ＳＦ中篇である。いや、それだけでなく、これは今日知られる限り、最も早い時期に活字になったレムの小説であり、これが彼の本当のデビュー作であったと言ってもいいだろう。それが長いこと日本語に翻訳されなかっただけでなく、ポーランドの一般読者の多くにも知られないままになっていたのは、レム自身がこれを不出来な若書きの作品として封印し、長いこと再版・単行本化を認めなかったからである。

『火星からの来訪者』はレムがリヴィウ（現ウクライナ領、ポーランド語風にはルヴフ）に住んでいた第二次世界大戦中に書き始められ、レム一家がポーランド本国に移住して間もない一九四六年にカトヴィツェで出ていた雑誌『冒険の新世界』に連載された。その後、ポーランドのＳＦファン雑誌に一度、著作権の許可を受けないまま「海賊版」として転載されたことがあるようだが、レム自身が認めて公式に再版したのは一九九四年のことだった。この作品についてのレムの自己評価は厳しく、これは「ひとえに金のため」「パンのため」に書かれたものであって、自分の「極めてナイーヴな大きな弱点」であり、「一般に読まれないものの墓場」のどこかに永遠に葬り去りたいくらいだ、という趣旨のことさえ言っている。

そうであるにもかかわらず、レムが一九九四年にポーランドでこの作品の再刊を許す気になったのは、著作権契約の関係でドイツ語訳が出てしまったので、ポーランド語版の出版を頑なに禁止していてもしかたない、と考えたからのようだ。しかし、これは本当にレム自身が言うような弱い作品なのだろうか？

『火星からの来訪者』は確かにやや単純な設定の、古典的な「ファースト・コンタクト」ものの作品

である。時は第二次世界大戦でドイツが降伏した頃、アメリカのノースダコタ州とサウスダコタ州の境に「隕石」らしきものが落ちる。しかしそれはただの隕石ではなく、火星からのミサイル（ロケット）であったことが判明し、その中に乗り込んでいた奇妙な「火星からの人」がニューヨーク郊外の研究所に運び込まれ、数人の科学者や技師などからなるチームが極秘のうちに、言わば「火星からの客と意志疎通を図るための地球代表団」として、このアレアントロポス――火星人はこの作品の中では、ギリシャ語風の造語でそう呼ばれる――とコミュニケーションを試みるのである。物語はこの極秘の研究チームにわけのわからないうちに――まるで誘拐されるように――加えられた若い失業中の新聞記者の視点から語られる。

いま「火星からの人」とか「火星人」と言ったが――実際、作品の中ではそう呼ばれている――果たして、人間中心的な立場からそれを「人」と呼んでいいものかは疑わしい。それは明らかに知性を持った（しかも、おそらく人間よりも優れた知性を持った）存在であり、研究チームは人間の脳波を送り込むことによってなんとか相互理解の道を探ろうとするのだが、火星人の形は人間とは似ても似つかない。それは強烈な原子力エネルギーで動く、「脳の形をしたゼリー状の光る物質を持った金属製の円錐体」で、三本の触手を備えている。機械と生物の複合したサイボーグのようなものと言えるかもしれない。この火星人との接触は、平和裡には進行せず、研究チームのうち三人までもが接触の結果命を落とす。そしてリーダーである教授はついにこの火星人との相互理解を諦め、研究所の建物もろとも危険極まりない火星人を爆破するのである。ここには後のレムの作品でより本格的に取り上げられるファースト・コンタクトの不可能性・失敗という問題が、やや単純な形でだが、それだけ読者を惹きつける「エンターテイニングな」ストーリー展開を通して提示されている。レム批評の第一

人者イェジイ・ヤジェンプスキもおそらくそういったことを念頭においたうえで、次のような肯定的な評価をくだしている。

> レムは手元にあった最良の手本、つまりウェルズと彼の『宇宙戦争』を参考にしながらも、火星からの来訪者との衝突そのものは派手な戦闘を伴わない室内的な方法で提示し、はるか後に『エデン』『ソラリス』『インヴィンシブル』『大失敗』といった正典に属する作品に現れた、驚くほど多くのアイデアや省察を利用している。したがって、『火星からの来訪者』は、レムの他の小説に比べると紋切り型ではあるが、魅力的に書かれ成功した小品といえるだろう。そのセンセーショナルな出来事の表層より少し深いところには隠された独創性がないわけでもない。

実際、『火星からの来訪者』には、意外なことに、『ソラリス』を思わせる点が少なくない。研究所という閉鎖空間に集まった研究者たちが、容易にコミュニケーションができるとも思えない「異質」な火星人となんとか相互理解をしようとし、人間の脳波を火星人に送り込む。また火星人のほうも人間の頭の中に探りを入れているらしい。こういった要素は『ソラリス』とほぼ共通している。また、研究者集団の中に外部から乗り込んできた人間が（『ソラリス』ではクリス・ケルヴィン、『火星からの来訪者』では元新聞記者の語り手マックモア）「閉鎖空間」で生じている異常事態を目撃するという物語の枠組も同じだ。しかし、一つ際立った違いは、『火星からの来訪者』において異質な者どうしの出会いははっきりと敵対的であり、出会いは相互理解にはつながらず、互いの殺し合いに終わるということだ。

このような敵対的な出会いには、この小説が書かれる直前までレム自身が見聞した戦争やホロコーストの（そしてひょっとしたら日本への原爆投下も含めて）凄惨な――殺し合い以外の友好的な解決が想像しにくい――経験が影を投げかけている可能性がある。そして、文学的源泉としては、ヤジェンプスキが指摘している通り、H・G・ウェルズのSF長篇『宇宙戦争』（一八九八）はやはり重要だろう。「宇宙戦争」と普通訳されるこの小説のタイトルから、ひょっとすると、宇宙を舞台にした戦争を描くスペース・オペラ的な作品のように誤解する向きもあるかもしれないが、英語の原題は“The War of the Worlds”、つまり複数の世界（「地球人の世界」と「火星人の世界」の二つの世界）の間の衝突・戦いを描いたものである。ウェルズの小説では、火星人のロケットが次々にイギリスに飛来し、火星人自体は大きな頭と退化した足を持つ「タコ型」だが、長い三本の足を持った巨大な戦闘機械トライポッドを繰り出して地上を蹂躙していく。レムの小説では、火星人との衝突は研究所の建物の中に限られるので、はるかに小規模な「室内的」なものだが、異質な「世界」どうしの接触が相互理解に至らず、「戦争」になるというウェルズの小説のパターンを基本的に踏襲していることが分かる（ついでに言えば、レムの火星人も三本の触手を持っており、三本足のトライポッドにいくらか似ている）。

じつはレム自身自伝の中で、「私は戦時中に彼の小説（『宇宙戦争』）を何度も読み返し、その観察の的確さを思い知らされた」（「偶然と秩序の間で――自伝」、一九八四、邦訳は沼野充義訳、レム『高い城・文学エッセイ』国書刊行会、所収）と言っているし、別途『宇宙戦争』をほとんど絶賛するような評論も書いている（「H・G・ウェルズ『宇宙戦争』論」一九七四、井上暁子訳、レム『高い城・文学エッセイ』国書刊行会、所収）。ただし、ここでレムは『宇宙戦争』を称賛しながらも、一点だ

け、「火星人に文化が欠けている」ことを批判し、もしも自分が『宇宙戦争』を書くならば、火星人に地球人を研究させる一方で、火星人の目的は地球人に分からないままとどめておくだろう、とも言っている。レムによるこの「『宇宙戦争』論」が書かれたのは一九七四年のことだが、レムは自分がすでに『火星からの来訪者』において試みたことをここで述べたのかも知れない。実際、レムの火星人は地球人の頭の中に入り込んで地球人を「研究」し、操作しようとする。そして異質な火星人と地球人は互いにあまりに違うため、理解し合えず（火星人には人間が考える「憎しみ」とも「愛」とも無縁だと、ウィドルトン教授は結論づける）、火星人はおそらく地球征服を企てたと想像されるのだが、その本当の意図はきちんと明かされないまま終わるのだ。そうだとすれば、『火星からの来訪者』は、確かに未熟な面も持ちながら、ウェルズを批判的に乗り越え、成熟したレムの人間中心主義批判につながる側面の少なくとも片鱗を示す、いかにもレムらしい作品と言えるだろう。

四篇の初期短篇

次に、本巻に収録した四篇の「非ＳＦ」短篇について見ていこう。レムの一九四〇年代の初期短篇はレム著作集の第三十三巻である『四〇年代・ディクテーション』（クラクフ、ヴィダヴニツトフォ・リテラツキェ社、二〇〇五）にまとめて収録され、全部で十三篇にのぼる。ここにはそこから四篇を厳選したのだが、じつはこのうち「ラインハルト作戦」と「ドクトル・チシニェツキの当直」の二篇はもともと独立した短篇ではなく、長篇三部作『失われざる時』（一九五五年刊）のそれぞれ第二部『死者たちの中で』と第三部『帰還』の一部をなすものだった。

『失われざる時』の執筆・出版の経緯は複雑で、国書刊行会スタニスワフ・レム・コレクション第一

期に収められた『主の変容病院・挑発』の訳者（関口時正）後記にも説明されているが、ここで改めて要点を確認しておこう。『主の変容病院』はナチ・ドイツの占領時代のポーランドを舞台に、若き精神科医ステファン・チシニェッキを主要登場人物の一人とした――トーマス・マンの『魔の山』をちょっと連想させる――非ＳＦ長篇小説で、一九四八年に書き上げられていたが、当時ポーランドの文芸界を厳しく支配していた社会主義リアリズムの精神に則った肯定的な要素が欠けているとして検閲の批判を受け、そのままでは出版することができなかった。レムは検閲の指摘と妥協して、その小説の第二部『死者たちの中で』と第三部『帰還』を一九五〇年までに書きたし、三部作の形で出版しようとしたのだが、それでも検閲を通らず、結局三部作のまとまった形での出版にこぎつけたのは、ソ連でスターリンが死んで「雪解け」が始まってからの一九五五年だった。

　しかし、後にレムは第二部と第三部を体制側からのイデオロギー的介入との不本意な妥協の産物と見なすようになり、一九六五年以降、『失われざる時』三部作という形での再刊を認めず、第一部の『主の変容病院』だけが単独で刊行されることになった。つまり第二部と第三部はレム自身によって「封印」されてしまったのだが、それぞれの部から一章ずつ、「ラインハルト作戦」と「ドクトル・チシニェッキの当直」が独立した短篇小説として言わば救い出され、レムの最初期短篇集の中に収録されたのだった。

　それゆえこの二篇はレム自身が「これなら再版してもいいだろう」と判断した作品なのだが、なにしろもともと長篇小説の一部をなしていたものだから、これだけでは少々わかりにくいところもあるかもしれない。

「ラインハルト作戦」（執筆一九四九年）の表題は、ナチ・ドイツが第二次世界大戦中に実施したユ

ダヤ人大量虐殺作戦を指す、歴史用語である。この「作戦」では主として一九四二年に、ポーランドなどの東欧で既にゲットーに押し込まれていたユダヤ人たちを、ベウジェツ、ソビボル、トレブリンカなどの強制収容所へ移送して殺害した。大量虐殺の中心となる場がアウシュヴィッツ＝ビルケナウの強制収容所に移る前の、ホロコーストの一段階だった。「ラインハルト」の名は、ラインハルト・ハイドリヒ親衛隊大将のファーストネームに由来すると言われているが、異説もあり、はっきりしない。

　レムが家族とともに一九四六年まで住んでいたリヴィウでは事情はどうだったかというと、もともとこの町には十一万人のユダヤ人人口があったが、一九四一年暮れから翌年夏にかけて作られたゲットーにその大部分が押し込められた（レム一家はユダヤ人だが、かろうじてゲットー行きの運命は免れた）。そして、リヴィウ・ゲットーはラインハルト作戦実施の際の最初の標的となった。一九四二年三月からリヴィウ・ゲットー住民の移送が開始され、その頂点は一九四二年八月に来る。この時集中的なユダヤ人の駆り集めが行われ、六万五千人のユダヤ人が鉄道で輸送されたと推定される。リヴィウ・ゲットーのユダヤ人の行先は、主にベウジェツ絶滅収容所だった。後のアウシュヴィッツの場合とは違い、ベウジェツではユダヤ人たちは強制労働に従事することなく、到着するとすぐにガス室で殺されたのである。

　レムの作品「ラインハルト作戦」は、この時のユダヤ人移送という決定的な瞬間を描いたものだ。ナチ・ドイツ占領下のことで、日常生活の中でもドイツ語が過剰なくらい飛び交っており、レムのテクストもそれを反映している。ここに登場するステファン・チシニェツキは『主の変容病院』では主役級だったポーランド人の（つまりユダヤ人ではない）若き医師だが、町を歩いているときにユダヤ

人と取り違えられて捕まり、他の無数のユダヤ人たちとともに貨車に押し込められて収容所に送られてしまうのである。興味深いのは、チシニェツキが非ユダヤ人でありながら収容所送りになるのに対して、作家レム自身のほうはユダヤ人でありながら収容所送りを免れたということで（レムがいかにナチの魔の手をすり抜けたかについては、いまだによくわからない点があるのだが、その点はとりあえず措く）、この両者は互いに裏返しの関係になっている。レムにとって、チシニェツキは、運命をひっくり返せば〈ひょっとしたら自分もそうなっていたかもしれない〉人物ということになるだろう。

一方、「ドクトル・チシニェツキの当直」（一九五〇年執筆か）は、一転して、一九四七年、戦後間もないポーランドの産科病院での、チシニェツキの多忙な当直の一昼夜を描いている。実際、「ドクトル・チシニェツキの当直」における産科病院の妊婦たちと、そこで立ち働く産科医の姿の描写は驚くほどリアルなもので、この作品は「ラインハルト作戦」とともに、徹底的なリアリズムで書かれている。そして読者は、チシニェツキが絶滅収容所で殺されず「帰還」を果たしたのだろうと推測できる。さらに、『主の変容病院』では精神科医であったチシニェツキが、ここでは産科医になっている点も注目される。おそらくこの専門の変更は偶然のものではなく、病院を社会の縮図とするような象徴的な意味合いを持ったものだろう。ナチ・ドイツの占領下の世界が（あえて言えば）精神病院に譬えなければならない不条理なものだったとすれば、その不条理な経験を生き延びて戦後復興を目指すポーランドは、未来を担うべき世代を産みだすという課題に直面していたのである。しかし、レムの書き方は十分には——社会主義リアリズムの規範が求めるほどには——オプティミスティックではなかった。チシニェツキ医師の懸命な努力にもかかわらず、新生児の一人は出産の直後に死んでしまうのだから。

「異質」（初出『カトリック週報（ティゴドニク・ポフシェフヌィ）』、一九四六年）は、説明がないと、現代日本の読者にはいったいいつどこの話かと思われる恐れもありそうだが、舞台となっているのはロンドン（とその近郊）、時はおそらく一九四一年である。一九四〇年から四一年にかけて、ナチ・ドイツはロンドンに大規模な空襲を行い、イギリスではそれを「ザ・ブリッツ」（ドイツ語で「稲妻」の意味）と呼んだ。レムは終戦後間もない、第二次世界大戦の記憶がまだ生々しい頃、大空襲の頃のイギリスを舞台にしてこの小説を書いたのである。それゆえ、当時のポーランドの読者にもリアルなごく近い過去の設定として受け止められただろう。

　この作品の焦点となるのは、ある中学生が発明したらしい「永久機関」である。それは「オレンジほど大きくはない」素早くくるくる回る非常に単純な構造の機械で、どうして動くのかは、発明者の少年にも分からないので、学界の権威である老教授のところに持ち込み、鑑定を依頼するのだが……。ここで、レムは物理学の法則からいってあり得ないはずのアイデアを単純に非科学的に弄んでいるわけではない点に、注意する必要があるだろう。少年はこう考える――「あらゆる物理法則は、ただ僕たち流に、人間流に世界を考えたものに過ぎないのではないか」「彼らには関係ないんだ」。ここで「彼ら」が具体的に何を指しているのかは、最後まで明示されないけれども、人間とは違う物理法則をもった、人間とは〈異質〉な世界が示唆されているらしいことが推測できる。そして、老教授もそういった考えを支持するかのようだ。「可能性は限りなく低い」けれども、「あらゆる異常現象はありうる」と彼は言うのである。

　これは明らかに、後のレムが代表的なＳＦ作品で展開する、人間中心主義的な宇宙観の批判を先取

りするものだろう。ここでレムは少年が作った、単純なおもちゃのような機械を言わば触媒として、人間に「未だ理解されていないことが存在する世界」を想定しているのだ。この短篇の「異質」という表題は分かりにくいが、「未だ理解されていないことが存在する世界」のことをそう表現しているのではないだろうか。

しかし、小説は思いがけない、「別の異質」の闖入によって暴力的に幕を閉じる。空には「異質の閃光」が輝き――レムの書き方はここでもやや曖昧で、他の解釈の余地はあるが、おそらくそれはナチ・ドイツの爆撃機が放つ光だろう――たぶん老教授も、発明者の少年も空爆にさらされ、「永久機関」も永遠に失われてしまうのである。定義のしかたによっては、これは十分にSFと言ってよい作品だろう。

「ヒロシマの男」（初出『ポーランド兵士』、一九四七年）は、アメリカによる広島への原爆投下を主題にした、世界でもっとも早い文学作品の一つとして興味深い。表題の「ヒロシマの男」とは、イギリス人を父に、日本人を母に持つサトウ・ウィットンという人物である。彼は戦時中イギリスの諜報員として働いており、一九四五年八月六日にはたまたま広島にいて被曝し、致死的な量の放射線を浴びてしまうのだ。

原爆投下後の広島・長崎の惨状については、アメリカが厳しい情報統制を敷いたのだが、そういった規制をかいくぐるようにアメリカのジャーナリスト、ジョン・ハーシーが被爆者六人とのインタビューをもとにしたルポルタージュ『ヒロシマ』（邦訳『ヒロシマ〔増補版〕』石川欣一・谷本清・明田川融訳、法政大学出版局）を早くも一九四六年に発表し（初出『ニューヨーカー』一九四六年八月三

十一日号、同年のうちに単行本も出版）、世界的なセンセーションを巻き起こした。これがポーランド語に訳されたのは一九四八年のことだが、高い外国語力を持つレムはきっと英語の原文をすぐに読んだのだろう。サトウが語る原爆投下直後の広島の惨状の描写は、ハーシーのルポルタージュを参照したと思われる迫真のものになっている。レムのテクストには、日本についてポーランドではよく知られていなかった時代の制約からか、日本の地名や人名についてかなり変なものが出てくるのだが、それはまあご愛敬で、作品にとって深刻な瑕疵とは言えない。

いずれにせよレムの真骨頂はやはり、被爆地の現実的な描写よりも、むしろ現実には見ることのできなかった爆発の光景の想像力による描写のほうにあるというべきだろう。「ヒロシマの男」では、ロンドンの高官や諜報員たちが原爆投下の際の様子をテレビの同時中継で見守ったことになっているのだが、もちろん、これはフィクションであり、当時の科学技術ではそんなことは不可能である（それゆえ、ＳＦ的な設定とも言えるのだが）。つまり、そのテレビ中継で小説の語り手の「私」が見た爆発直後の光景の描写は、じつはレムのＳＦ的想像力によって創り出されたものなのだが、これが見事である。例えば——

> （……）中央から爆発して出てきたものは、人間にとって未知の生き物のようで、それは、内部から身体中に繰り出される打撃に身を捩らせつつ、割れた地殻から、燃える鉄鋼の内臓が溢れ出るように、脈動に突き動かされながら上昇していった。

はるか後の『ソラリス』や『インヴィンシブル』などに現れる宇宙の光景の描写であってもおかし

くない書き方ではないか。

それにしても、若き日のレムがこれほど原爆の恐ろしさに関心を寄せていたのは、今の目には驚くほど先駆的なものに見える。しかし、第二次世界大戦時にホロコーストという大量虐殺を身近なものとして知っていたレムにとって、ヒロシマは同時代の「もう一つの大量虐殺」として、自然に並べて見るべきものだったのではないか。ちなみに、ソ連の作家、ワシーリー・グロスマンはナチの強制収容所の実態について取材した作品で知られるが、彼にも広島に原爆を投下したアメリカの爆撃機搭乗員たちを描いた「アベル（八月六日）」（『システィーナの聖母　ワシーリー・グロスマン後期作品集』、齋藤紘一訳、みすず書房、所収）という先駆的な短篇がある。ただし、先駆的とはいっても、一九五三年の作品なので、レムの小説よりだいぶ後に書かれたものになる。

「ヒロシマの男」と大量虐殺というテーマに関してもう一つ触れておきたいのは、ここにすでにいかにもレムらしい倫理的姿勢が表れていることだ。小説の語り手でサトウの親しい友人である「私」は、サトウが滞在しているヒロシマへの原爆投下計画を知らされると、彼一人のために計画を変更させることはできないとしても、なんとか彼を救い出すことができないかと手を尽くす。たとえホロコーストで無数の人たちが殺されたとしても、一人の同僚・友人の命はそれと釣り合うくらい重く、その一人を救うために最後まで努力すべきだという、言わばホロコーストの生き残りの倫理——それは後の作品にも時折響くようになるのだが——の片鱗がここには仄見えている。

『青春詩集』

『青春詩集』としてここに訳出された十二編の詩は、一九四七年から四八年にかけて書かれ、初めは

すべて一九四八年の『カトリック週報』に発表されたもので、最初から詩集として出版されたわけではない。これらの詩はようやく一九七五年になってから、初めて単行本『高い城および青春詩集』（ヴィダヴニツトフォ・リテラツキェ社）にまとめて収録された。それ以後レム著作集の第三十三巻である『四〇年代・ディクテーション』に再録されるまではかえりみられることはなかった。レムは二十代で詩人としての筆を折ったので、これが知られる限り、レムの書いた詩のすべてだということになる。ただし、『電脳の歌』（『宇宙創世記ロボットの旅』）において、コンピューターが作った奇妙な詩という形だが、レムは詩作の例を示しているので、レムの驚異的に幅広い才能の中に詩が含まれる余地は十分あったと言えるだろう。

レムが若き日にどんな詩を書いていたのかは、レムの読者には興味のあるところだし、その詩が若書きの難解な（時に独りよがりとも思える）やや無理な語法を駆使した作品であるとしても、それ自体独自の価値と魅力を持っている以上、日本語に訳す価値はあるはずだ——そう考えて、訳者は二〇〇〇年か二〇〇一年頃、国書刊行会のスタニスワフ・レム・コレクションの第一期を準備していたとき、『青春詩集』の翻訳許可を打診したのだが、そのときはレム自身が難色を示して提案は却下されてしまった。確か、「わざわざ外国語に訳すべきものではない」「これを訳すくらいなら、もっとSF小説を訳してほしい」という趣旨のことをレムの代理人から伝えられたのを覚えている。したがって今回が本邦初訳であるのはもちろん、おそらく外国語への翻訳がそもそも初めての試みになる。『青春詩集』は、ひょっとしたら、本巻の中でも、日本のレム読者には一番意外なものかもしれない。なおこの日本語訳では「青春詩集」と銘打ってみたが、ポーランド語の原タイトルは単に「青春の（青春時代の）詩（複数形）」であることを、お断りしておく。

『青春詩集』に収められた詩は、まだ二十代のレムが書いた「青春」の詩なので、そこに未熟な作者の若々しい抒情や恋愛を含む感情生活を期待する向きもあるかもしれない。しかし、そこにストレートな青春の抒情や著者の実生活の体験を具体的に反映したものは少ない。たとえ「愛」というタイトルの詩であっても、どこが愛なのか容易には分からないほどだ。難解な表現の絡み合いや一見不可解な語結合の間から稀に、次のような分かりやすい一句が浮かび上がってくるだけだ。

　ぼくは君の目の色をした夢を見た。（「ラヴレター」）

とはいえ、『青春詩集』に収められた詩の数々が、時代の刻印を深く捺された作品であることは、否定できないだろう。第二次世界大戦の戦火とホロコーストの恐怖を生き延びた若者が目撃した全面的な荒廃や、彼を襲ったに違いない深い喪失感は、ここに確かに記録されている。

　風景が目の奥で死んでいった。
　俳優たちが小さな劇場を後にし
　重い幕が
　死のように空っぽな舞台に下りた。（「愛」）

　どちらに足を向けても死。そして闇。何のために生きているのか、僕には分からない。（「野の墓地」）

彼が愛した
空気よりも明るい目をした娘は
胸で球をつかんだ——
金色の睫毛の中で
二つの小さな空が消えた。
ピョトルは
死んだ恋人から学んだ。（「三連詩」）

「死んだ恋人」にモデルはあったのだろうか。最近明らかになりつつある戦前、戦中のリヴィウ時代のレムの伝記からは、失われた恋人が実際にいたのかもしれない、という憶測も可能だが、詩はこれ以上の詮索を許さない。そして、たとえ想像力の中であっても記憶が永遠に残り、救済となり得ることが示唆される。

炎の中をくぐり抜け
君だけが生き残った——
黒焦げになった想像力の中の
少女の白い横顔。（「愛」）

後のレムのＳＦを知る読者にとって、さらに興味深いのは、ＳＦとは無縁のように思える抒情詩の中にも、後のＳＦ作家の才能を既に窺わせるような科学的な世界把握やある種の宇宙感覚が認められることではないだろうか。

次のような一節では——

原子のどのような回転と飛行が
神経組織の縄によって鐘を加速させるのか——
星々と、鳥の飛翔と、鋼鉄と、憧れと、そして大いなる安らぎから
鋳造されたこの鐘を。ぼくこそがその鐘の心臓なのだ。（「ぼくが指とこぶしを握り締めると」）

原子のレベルと星々の圏域（宇宙）にはさまれた真中にいるのが、抒情的主人公（鐘の心臓）という世界把握の布置になっている。

実際、レムの詩には星のイメージが繰り返し出てくる。例えば次のように——

夜は空から星を一つ取り外し
それを甘い声のナイチンゲールに変え
夢は森に行き、歌い
バイオリン記号をぐるぐる回した。（「小さな詩二編」）

夕方が窓の中で空の青を捕まえ
大きな星を音楽と混ぜ合わせる。（「VALSE TRISTE（悲しいワルツ）」）

こういった星のイメージは、「星菫派」的なロマンチックなもののようでいて（実際、『青春詩集』には、実際の花としてではなく色としてだが、「菫」が三回も出てくる）、単なる抒情のアイテムではなく、物体としての星を思わせる宇宙感覚に無縁ではない。そして時にほとんどＳＦ的な光景が提示され、それを書くことこそが詩的営為であることが示唆されるのだ。

見よ、曇った天空が脇にどかされ
昼と夜が両手でわれらの地球を
抱きしめ、その黒い球体には詩が刻まれている（「ベートーヴェン、交響曲第五番」）

星をちりばめた闇に茫然と言葉を失う者は
とても孤独で詩人に近い。（「五番線でクラクフを横切って」）

それにしても、レムのこういった詩はいったいどこから生まれたのだろうか。若い頃レムはライナー・マリア・リルケの詩に熱中していたという。意外なことに初期のＳＦ長篇『マゼラン雲』には、リルケの文体的な影響が濃厚だと、レム自身が言っているほどだ。『青春詩集』にとっても、リルケの詩がインスピレーションになったということは考えられるだろう。特にさまざまな形象を駆使して

「生と死を貫く〈開かれた〉存在空間を」「顕在化する」（神品芳夫）といった後期リルケの詩風は、レムの詩の世界にも近いもののように思える。

ただし、イェジイ・ヤジェンプスキはリルケよりもむしろ、二十世紀前半のポーランドの前衛詩（特に世代的にレムに先行する一九三〇年代以降の「第二次アヴァンギャルド」）の影響が認められるのではないか、と指摘している。ポーランドの現代詩の歴史を見ると、ごく大づかみに言って、一九二〇年代に第一次アヴァンギャルドの世代が「音節数や強勢の位置にとらわれない自由な韻律が可能なことを証明し」、第二次アヴァンギャルドは「より大きな哲学的広がりを後世に向けて切り拓いた」（チェスワフ・ミウォシュ『ポーランド文学史』）になるのだが、そうだとするならば、レムは第一、第二の両アヴァンギャルドの切り拓いた現代詩の地平に依拠していたと言えるのではないか。『青春詩集』でレムは伝統的な音節ストレス詩法や押韻を一部残しながら、かなり自由に韻律の自由を行使したうえで、「前衛的」で難解なメタファーや語結合を駆使し、個人的な狭い抒情の領域を超えてより大きな「哲学的」ならぬ、「宇宙的」広がりを切り拓いているのだから。

木原槙子（きはら まきこ）……東京外国語大学ポーランド語専攻卒業、東京大学大学院人文社会系研究科博士課程単位取得退学。現在、ポーランド、ポズナン市のアダム・ミツキェーヴィチ大学講師。ポーランドの文学学術誌„Ruch Literacki”等に論文を発表。共訳書に『ショパン全書簡——パリ時代』上・下（岩波書店）がある。

スタニスワフ・レム……1921年、旧ポーランド領ルヴフ（現在ウクライナ領リヴィウ）に生まれる。クラクフのヤギェロン大学で医学を学び、在学中から雑誌に詩や小説を発表し始める。地球外生命体とのコンタクトを描いた三大長篇『エデン』『ソラリス』『インヴィンシブル』のほか、『金星応答なし』『泰平ヨンの航星日記』『宇宙創世記ロボットの旅』など、多くのSF作品を発表し、SF作家として高い評価を得る。同時に、サイバネティックスをテーマとした『対話』や、人類の科学技術の未来を論じた『技術大全』、自然科学の理論を適用した経験論的文学論『偶然の哲学』といった理論的大著を発表し、70年には現代SFの全2冊の研究書『SFと未来学』を完成。70年代以降は『完全な真空』『虚数』『挑発』といったメタフィクショナルな作品や文学評論のほか、『泰平ヨンの未来学会議』『泰平ヨンの現場検証』『大失敗』などを発表。小説から離れた最晩年も、独自の視点から科学・文明を分析する批評で健筆をふるい、中欧の小都市からめったに外に出ることなく人類と宇宙の未来を考察し続ける「クラクフの賢人」として知られた。2006年に死去。

*

沼野充義（ぬまの みつよし）……1954年、東京都生まれ。東京大学卒、ハーバード大学スラヴ語学文学科博士課程に学ぶ。ワルシャワ大学講師、東京大学教授を経て、現在名古屋外国語大学教授、東京大学名誉教授。著書に『徹夜の塊』三部作（『亡命文学論』『ユートピア文学論』『世界文学論』、作品社）、『W文学の世紀へ』（五柳書院）、『チェーホフ 七分の絶望と三分の希望』（講談社）、編著書に『東欧怪談集』『ロシア怪談集』（河出文庫）、『世界は文学でできている 対話で学ぶ〈世界文学〉連続講義』全5巻（光文社）、訳書にスタニスワフ・レム『ソラリス』（国書刊行会およびハヤカワ文庫SF）、ヴィスワヴァ・シンボルスカ『終わりと始まり』（未知谷）、クラシツキ『ミコワイ・ドシフャトチンスキの冒険』（岩波書店）、ウラジーミル・ナボコフ『賜物』（新潮社）、『新訳 チェーホフ短篇集』（集英社）などがある。

芝田文乃（しばた あやの）……1964年、神奈川県生まれ。筑波大学芸術専門学群卒業。ポーランド語翻訳者、写真家、エディトリアル・デザイナー。訳書にスワヴォーミル・ムロージェク『所長』『鰐の涙』（以上未知谷）、スタニスワフ・レム『地球の平和』、ステファン・グラビンスキ『動きの悪魔』『狂気の巡礼』『火の書』『不気味な物語』（以上国書刊行会）、ヴィトルト・シャブウォフスキ『踊る熊たち』（白水社）、共訳書にスタニスワフ・レム『高い城・文学エッセイ』『短篇ベスト10』、レシェク・コワコフスキ『ライロニア国物語』（以上国書刊行会）などがある。

スタニスワフ・レム・コレクション

火《か》星《せい》からの来《らい》訪《ほう》者《しゃ》
知られざるレム初期作品集
Człowiek z Marsa
Nieznane wczesne utwory Lema

2023年2月26日初版第1刷発行

著者　スタニスワフ・レム
訳者　沼野充義・芝田文乃・木原槙子

装訂　水戸部功

発行者　佐藤今朝夫
発行所　株式会社 国書刊行会
東京都板橋区志村1-13-15　郵便番号＝174-0056
電話＝03-5970-7421　ファクシミリ＝03-5970-7427
URL : https://www.kokusho.co.jp
E-mail : info@kokusho.co.jp

印刷・製本所　中央精版印刷株式会社
ISBN978-4-336-07131-6
乱丁・落丁本はお取替えいたします。